10
아네코 유사기
Aneko Yusagi

나디아
라프타리아
키르

에클레르
이와타니 나오후미
리시아
메르티
필로
인물소개
방패 용사 성공담

「어머나, 성격 급한 아이도 싫지는 않지만
장난이 좀 지나친걸.」

목차

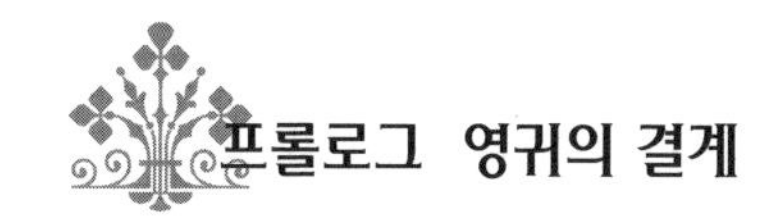

프롤로그 영귀의 결계

키즈나 패거리와 작별한 우리는, 파도로 인한 소환 때와 같이 순식간에 전송되어, 시야가 전환되었다.

이곳은…… 낯익은, 메르로마르크 성 밑 도시가 보이는 평원이었다.

"정말 돌아왔네요."

라프타리아가 감회에 젖어 말했다.

뭐, 돌아온 모양이다.

"그런 것 같군."

"오랜만~."

필로도 같은 기분인 것 같다.

"드디어 돌아왔네요!"

리시아는 아예 감동에 젖어 있다.

그렇게 안도하는 것과 거의 같은 순간이었을까, 내 방패에서 눈부신 빛이 하늘 높이 뿜어져 나와서…… 마치 하늘에 녹아들듯이 사라져 간다.

"우왓!"

"이, 이건……?!"

"영귀의 에너지가 세계로 되돌아가는 거겠지."
그것은, 그렇게까지 길지는 않은 시간이었다.
그래도 역시 감회가 깊을 수밖에 없었다.
돌이켜 보면 짧으면서도 긴 싸움이었다.
세계를 보호하는 결계를 만들어내는 존재, 영귀……. 그 영귀 본체를 강탈당했으니 도와달라는 오스트의 부탁을 받고, 영귀를 조종해서 이 세계에 막대한 피해를 입힌 쿄를 쫓아 이세계로 건너갔다.
그 이세계에서 나와 마찬가지로 사성용사 노릇을 하고 있는 키즈나와 만나게 되고, 힘을 모아 쿄와 싸우고, 쿄에게 천벌을 내리고, 영귀의 에너지를 탈환해서 돌아온 것이다.
영귀를 비롯한 '수호수'라 불리는 괴물들은, 생물들의 혼을 바탕으로 삼아서, 세계 간의 융합 현상인 파도를 저지하는 결계를 만드는 역할을 맡고 있다.
이 결계를 생성하는 에너지가 충분히 쌓이면 파도가 일어나지 않게 만들 수 있다는 모양이지만, 충분하지는 않더라도 어느 정도 혼이 축적된 상태라면 시간을 벌어 주는 정도는 가능하다……는 모양이다.
우리는 그 에너지를 되찾아서, 이렇게 이 세계에 풀어 놓음으로써 원래 구실을 다할 수 있게 해 준 것이다.
상당히 환상적인 광경이다. 아마 멀리서도 보이지 않을까?
그렇게 생각하면서 영귀의 마음 방패를 쳐다보던 나

는…… 빛이 완전히 빠져나간 것을 깨달았다.

아마 방패 안에 들어있던 에너지의 방출을 모두 마친 모양이다.

이제는 어렴풋한 빛마저도 사라진 상태다.

전용효과인 에너지 블러스트의 표시는 0%로만 나온다. 능력도 약간 저하되어 있다.

이제 완전히 역할을 마쳤다고 역설하는 듯이.

"그럼 어디, 어떻게 됐는지 확인부터 해 보자."

"네, 나오후미 님."

지금 내 이름을 부른 것은 라프타리아.

이제 누구의 목소리인지 확인할 필요도 없을 만큼 오랜 시간 함께 싸워 온, 한때는 노예였던 아인(亞人) 소녀다.

내가 부모처럼 보살피고 있는 아이지만, 이제는 오히려 내가 라프타리아에게 의지하는 경우도 많다.

이세계에서 도의 권속기로부터 선택을 받았고, 그 바람에 저절로 노예의 신분에서 벗어났다.

그리고 실은, 신기하리만치 무녀복이 잘 어울리는 일본풍 미인이다.

귀와 꼬리가 달려 있어서 너구리 같은 느낌을 주기 때문일까?

"어디 보자, 다음 파도까지 남은 시간은……."

나는 시야에 나타나 있는 모래시계의 숫자로 시선을 옮긴다.

그랬더니…… 빨간 모래시계 쪽의 숫자가 멎어 있었다.

그리고 파란 모래시계 아이콘이 움직이고 있는 걸 확인할 수 있었다.

숫자는 8?

오스트가 가르쳐준 바에 따르면, 이건 다음 수호수가 출현할 때까지의 유예 시간이라고 했었던 것 같은데.

다음 수호수는 봉황이었던가?

그렇군. 그 봉황의 봉인이 풀릴 때까지의 유예 시간이 표시되어 있는 건가.

봉인이 풀릴 때까지 남은 시간은 3개월 반 정도라……. 그렇게 격전을 치렀는데 고작 석 달 반밖에 못 벌었다고 해야 할지, 아니면 석 달 반이나 시간이 생겼다고 기뻐해야 할지.

"다음 수호수의 봉인이 풀릴 때까지 남은 시간은 3개월 반인 모양이야."

"그렇군요……. 생각했던 것보다는 짧은 시간이네요."

"꼭 그렇지만도 않아. 종전에 비하면 이 정도면 충분한 편이야."

내가 소환된 후 한 달째에 첫 번째 파도가 일어났다.

다음은 한 달 반 후.

그리고 얼마 안 되는 기간 안에 삼용교 사건, 용사들의 정보 교환, 카르밀라 섬의 파도, 그리고 영귀 사건이 줄을 이었다.

영귀 사건이 없었더라면 지금쯤 메르로마르크의 파도노 코앞에 닥쳐와 있었을 시기이니, 지금은 내가 이 세계에 온 지 4개월째에 접어든 셈이다.

"저쪽 세계로 건너가기 전과 딱히 달라진 건 없어. 키즈나 쪽 세계에서 싸운 건 한 달 정도였으니까."

"그런 거야~?"

"뭐, 필로의 나이를 생각하면, 석 달 반이면 시간은 충분한 셈이지."

필로는 필로리아라는 마물 소녀다.

마차 끌기를 그 무엇보다 좋아하는 별난 조류형 마물의 상위종으로, 천사 같은 모습으로 변신하는 능력을 갖고 있다.

입만 다물고 있으면 금발벽안의 깜찍한 여자아이이다.

실제 연령은, 내가 소환되어 여기서 보낸 시간에서 한 달 반을 뺀 기간이다.

다시 말해, 석 달 반이라는 유예 기간은, 필로가 지금까지 살아온 세월과 별반 다를 게 없는 기간이라는 소리다.

"후에에에……. 숨 돌릴 틈도 없을 것 같아요."

방금 '후에에에.' 라고 한탄한 것은 리시아. 감정에 따라서 능력이 오르내리는 주인공 체질의 소녀다.

쿄를 상대로 가장 큰 활약을 한 공로자.

나와 같은 용사인 이츠키의 동료였다가, 전력 외로 분류되어 버려진 걸 내가 데려온 거였는데, 이 정도 활약이면 충분한 전력이 된 셈이다.

아직은 감정이 고양되지 않으면 힘을 발휘하지 못하지만, 머지않아 재능이 꽃을 피우리라.

대기만성형인 모양이니, 스테이터스적 요소도 앞으로 성장해 나갈 것이다.

"그럴 거야. 앞으로 어떻게 강해질지를 고민하지 않으면 뒤처지겠지. 게다가, 다음에 싸우게 될 상대는 봉황이야. 충분히 단련해 두는 게 좋을 거야. 시간은 유한하니까."

"네!"

"라프~!"

리시아와 함께 라프짱이 목청을 높인다.

아, 라프짱은 라프타리아의 머리카락을 바탕으로 만들어진 식신이다.

너구리 같기도 하고 미국너구리 같기도 한 귀여운…… 라프타리아를 동물 버전으로 만든 것 같은 느낌의 생물.

의외로 영특해서 여러 상황에서 도움이 된다.

그때, 방패가 반응하는 게 느껴졌다. 사역마 방패?

방패 아이콘이 빛나는 걸 보고 확인해 보니, 사역마 방패라는 게 해방되어 있었다.

내용은 식신 방패와 거의 똑같았다.

아마 라프짱을 사역하는 데 필수적인 방패라 출현한 모양이다.

정말이지, 키즈나의 세계와 구조가 다르다는 이유로 사라지지 않아서 다행이군.

각 세계 간에 호환성이 없는 건 스테이터스의 문자가 깨져서 작동하지 않는 것 같다.

식신 방패의 문자가 깨지고, 라프짱이 아무 말도 못하는 봉제인형처럼 돼 버리기라도 한다면 힘이 빠졌을 텐데, 무사히 움직여서 다행이다.

“나오후미 님, 뭔가 이상한 생각 하시는 거 아니에요?”

“이 세계에서도 라프짱을 운용할 수 있어서 다행이라고 생각한 거야.”

“하아…….”

아무래도 라프타리아는 라프짱을 껄끄러워하는 것 같다.

“어쨌든, 지금까지 단련했던 요소들이 모조리 사라져 버렸으니 모든 걸 처음부터 다시 시작해야겠지만, 이쪽 세계에 대해서는 여러모로 갖고 있는 지식이 있으니까. 키즈나네 세계에 있을 때보다 더 강해지자고.”

“라프!!”

정말이지, 라프짱은 활기가 넘쳐서 좋다니까.

내 말에 의욕을 과시하려는 건지, 두 다리로 서는 포즈를 취하고 있다.

“……아, 성 쪽에서 사람이 온 것 같아요.”

나와 라프짱이 서로 마주 보고 있으려니, 메르로마르크 성 밑 도시 쪽에서 낯익은 마차가 다가왔다.

아, 지금 우리의 등 뒤에는 영귀의 시체가 드러누워 있는 상태다.

아마 전송 과정에서 영귀의 눈앞으로 날아온 모양이다.

한 달이나 지난 만큼, 시체 제거 작업도 어느 정도 진행되어 있다.

살점은 절제되고, 산 부분의 녹지가 침식되어 있는 것처럼…… 보인다.

오스트…… 우리 돌아왔어.

한순간, 내 마음에 대답하는 것처럼 영귀의 시체에서 어렴풋한 빛이 흘러나온 듯 보인 건…… 분명 내 기분 탓이겠지.

"좋아……. 그럼 어디, 이쪽으로 오는 녀석들과 얘기를 해 볼까."

"네."

"지금껏 쌓인 얘기도 있고, 이것저것 선물도 있으니까."

"메르는 기뻐해 주려나?"

"글쎄다."

필로는 현재, 필로리알 형태일 때의 자기 모습을 본떠 만든 잠옷을 착용하고 있다.

필로의 친구이자 메르로마르크의 제2 왕녀인 메르티에게 선물로 주고 싶다는 모양이다.

"앞으로 바빠질 거야. 라프타리아, 단단히 각오해 두라고."

그렇다. 우리에게도 키즈나 패거리만큼이나 수많은 문제들이 산적해 있다.

영귀에게 패배해서 붙잡힌 세 용사들에 관한 문제 같은 것 말이지.

이번에는 그 녀석들도 내 얘기를 들어 줄 거라 믿고 싶다.

"네."

"그리고……. 그래, 봉황과 싸우기 전에 해 둬야 할 일들을 다 처리하고 나서, 갈 수 있으면 가도록 하지."

"어, 어딜 가시려는 건가요?"

"그건…… 나중에 얘기하지."

"하, 하아……."

"후에에에……."

의미심장하게 라프타리아에게 윙크를 보내자, 그 동작을 본 리시아가 어째선지 겁에 질린 목소리를 낸다.

버릇없는 것 같으니. 내가 그렇게 안 어울리는 짓을 했나?

그런 얘기를 주고받고 있으려니, 마차와 기사들이 대열을 이루어 우리 앞에 멈춰 섰다.

그리고 마차에서 메르로마르크의 여왕이 내려서 묵례한다.

"무사히 돌아오신 것을 환영합니다, 이와타니 님."

"오랜만이네."

한 달 만에 보는 거지만, 여왕도 딱히 변한 구석은 없는 것 같다.

응. 적어도 외모에는 변화가 없다.

"그런데, 일은 어찌 되었는지?"

"너희도 어느 정도는 짐작하고 있었던 거 아냐?"

"여기 오기 전에 눈부신 빛이 하늘에 녹아드는 걸 확인했습니다. 그건 이와타니 님께서 영귀의 힘을 탈환했음을 알리는 증거인가요?"

"그래. 영귀의 힘 덕분에, 한동안 파도는 안 일어나게 된 모양이야."

내 말에, 주위에 있던 기사들이 감탄 어린 탄성을 토해낸다.

"아마 다음 사령(四靈)인 봉황의 봉인이 풀릴 때까지는 일단 안전하다고 봐도 될 거야."

"그 봉인이 풀릴 때까지의 기간은 어느 정도인지요?"

"석 달 반. 좀 짧은 것 같은 느낌도 들지만…… 뭐, 그래도 해 봐야지 어쩌겠어."

"알겠습니다. 이세계에서의, 그것도 적지에서의 험난한 싸움을 하시느라 피곤하시죠? 이쪽으로 오시지요."

"그러지. 그쪽 상황도 여러모로 묻고 싶은 게 많으니까."

내가 고개를 끄덕이자, 여왕은 길을 양보하듯 우리를 마차로 안내한다.

우리는 여왕이 마련해 준 마차를 타고 성으로 이동했다.

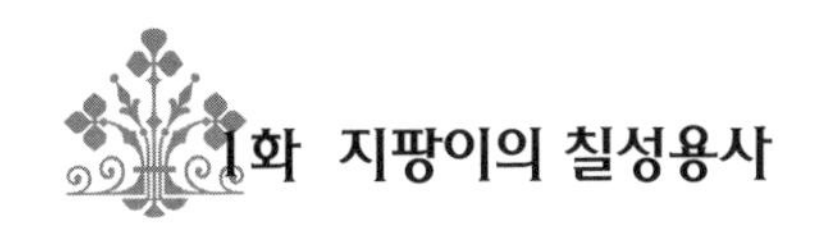

1화 지팡이의 칠성용사

“자, 자, 이와타니 님. 국민들이 이와타니 님께 아낌없는 감사의 말을 전하고 있지 않습니까. 어서 손을 흔들어 주세요.”

“아아, 그래, 그래.”

이렇게까지 성대하게 감사하고 들면 오히려 더 거짓말처럼 느껴지는데.

“방패 용사님 고마워요!”

“용사님!”

여왕이 마련한 마차를 타고 성으로 향하려니, 개선 퍼레이드라도 되는 양, 성 밑 도시 사람들이 나를 향해 손을 흔든다.

속물스러운 녀석들이군.

뭐, 민중 의식에는 그런 단순한 구석이 있다는 것쯤은, 애니메이션이나 역사를 통해서 알고 있지만 말이지.

문제가 없는 정도에서 손을 흔들어 응대한다.

만약 두세 달 전에 이랬다가는 분명 쓰레기가 날아들었을 거란 말이지.

방패의 악마라는 소리나 듣던 시절이었으니까.

첫 번째 파도를 이겨냈을 때는 아예 '왜 네놈이 거기 끼어 있는 거야?' 라는 식의 눈길까지 받았었다고.

이제야 정당한 평가를 받게 됐다고 기뻐해야 할 상황이겠지만, 아무래도 석연치가 않다.

이쪽 세계에서는 우리가 저쪽 세계에 간 후로 시간이 얼마나 흘렀을까.

"여왕, 그러고 보니까 말이야."

"무슨 일이죠?"

"내가 저쪽 세계로 건너간 후로, 이쪽에서는 시간이 얼마나 흘렀지?"

나 나름대로 헤아려 두기는 했지만, 그래도 확인을 위해 물어본다.

*우라시마 타로처럼 실은 꽤 오랜 세월이 흘러 있을지도 모르니까.

"2주일 반이 지났습니다만."

"그래……?"

으음? 아무래도 키즈나네 세계 쪽이 시간 흐름이 더 빠른 모양이군.

2주일 반이라는 여왕의 말에, 라프타리아와 리시아가 아

* 우라시마 타로(浦島太郎) : 거북을 살려준 대가로 용궁에서 호의호식하다가 고향이 그리워 집으로 돌아와 보니, 지인들은 모두 죽고, 아는 사람이 하나도 남아있지 않았다는 옛날이야기의 주인공.

연실색한 표정을 짓고 있다.

“무슨 일이라도 있나요?”

“우리가 추격해 간 세계에서는 한 달 정도가 지났었거든.”

“그랬군요. 그런 변화가…….”

좋은 건지 나쁜 건지는 잘 모르겠지만, 시간 절약 효과는 있었……다고 할 수 있으려나?

이윽고 성으로 들어가자, 여왕은 우리를 옥좌의 방으로 안내했다.

“연합군 녀석들은?”

“각 국가로 돌아가서 재건 활동에 매진하고 있습니다.”

영귀에 의한 피해는 상당히 끔찍했다.

나도 그 상흔을 모르는 바는 아니다.

메르로마르크에서 물리치는 데 성공하기는 했지만, 초원에 나뒹구는 영귀의 거대한 시체 뒤에는 드넓은 돌무더기 황야가 펼쳐져 있는 것이다.

“우선 현황 확인부터 하지요. 현재, 전 세계에 있는 용각의 모래시계가 정지해 있습니다.”

“내 쪽도, 빨간 모래시계는 멎어 있어.”

“네.”

“단, 다른 하나의 모래시계에는 석 달 반이라는 시간이 표시돼 있어.”

그 자리의 공기가 무거워진다.

"기한은 석 달 반. 그때까지 봉황과 싸울 준비를 갖춰야 한다는 거겠지."

봉황이 부활한다는 사실 자체는 확실하다.

"그래서 말인데, 이건 영귀의 에너지를 빼앗은 적, 쿄를 추격해 간 세계에서 알게 된 사실이지만……."

나는 키즈나의 세계에서 알아낸 것들을 모두에게 설명했다.

키즈나의 세계에서는, 파도란 각 세계의 융합 현상이라고 전해져 오고 있으며, 이번 융합이 종료되면 세계의 용량이 한계를 맞이해서 멸망하고 말 거라 여겨지고 있다.

그것을 회피하기 위해, 권속기 소지자라 불리는 용사가 파도의 균열을 통해 타 세계에 쳐들어가서, 그 세계의 버팀목이 되는 성무기의 용사를 죽이기 위한 행동에 나섰었다는 얘기였다.

여왕의 측근들이 술렁거리기 시작한다.

"그 얘기가 사실일까요?"

"솔직히 말하면 미심쩍긴 해. 실제로 시험해 본 것도 아니고, 저쪽 세계에서는 대인 전투 능력이 결여된 성무기…… 사성무기가 존재했었어. 그 얘기가 사실이라면, 사성용사야말로 대인 전투에 강해야 하는 거 아냐?"

내 말이 맞을지도 모른다.

하지만, 하고 키즈나는 부정했었다.

"그 파도에 관한 다른 견해가 적혀 있을지도 모르는 서적을 그쪽 세계에서 찾아냈어. 리시아."

"아, 네!"

리시아가, 키즈나 패거리에게서 받은 사본을 꺼내서 내보인다.

"뭐가 적혀 있는지는 모르지만, 그려져 있는 그림에 파도를 연상케 하는 구석이 많아. 해독해 내기만 하면 뭔가 알아낼 수 있을지도 몰라."

"알겠어요. 그럼 모든 나라들이 힘을 모아서 조사에 임하도록 하겠습니다. 해독이 가능한 자를 파견해 줄 것을 요청하지요."

"그 멤버에 리시아를 넣어 줘. 저쪽 세계 말도 잘 알고, 이 녀석은 이쪽 분야가 주특기니까."

까놓고 말해, 전투보다는 그쪽에 더 재능이 있다고 본다.

"후에에에……."

"글래스와 동료들이 맡긴 일이야. 최선을 다해야 해."

뭐든 다 잘하는 만능으로 키우고 싶으니까.

"그리고 그런 자료 이외에도, 저쪽 사성과 얘기도 매듭짓고 왔어. 더불어 글래스, 라르크와는 일시적으로나마 휴전 협정도 맺고 왔고. 다음에 녀석들과 조우하는 일이 있더라도, 싸우게 될 가능성은 극히 낮다고 봐도 좋아."

"알겠습니다. 확실히, 파도가 일어나지 않는 현재 상황에서는 딱히 경계를 강화할 필요는 없을 것 같군요."

"또, 저쪽 세계에 있던 물품들을 어느 정도 받아 왔어. 제대로 작동할지 어떨지 모르겠지만, 이것저것 많이 가져왔어."

나는 키즈나 일행에게서 받아 온 물건이 든 보따리를 여왕 일당에게 내보인다.

잘만 되면 파도에 대한 대처에 쓸 수 있는 건 물론, 일확천금을 가져다줄 상품이 될 수도 있을 것이다.

전설의 무기에 있는 드롭 기능을 재현하는 도구, 파도 때 발생하는 모래시계에 의한 소환을 재현하는 식으로 전이 스킬을 재현해 주는 귀로의 사본 등, 다양한 물건들을 키즈나 일행에게서 받아 왔다.

"그래서 말인데, 귀중한 물건들이니 미리 말해 두지."

나는 한 발짝 앞으로 나서서, 여왕에게 제안, 아니 질문을 던진다.

"앞으로 석 달 반 동안, 우리는 이번 싸움의 대가로 얻은 저주를 치료해야 해."

그렇다. 지금의 우리, 그중에서 나와 라프타리아와 필로는 알 새크리파이스 아우라의 영향 때문에 능력이 상당히 저하된 상태이다.

게다가 완치하려면 상당한 시간이 걸리기까지 한다.

"그런 일이……."

솔직히 상당히 심각한 상태다.

저주 치료가 끝날 때까지 무리한 행동은 할 수 없다. 통상적인 전투도 상당히 버거울 것이다.

키즈나 세계에 있는 치료사의 말에 따르면, 전치 3개월가량의 부상.

나도 내 나름대로 치료를 시도해 보기는 하겠지만, 치료가 끝날 때까지는 저하된 능력으로 어떻게든 버텨내야 한다.

다른 용사들의 강화 방법을 공유한 덕분에 스스로가 괴물 같은 힘을 갖게 됐다고 생각하고 있었는데 말이지.

다행히 방어력은 저주의 영향에서 벗어나 있으니, 그럭저럭 헤쳐 나갈 수 있을 것도 같다.

"석 달 반 후에는 봉황의 봉인이 풀릴 테고, 그 후의 싸움은 더 험난해질 거야."

키즈나 쪽 세계의 마물들이 강해진 데에는 파도의 영향이 있었다고 들었다.

점점 더 강해질 적들과 맞닥뜨리게 될 앞으로의 싸움에서, 용사는 필요 불가결이다.

나 혼자서 다 감당해 내는 건 불가능할 테고, 비록 도의 권속기를 갖고 있다고는 해도, 라프타리아만 데리고 대처할 수도 없을 것이다.

그리고 피트리아와도 약속하지 않았던가.

최소한 사성용사 사이의 결속을 다지는 정도라도 해야 한다.

"앞으로 찾아올 사태를 생각하면, 하다못해 용사들끼리 대화를 해 봐야 할 것 같아. 사성용사나 권속기…… 아니, 칠성용사라고 했던가?"

아마 권속기란 이 세계의 칠성용사에 해당하는 말일 거라는 게 내 짐작이다.

그 녀석들과 대화를 해 보고, 가능하다면 강화 방법도 공유해 두고 싶다.

"…………."

여왕은 내 말을 듣고 부채로 입매를 가린다.

"이와타니 님의 말씀, 잘 알겠습니다. 칠성용사와의 대화에 대해서는…… 포브레이나 각 국가들과 연락을 취해서, 실현할 수 있도록 노력해 보지요."

여왕의 대답에 나는 고개를 갸웃거린다.

칠성용사? 그 바보 사성용사 놈들은 어쩌고?

"이봐, 사성…… 나 이외의 놈들은 왜 빼먹지?"

내가 묻자, 여왕은 시선을 외면한다.

"이봐!"

"저, 정말 면목 없는 말씀입니다만…… 며칠 전에……."

나 이외의 사성용사란 검, 창, 활의 용사인 아마키 렌, 키타무라 모토야스, 카와스미 이츠키를 가리킨다.

녀석들은 자신들이 게임 속 세계에 들어와 있다는 착각에 빠져서, 자기가 알고 있는 게임 속 지식에 따른 행동만 되풀이한 끝에 폭주, 영귀에게 덤볐다가 격퇴당하고, 교에게 붙잡혀서 영귀를 움직이는 힘의 공급원 노릇이나 하고 있었다.

우리가 다른 이세계로 떠나기 직전, 에클레르와 변환무쌍류 할망구의 손에 후송되던 모습을 기억하고 있다.

그리고, 여왕의 얘기는 이러했다.

용사들은 치료원에서도 눈을 뜨지 못한 채 계속 잠들어만 있었다.

그러다가 며칠 전, 치료원 측은 각 용사들이 의식을 회복한 걸 확인했다고 한다.

진료를 맡은 치료사의 말에 따르면, 각 용사들은 그때까지 있었던 사정들에 대한 얘기를 듣고…… 자신들이 영귀에게 덤볐다가 패했다는 걸 자각했다고 한다.

"그래서?"

"눈을 뜬 그날 밤…… 용사님들은 홀연히 모습을 감추었다고 합니다."

스스로의 뺨이 굳어지는 게 느껴진다.

그 멍청한 용사 놈들! 전이 스킬로 도망친 거냐!

왜 도망친 건지는 모르겠다. 딱히 나쁜 짓을 한 것도 아닐텐데…….

뭐, 볼썽사나운 꼴을 보인 건 사실이지만.

"정보 봉쇄를 하고는 있지만, 국민들 사이에서는 영귀가

흉악해진 원인 중 하나가 방패 용사 이외의 다른 용사들이 패배했기 때문일 거라는 소문이 돌고 있어서, 용사님들의 신변이 걱정되는 상황입니다."

"하아……. 어디로 간 건지는 모르지만, 일단 보호하는 방향으로 일을 진행시켜 줘."

"최선을 다해 보겠습니다. 다만, 용사님들이 자신들 때문에 피해가 확대됐다면서 스스로를 몰아붙이고 있을 가능성도 있기에, 충분히 주의를 기울여 대응하도록 명령해 두었습니다."

나 원 참……. 그 얼간이 놈들은 도대체 얼마나 더 말썽을 일으켜야 직성이 풀리는 거냐!

"지금 조심해야 하는 건, 패배 때문에 상심한 용사님들을 교묘한 말주변으로 꼬드겨서 세계 통일의 기수로 삼으려는 국가가 없을 거라는 보장이 없다는 점입니다."

"아, 역시 그런 녀석들도 있는 건가."

"물론 그에 상응하는 비난도 뒤집어쓰게 되겠지만, 우리나라는 물론, 포브레이도 잠자코 있지는 않을 것입니다."

"포브레이…… 아, 사성용사를 제일 먼저 소환하려고 했던 대국이라고 했던가?"

"네. 사성용사와 밀접한 관련이 있는 나라입니다. 그 나라의 허가 없이 그런 짓을 했다가는, 전쟁을 피할 수 없겠지요."

이 세계는 키즈나 쪽 세계에 비하면 전쟁과는 거리가 멀

거라고 생각했는데, 의외로 그런 문제도 흔했었군.

용사가 자신에게 아부하는 나라로 망명하면, 정치적 도구로서 이용될 위험이 있는 건가.

나는 나도 모르는 사이에 권유를 거절하는 바람에 그런 신세는 면했었지만, 그 녀석들이라면 걸려들 가능성이 있다.

정말이지, 돼먹지 못한 놈들이다.

그 돼먹지 못한 놈들 중에 하나인 내가 할 소리는 아닌지도 모르지만…….

지금 가능한 일은, 칠성용사 소집뿐인가.

"파도 건너 세계의 사성용사는 동료들을 충분히 단련해서, 용사 없이도 파도에 맞설 수 있을 정도였어. 앞으로는 그 정도 단련이 필요하다는 게 내 견해야."

결과적으로 영귀를 처치한 건 우리였지만, 방어밖에 못하는 나로서는 아무래도 동료가 필요하다.

"이와타니 님의 말씀, 이해하겠습니다."

"미리 말해 두지만, 연합군이 없었더라면 우리는 영귀에게도 패했을 거야. 그건 확실히 말해 둘게. 하지만, 연합군의 지금 실력으로는 파도를 이겨내기 힘들어. 솔직히 말해서, 약하니까."

"끄응……."

기사란 놈들은 자존심이 너무 강해서 짜증 난다니까.

"내 말은 전체적인 전력이 약하다는 거야. 영귀와 파도가 서로 관련이 있는 이상, 앞으로는 영귀보다 더 강한 괴물이 나타날 가능성이 상당히 높아. 그러니까 파도에 대비해서 사병을 육성해야겠다는 생각이 들었어. 돈도 필요하고, 그 바탕이 될 영지도 있었으면 좋겠어."

"그렇군요. 이제 나오후미 님이 하시고자 하는 말씀이 짐작이 가네요. 마침 은상을 베풀어야 하니, 좋은 기회이기도 하니까요."

여왕은 부채를 접고, 지도를 꺼냈다.

"성 밑 도시 근방이 좋지 않을까 싶습니다만, 원하시는 곳이 있는지요?"

"여기야."

나는 주저 없이, 카르밀라 섬으로 가는 배가 오가는 항구 근처의 지역을 가리켰다.

"에……?"

라프타리아가 저도 모르게 새어 나오는 목소리를 애써 참았다.

"흐음……. 그 지역은…… 현재 세이아엣트 양이 영주로 있는 지역이네요."

"에클레르 말이지? 그 녀석도 의외로 이것저것 하는 일이 많군."

"네, 저도 영지 재건에 힘을 기울이고 있는 지역입니다만, 보고에 의하면 현재 상황은…… 썩 좋지 못하다고 하더군요."

"그랬군……."

내가 소환되기 전에 일어난 첫 번째 파도 때 큰 피해를 입은 지역이라고 한다.

나도 몇 번인가 지나갔었는데, 아무도 없는 폐허만 늘어서 있는 한산한 지역이었다.

파도 때문인지 초목들도 성장이 더디다는 모양이니, 재건하는 건 쉽지 않으리라.

아직 2주일 반밖에 지나지 않았기도 했고.

"가능하면 다른 지역을 추천드리고 싶습니다. 첫 번째 파도에 의해 막대한 피해가 발생해서 폐허가 된 곳이니까요."

"어차피 개척할 거야. 성 근방처럼 이미 개척이 끝난 곳보다 자기 마음대로 만들어갈 수 있으니, 오히려 더 좋아."

"……알겠습니다. 그리고, 영지를 얻는다면 그에 상응하는 지위를 가져야 하겠군요."

"어차피 나는 파도가 끝나면 돌아갈 생각이야. 내 대에 한한 지위면 충분해. 그 후에는 그냥 에클레르에게 돌려줘도 되고. 아니…… 내 마음대로 하도록 내버려 둬 주기만 한다면야, 영주는 그냥 이 녀석으로 해 둬도 돼."

에클레르와는 모르는 사이도 아니고, 고지식하기는 해도 아인과 친하게 지내려는 의지를 보여주는 이 녀석 정도라면, 잘 지낼 수 있을 것이다.

"그럴 수는 없습니다. 이와타니 님, 당신은 스스로의 활약을 지나치게 과소평가하고 계세요. 공적에 상응하는 보수를 드리지 않으면, 타국에 메르로마르크 공격의 명분을 주게 됩니다."

어째선지 여왕에게 꾸지람을 들었다.

"백작 지위를 내려 드리지요."

"이봐……."

방패가 '백작' 이라고 통역했다는 건, 계승 권리가 발생하는 지위라는 거잖아.

한참 전에 귀족을 소재로 한 만화를 열심히 읽은 덕분에 작위에 대해서는 잘 알고 있단 말이지.

그 만화는 중세가 아니라 근세를 배경으로 한 거였지만.

공작, 후작, 백작, 자작, 남작.

통칭 오등작(五等爵)이라 부르며, 앞쪽에 있는 지위일수록 더 높은 지위라고 보면 된다.

일반적으로 작위는 두 개로 분류되며, 가문과 영주, 내 세계로 따지자면…… 유럽의 경우는 기본적으로 영주에 따라 작위가 발생하며, 그 영지를 지배하는 자를 통틀어 귀족이라고 불렀다.

그 때문에, 다수의 영지를 갖고 있는 귀족은 당연히 다수의 작위를 갖고 있었다.

그리고 작위를 갖는다는 건, 곧 최소 10,000에이커 이상의 토지를 소유하고 있는 귀족이라는 뜻이다.

뭐, 이 세계에서도 그런 의미가 통하는 건지 어떤지는 모르겠지만.

"어쩌면 이와타니 님에게 아이가 생길지도 모르니까요. 그럴 경우에 대비한 조치입니다. 예를 들어…… 메르티의 아이라든가."

"말도 안 되는 소리."

그렇게까지 나와 메르티를 약혼시키고 싶은 거냐?

그 녀석은 아직 어린애라고. 열 살짜리 애한테 욕정을 느낄 리가 없잖아.

"잠시 기다려 주십시오. 칭호 수여 의식을 거행해야 하니까요."

"되게 귀찮네……."

"그렇게 느끼실지도 모르지만, 이번에 이와타니 님이 펼치신 활약에 걸맞은 형식과 보수를 갖추지 않으면 국가의 위신이 떨어지니까요."

하긴, 그렇게 막대한 피해를 발생시킨 사건의 주모자를 해치운 용사에게 달랑 돈만 건네줘서는 국가의 기강이 서지 않는다는 얘기도 수긍이 간다.

"아인이 숭배하는 방패 용사님께서, 메르로마르크 국내에서도 아인 차별이 없기로 유명하던 세이아엣트를 영지로 원하시다니. 에클레르 양의 부친께선 참으로 인망이 두터웠고, 저도 많은 부분에서 의지했었지요."

……여왕 녀석, 내 의도를 완전히 이해하고 있군. 시선이 연신 라프타리아 쪽으로 가잖아.

"선전 효과도 좋을 것 같으니까요. 그 점은 잘 부탁드립니다."

"너무 기대하면 곤란한데."

여왕이 나에게 의식용 검을 건네준다.

방패 때문에 튕겨나가는 게 아닐까 생각할지도 모르지만, 전투 의사가 없는 한은 튕겨나가지 않으니 문제 될 건 없다.

검을 뽑아서 여왕에게 건네고, 여왕이 내 양어깨에 번갈아서 검을 드리워서 인증하면, 칭호 부여 의식이 끝난다는 모양이다.

"방패 용사, 나오후미 이와타니에 대한 칭호 부여!"

나팔 같은 악기를 연주하는 성의 병사들.

나는 문으로부터, 옥좌에서 기다리는 여왕을 향해 당당히 걸어간다.

뒤이어 느끼한 포즈를 취한 후 고개를 조아리고는, 허리에 찬 검을 뽑아서 여왕에게 건넨다.

여왕은 검을 받아 들고, 내 어깨에 드리웠다.

"그대, 우리 나라의 규칙에 의거하여, 이번 활약을 치하하여 백작의 지위를 내리노라."

그리고 여왕은 내게 검을 돌려준다.

"앞으로의 활약을 기대하겠노라."

검을 칼집에 꽂고, 나는 자리에서 일어섰다.

"이제 끝났습니다. 마음 같아서는 더 대대적으로 의식을 거행하고 싶습니다만……."

"귀찮아."

"그러실 줄 알고 약식으로 거행했습니다. 하지만, 민중들에게는 충분히 선전하겠습니다."

"알았다고."

이제 대놓고 성 밑 도시를 쏘다닐 수는 없게 될 것 같다.

그러고 보니 쓰레기는 어디 있지? 얼굴 본 지가 꽤 오래된 것 같은데, 있기는 있는 건가?

여왕을 대행하던 대리 왕이자, 여왕의 남편이다. 원래는 다른 이름이 있었지만, 죄에 대한 처벌로 인해, 지금은 쓰레기라는 이름으로 개명당한 상태다. 종교적인 이유로 내게 누명을 뒤집어씌운 범인 중 하나다.

……아, 찾았다. 울분 가득한 눈으로 나를 노려보고 있다.

여왕이 눈을 번뜩이고 있어서 아무 말도 못하는 모양이군.

그렇게만 생각했었는데…… 자세히 보니 목줄을 차고 있다.

"…………!"

아, 뭔가 말하려다가 목줄을 움켜쥐고 있다.

목줄이 옥죄어 드는 모양이다. 우습다. 웃어 주었다.

"——!"

엄청 열이 뻗친 모양이군.

하지만 고함이라도 치려고 들면, 입을 열기도 전에 목줄이 옥죄어 들어서 입을 틀어막는다.

진짜 웃기는 광경이라니까.

"나오후미 님……?"

라프타리아가 주의를 주듯이 말을 건다.

아무래도 라프타리아의 눈에는 쓰레기의 목에 걸린 목줄이 보이지 않는 모양이다.

"아니, 그게, 워낙 웃겨서 말이야. 저걸 좀 보라고."

"뭐…… 나오후미 님답네요."

황당해하는 라프타리아.

"아, 그러고 보니 나오후미 님, 칠성용사와 얘기해 보고 싶다고 말씀하셨었죠?"

"응? 그렇긴 했는데……."

여왕이 의미심장하게 쓰레기 쪽으로 시선을 보낸다.

기사들이 쓰레기를 강제로 끌고 와서 내 앞에 무릎을 꿇린다.

"어느 칠성용사의 얘기를 해 드리지요."

왜 쓰레기를 데려와서 얘기하는 건데.

"옛 이름은 루주라는 걸출한 인물이었답니다. 과거에 세계 지배를 노리던 실트벨트에 맞서서 정면으로 충돌한 끝에, 20여 년 전, 메르로마르크를 비롯한 여러 나라를 구해

냈지요.”

“평가가 꽤 높은 녀석이군.”

20년이나 더 지난 얘기라면, 지금은 제법 나이를 먹었을 것이다.

내가 아는 녀석들 중에서 그 연배의 녀석들을 꼽자면, 할망구나 노예상, 액세서리 상인 정도겠군.

후반의 두 명은 언급할 가치도 없고, 할망구는 충분히 가능성이 있겠는데.

내가 준 약을 먹고 극적으로 부활하고부터는 엄청나게 날뛰어대기도 했으니까. 하지만, 어쩐지 할망구는 아닌 것 같은 느낌이 든다.

“사람들은 그를 지팡이 용사로서가 아니라, 그 지략을 두려워해서…… 지혜의 현왕(賢王)이라는 이름으로 기려 왔습니다.”

“——!!”

어째 쓰레기가 엄청나게 저항하고 있다.

흐음…… 지혜의 현왕이라. 제법 대단한 녀석이었나 보군.

그만큼 머리가 좋은 녀석이라면……. 나는 리시아를 쳐다본다.

“네 아버지?”

“후에에에에에에에에!”

휙휙 고개를 가로젓는다. 리시아의 아버지는 아닌 모양이다.

"리시아, 넌 뭐 좀 아는 거 있어?"

"아, 네. 거기 계신…… 국왕님이 지팡이의 칠성용사님이세요."

"엉?"

나는 아연실색하면서, 버둥거리는 쓰레기를 가리킨다.

"지금 메르로마르크와 각 국가들이 존재하는 것도 다 국왕님 덕분인걸요."

아니, 그럴 리가. 이 바보 멍청이에 권력욕의 화신 같은 쓰레기가 칠성용사?

말도 안 돼! 지팡이 같은 걸 갖고 있는 건 본 적도 없다고.

지혜의 현왕 좋아하시네. 무지의 우왕(愚王)을 잘못 말한 거겠지.

"리시아는 의외로 농담도 잘하는군."

"!"

쓰레기가 거센 콧김을 내뿜으며 나를 쏘아본다.

"농담으로 드린 말씀이 아닌데……. 지금 이 모습도 분명 모종의 책략일 거라고 생각해요. 국왕님이 계신 한 메르로마르크의 안위는 걱정할 게 없을 거라고, 아빠와 엄마가 입버릇처럼 말씀하셨는걸요."

"……네 엄마 아빠가 몰락 귀족 신세가 된 이유를 알 것 같군."

"후에에에……."

"나오후미 님!"

라프타리아가 내게 주의를 준다. 사실인 걸 어쩌라고.

얘기로 미루어 보면, 내 세계로 따지자면 유명한 군사(軍師) 같은 존재였던 것 아닐까?

아무리 어리석은 행동을 해도, 뭔가 함정일 거다, 섣불리 건드려서는 안 된다는 식으로 사람들이 넘겨짚게 만드는…….

아니, 그럴 리가 없지.

"아니, 그건 아마 아닐 거야. 진짜는 따로 있고, 이 녀석은 똑같이 생긴 가짜겠지."

내가 도발적으로 삿대질하자, 인내의 한계에 달한 건지, 쓰레기가 주먹을 움켜쥐고 나를 후려치려 들었다.

"어림없는 짓을. 아이시클 프리즌."

"?!"

쓰레기는 얼음 감옥에 갇혀서 여왕을 노려본다.

"아니면 진짜는 이미 죽었고, 쓰레기는 그 후임이라거나 한 거 아냐?"

"아뇨, 아뇨. 정말이랍니다. 그렇죠, 쓰레기?"

"!"

"아아, 그 목줄 때문에 말을 못 했죠? 이와타니 님, 잘 생각해 보십시오. 빗치는 노예로 만들었지만, 쓰레기는 노예로 만들지 않았었던 걸."

그러고 보니…… 쓰레기는 비교적 빨리 체념했기에 방치

해 둔 거라고 생각했었는데, 그렇게만 보기에는 석연찮은 구석이 있던 것 같긴 하다.

"이와타니 님이라면 아시겠지만, 사성용사나 칠성용사는 노예로 만들 수 없습니다."

"하아……. 그 말은, 쓰레기는 절대로 노예로 만들 수가 없으니까 이렇게 목줄로 제압하고 있다는 거군……. 목줄은 괜찮은 거야?"

"네. 사실 본인이 마음만 먹으면 손쉽게 부술 수도 있지만요. 부쉈다가는 벌을 받게 될 테니 잠자코 있는 것뿐이지요."

여왕이 그렇게 말한 직후, 쓰레기가 목줄을 찢어발겼다.

"더 이상은 못 참아! 방패————!"

시끄러운 건 예나 지금이나 마찬가지군.

"이번에는 한 번 봐 드리지요. 상황은 대충 아시겠죠, 올트크레이——아니, 쓰레기. 당신 지팡이의 강화 방법을 이와타니 님에게 제공하세요."

"누가 얘기할 줄 알고! 나는, 나는 인정 못 해! 방패에게 백작 작위라고? 죽어도 인정 못 해!"

"……어떻게 할까요? 목숨만은 부지하게 해 주셨으면 합니다만."

그렇게 말하면서, 여왕은 쓰레기의 빰을 구타하고 있다.

나는 천성이 사악한지라 슬슬 신이 나긴 했지만, 현실적으로 생각해 보면 쓰레기가 가진 강화 방법을 알아내기는 힘들다.
그럴 경우, 죽여 버려서 다른 소지자가 출현하는 걸 기다렸다가 물어보는 게 빠르다.
하지만 여왕은 관대하게 처분해 달라고 말하고 있는 것이다.
어려운 문제군.
"여왕, 최대한 고문해서 알아내도록 해. 세계 평화를 위해 싸울 생각이 없는 용사 따위는 살 가치도 없어."
"뭐가 어째?! ——푸헥?!"
여왕이 부하에게 명령해서 쓰레기의 입에 물건을 쑤셔 넣어서 틀어막는다.
"……알겠습니다."
"기한은——."
내가 유예 기일을 말하려 한 순간, 여왕이 가로막는다.
"제 딸인 빗치에 대한 문제도 남아 있습니다."
음. 뭔가 진전이라도 있었던 건가?
강화 방법도 중요하지만, 그 빗치 얘기가 먼저다.
뭔가 여왕이 일부러 말머리를 돌린 것 같은 느낌도 들지만, 뭐, 다음 기회에 지적해 주도록 하지.
"의식을 되찾은 키타무라 님의 말씀에 따르면, 생존 가능성이 높아 보입니다."
"하긴 그렇겠지……. 최대한 빨리 찾아내서 붙잡아."
쿄의 얘기에 따르면, 모토야스의 동료들은 영귀의 눈앞에서 모토야스를 두고 도망쳤다고 했다.

분명 살아 있을 것이다.

"분부 받들겠습니다."

모토야스에게 돌아갈지 어떨지는 잘 모르겠군. 아니, 적전 도주죄로 처형당하려나?

"우선 그 아이와 얘기를 해 봐야겠지요. 상황에 따라서는 이와타니 님에게 있어 유쾌한 결말이 되겠지요……."

"그렇게 되기를 기도하지. 후후후……."

그런 식으로 여왕과 나는 서로의 속내를 떠보면서 마주 웃는다.

"나오후미 님!"

"아, 네에, 네에. 알았다니까……."

나 참, 장난에 좀 어울려 주면 얼마나 좋아. 라프짱처럼 말이야.

"라프프……."

참고로 라프짱은 아까부터 계속 나를 따라서 사악한 웃음을 짓고 있다.

"어쨌든, 저로서도 여쭤 보고 싶은 것들이 산더미처럼 많답니다."

"알았다니까. 일단은 준비부터 하자고."

이제 막 이세계에서 돌아온 마당이고 하니, 여러모로 준비할 게 많단 말이다.

"그럼 또 보자고, 세상의 쓰레기. 앞으로 네놈은 용사를 함정에 빠뜨린 무지의 우왕으로서 영원히 역사에 이름을 새기게 될 거야. 좋겠네, 그런 유명인이 됐으니."

"——!!!"

우리가 옥좌의 방에서 나오려 하니, 쓰레기가 필사적으로 나를 삿대질하며 얼음 감옥을 깨부수려 하고 있다. 나를 두드려 패고 싶은 모양이지만, 그를 둘러싼 병사들이 그것을 용납하지 않는다. 여왕도 적절하게 대처해 준다.

그나저나, 이 녀석 정말 칠성용사이긴 한 거야?

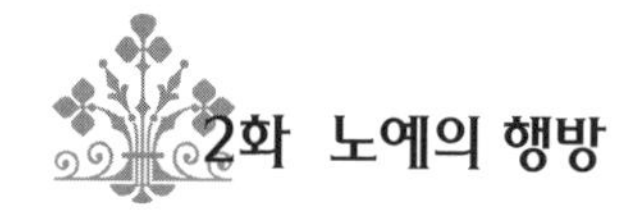

2화 노예의 행방

객실 침대에 드러누워서 휴식을 취한다.

아아, 역시 몸이 무겁네. 누워 있으니 실감이 난다. 저주의 효과가 너무 강해서 버겁다.

오늘은 해가 질 때까지 여왕 등과 앞으로의 일에 대해서 여러모로 의논했는데, 어떻게 될지 모르겠군.

"그러고 보니——."

나는 찬찬히 스스로의 장비품을 확인한다……. 아니나 다를까, 갑옷의 문자가 깨져 있다.

바르바로이 아머는 작동하지 않는 모양이다.

"라프타리아, 리시아, 필로. 각각 장비품들을 체크해 둬."

"아, 네……. 문자가 이상하게 변하고 장비의 효과가 없는 것 같아요."

라프타리아는 일찌감치 이 세계에서 입던 갑옷으로 갈아입고 있었다.

크윽……. 어느 틈에 갈아입은 거지.

"왜 그렇게 떫은 표정을 지으시는 거죠?"

"내가 뭘?"

그야, 무녀복이 워낙 잘 어울렸는걸. 지금 모습보다 훨씬 맘에 들었는걸.

그런 어린애 같은 대답을 뇌리에 떠올리고 있으려니, 라프타리아가 의심 어린 눈매로 나를 쳐다본다.

"아, 제 흉갑도 이상한 글자로 변해 있어요."

"인형옷이 좋으려나?"

예비용 페클 인형옷이 어딘가 있었을 텐데……. 어디에 뒀더라?

성의 창고에 맡겨 뒀었던가?

"후에에에에."

"잠깐만요, 나오후미 님, 리시아 양도 이제 많이 성장했으니까 인형옷은 좀……."

"있잖아, 주인님. 메르는? 방에 가 봤는데 없어."

필로가 잠옷을 펼쳐 놓고 묻는다.

일단 감정해 보자.

오? 필로의 잠옷은 호환성이 있는 것 같잖아.

"메르티 말이야? 에클레르 쪽을 보좌하러 가 있다고 들었던 것 같은데."

"그렇구나. 그럼 내일은 만날 수 있는 거야?"

"그럴지도 모르지."

어차피 우리도 거기로 갈 예정이니까.

"그건 그렇고, 나오후미 님."

드러누워 있는 내 쪽으로, 라프타리아가 스윽 얼굴을 들이댄다.

"영지를 갖게 되셨네요. 게다가 작위까지……. 대단한 출세 아닌가요?"

"애초에 난 원래 용사니까……. 별로 실감이 안 나는데."

"……나오후미 님은, 뭘 원하시는 거죠?"

라프타리아는 의혹 어린 눈동자로 내게 묻는다.

그러고 보니, 내가 원하는 영지를 여왕에게 얘기했을 때 라프타리아가 뭔가 말하려고 했었지.

"아까 그 영지 얘기군……. 아까 얘기한 그대로야. 앞으로 찾아올 험난한 싸움에 대비해서, 키즈나나 글래스, 라르크와 같은 사병 부대를 만들어 두는 게 좋을 것 같아서."

"그런데 왜 하필 첫 번째 파도의 피해를 입은 곳을 영지로 고르신 거죠?"

솔직히 말해야 할까? 아니면 말하지 않는 게 좋을까.

어째 좀 생색내는 것 같으니까 대충 얼버무려야겠다.

"사정을 알고 있는 곳이 더 편할 것 같아서 말이지. 에클레르의 부모님과도 인연이 있는 곳이고, 내가 손에 넣어도 뭐라고 할 사람이 없을 만한 지역이잖아."

잠시 침묵이 나와 라프타리아를 감싼다.

이윽고 라프타리아는 체념한 듯 한숨을 지었다.

"하아……. 알았어요. 그렇다고 쳐 두죠."

"라프타리아, 우선은 네가 아는 사람들 중에서 노예를 고르자. 속내를 알고 있는 녀석을 데리고 싸우는 쪽이 편할 테니까. 그런 다음에 보통 사람들 중에 노예를 고르는 거야. 전력이 어느 정도 다져지면 성의 병사들도 단련시켜 주도록 하지."

노예들을 강하게 단련해서, 만에 하나 글래스 패거리와 싸우게 되는 한이 있더라도 바로 처치할 수 있을 정도로 전력을 강화해 두고 싶군.

"동시에……. 후후."

라프타리아의 지인들 입장에서는, 소중한 고향을 되찾으려면 나의 사병이 되는 수밖에 없다는 것이다. 말하자면, 내 영지가 곧 인질인 셈이다.

"또 마음에도 없는 못된 표정을 짓고 계시네요. 보나 마나 인질이니 뭐니 하는 생각을 하고 계시겠죠."

우, 아무래도 다 들통 난 모양이다.

"후후, 꼭 오랜 세월을 함께한 부부 같네요."

리시아가 은근슬쩍 폭탄발언을 했다.

하긴, 라프타리아는 이 세계에서 나와 가장 오래 어울린 사람이니, 내 마음 정도는 이해하겠지.

부부 같은 건 아니지만.

"무, 무, 무슨 말씀을 하시는 거예요?!"

라프타리아가 수줍은 듯 얼굴을 붉히며 소리친다.

아아, 역시 그런 연애 얘기는 역린이었나. 리시아가 지뢰를 밟았군.

원래는 꼬마 노예였지만, 라프타리아는 누구 못지않게 다정하고 오지랖 넓은 녀석이다.

가족을 잃고, 삶의 터전을 빼앗긴 슬픔을 그 누구보다 잘 이해하고 있다.

다시 말해 라프타리아는, 자신과 같은 처지가 되는 사람이 하나라도 늘어나는 걸 막기 위해서 싸우고 있는 것이다.

이런 숭고한 목적을 가진 라프타리아가 연애 따위에 관심을 가질 리가 없다.

애초에 라프타리아는 외모만 어른일 뿐, 실제 연령은 아직 어린애라고.

연애할 나이가 아니란 말이다.

뭐, 리시아는 이츠키를 사랑하고 있으니까, 그런 면에서 좋은 쪽으로나 나쁜 쪽으로나 여성스러운 면을 갖고 있는 거겠지.

"맞아, 리시아. 라프타리아는 그런 농담을 싫어한다고. 앞으로는 조심해."

"나, 나오후미 님……."

얼굴이 새빨개졌던 라프타리아가 차분함을 되찾는다.

그래, 좋아. 너무 화를 돋우는 건 좋지 않으니까.

"네……에?"

리시아가 고개를 갸웃거리면서 나와 라프타리아를 쳐다보고 있다

"자, 내일은 여러모로 바빠질 거야."

그렇게 앞으로의 일들을 생각하다 보니, 퍼뜩 떠오르는 것이 있었다.

"맞다, 리시아. 너, 레벨 리셋을 하겠다고 한 적 있었지?"

"네."

"안 하는 방향으로 생각해 볼 순 없을까?"

"어, 어째서요?"

"나오후미 님에 의한 자질 향상 효과를 받으려면 레벨 1부터 다시 시작하는 게 낫다고 하시지 않았나요?"

"그 점 말인데, 키즈나 쪽 세계에 있었을 때, 리시아의 능력을 어느 정도 관찰해 봤거든. 그건 너도 알고 있지?"

"네."

나는 리시아가 어떤 식으로 성장했는지를 분명하게 확인했다.

"솔직히 말해서, 지금의 리시아와 리시아 쪽 세계에 있었을 때의 리시아는 능력 면에서 그다지 차이가 없어. 형편없는 수준이지."

"그런가요?"

"뭐, 다소 차이가 있기는 하지만…… 라프타리아나 필로에 비하면야……."

"후에에에……."

"그리고 리시아, 내 분석에 따르면 네 능력은 지금부터 쑥쑥 성장해 나갈 거야. 클래스 업에서의 자질이라는 문제가 있을지도 모르지만 말이지."

라프타리아와 필로는 클래스 업을 통해 각각 특정한 자질이 꽃을 피웠었다.

특히 필로는 피트리아의 깃털이 지닌 힘 덕분에 특수한 클래스 업이 가능해져서, 다양한 자질이 꽃을 피웠다고 했으니까.

자질에 따라서는 클래스 업 후에도 나름의 영향이 나타난다.

리시아는 재능이 떨어지는 녀석이지만, 마법에 특화된 속성이 나타나는 클래스 업 방향이 있을지도 모른다.

"아, 네?! 아, 알았어요……. 으음, 저는…… 이츠키 님이 골라 주신 지금의 저를 소중히 하고 싶어요."

"그렇군……. 알았어."

자기를 버린 녀석이건만, 일편단심 민들레가 따로 없군. 하지만, 그 상처를 극복하는 데에 의미가 있다.

난 그런 것도 싫지 않단 말이지.

이렇게 우리는 내일에 대비해서 느긋하게 휴식을 취했다.

"그럼 어디……."

성에서 아침 식사를 마친 우리는, 여왕과 가볍게 대화를 나누고 출발 준비를 갖춘다.

"어디로 가실 건가요?"

"노예상한테 갈 거야."

"이와타니 님."

그때, 여왕이 뭔가 나에게 제안할 게 있는 듯 손을 들고 말했다.

"라프타리아…… 님의 동향 사람을 구입하러 가시려는 것인가요?"

"그럴 거긴 한데……."

"그 일에 관련해서, 저희 쪽에서 약간 복잡한 문제가 일어난 점을 미리 사과드립니다."

"…………."

뭐지. 엄~청나게 불안한 예감에 내 뺨이 굳어진다.

솔직히 말하면 듣고 싶지 않다. 하지만 듣지 않으면 얘기를 진전시킬 수 없다.

"뭐지?"

"네. 영귀 사건 후, 세이아엣트 양의 지위를 복권시키면서, 저는 국가의 귀족들을 비롯한 각 방면에, 세이아엣트령 출신 아인들을 즉시 해방하도록 공문을 통해 명령했습니다."

"그래……."

"다행히 라프타리아 님의 동향 사람이 이쪽에 있는 만큼, 생존한 마을 주민들은 금방 찾을 수 있을 거라고 생각했습니다만——."

여왕이 무슨 소리를 하려는 건지 완전히 감이 잡힌다. 솔직히, 듣고 싶지 않다.

라프타리아는 아예 얼굴이 새파랗게 질려 있잖아.

"결과가 신통치 않아서, 조사해 봤더니…… 아마도 다들 국가가 해방을 명령하기 전에 매각해 버리는 바람에, 태반은 아직 행방을 알 수 없는 상태입니다."

어이! 이 나라의 어둠이 또 내 발목을 붙잡는 거냐!

나도 온라인게임을 하면서 약화될 것으로 밝혀진 아이템을 일찌감치 팔아치운 적이 있었으니, 그 심리를 전혀 이해 못하는 건 아니다.

하지만, 아무리 그래도…… 하아. 진절머리가 나는군.

"현재 조사 중으로, 이와타니 님께서 주로 거래하고 계신 마물상은…… 라프타리아 님의 친구를 찾고 있는 중입니다."

그러니까 지금은 없다……. 한창 찾고 있는 중이라는 건가.

약간 비틀거리는 라프타리아를 부축하며, 나는 계획이 첫 발짝부터 헝클어지는 걸 느꼈다.

"다행히 키르 님을 비롯한 네 명 정도가 세이아엣트령으로 돌아간 상태입니다."

키르를 포함해서 네 명이라……. 너무 적잖아.

앞으로 개척해 나가야 하니 일손이 더 필요할 텐데.

어쩔 수 없지.

"일단은…… 출신지를 따지지 말고 아인 노예들을 다소라도 모으는 게 좋을 것 같군."

"나오후미 님?!"

"네 명만 가지고 개척할 순 없어. 일손이 너무 부족해."

앞으로 해야 할 일들이 한둘이 아니란 말이다.

"어쩔 수 없잖아. 값싸고 쓸 만해 보이는 녀석들을 사 가자."

"아, 알았어요……."

"뭐, 결국에는 어린 노예를 사게 되겠지……."

성장 가능성 등등을 고려하면 말이지.

그렇게 생각하면서 여왕과 작별하고, 노예상의 가게로 향했다.

로브를 덮어쓰고, 뒷골목을 걸어서, 오랜만에 텐트로 발걸음을 옮긴다.

"오오?"

거기에는 웬만하면 얽히기 싫은 인물, 노예상이 한가하게 앉아서 손님을 기다리고 있었다.

라프타리아의 동향 출신 노예를 찾고 있는 것 아니었어?

로브 밖으로 고개를 내밀고, 인사 대신 손을 든다.

"이거 방패 용사님 아니십니까. 오랜만에 뵙습니다. 듣자하니 어마어마한 활약을 하고 계시더군요."

"오랜만이군."

"저를 잊으신 줄 알았지 뭡니까."

"너 같은 녀석을 어떻게 잊으라는 거야?"

뭐랄까, 독특한 분위기를 풍기는 이 녀석을 잊어버린다는 건 쉽지 않은 일이다.

어지간한 상인들보다 더 수완이 좋은 녀석이라는 인상이 느껴진다.

이런 장사는 고객의 기억에 남는 게 제일이니까.

그러고 보면…… 마지막으로 이 녀석을 만난 건 필로의 손톱을 사러 왔을 때였다.

용각의 모래시계에서 클래스 업에 실패했던 때 이후로 처음 보는 것이다.

그때, 이 녀석은 내게 실트벨트와 실드프리덴으로 가는 게 어떻겠냐는 조언을 했었다.

그나저나 아까 여왕이 한 얘기를 생각해 보면, 여왕과 이 녀석은 서로 연줄이 있는 건가?

"너도 보통내기가 아니군. 설마 국가와 비밀리에 이어져 있었을 줄이야."

"방패 용사님을 보고 한눈에 마음에 든 건 거짓말이 아니었어요."

"그래, 그래, 그렇다고 쳐 두지."

"그래서, 오늘은 뭘 사러 오셨는지?"

"네 본업 쪽이야."

"오오!"

순간, 노예상의 눈이 반짝인다.

뭐가 그렇게 네 마음을 뛰게 만드는 건지는 모르지만, 네가 상상했던 그대로의 전개가 되도록 용납하진 않을 거라고.

아마 유명 인사가 된 후에도 노예를 사려는 내 태도에 기뻐하고 있다거나 하는 거겠지.

"일단 저렴한 아인 노예를 사고 싶어. 가능한 한 레벨이 낮은 녀석으로."

"예산은 어느 정도인지?"

돈은 영귀 사건 전에 여왕에게서 받은 은화 5000닢을 갖고 있다.

"은화 5000닢 범위 안에서 골라 줘. 물론, 수색 중인 노예도 포함해서."

"새로운 사업에 대한 투자인가 보군요."

"예전에도 말했지만, 다 알고 있으면서 뻔뻔하게 묻지 마."

나 원 참, 이 녀석은 도대체 어디까지 알고 있는 건지……. 미래를 내다볼 수 있다고 해도 믿음이 갈 지경이다.

"이쪽으로 오시지요."

노예상은 우리를 텐트 안쪽으로 안내한다.

그 뒤를 따르려고 하니, 필로가 발걸음을 멈추었다.

"왜 그래?"

"……어쩐지 가기 싫어."

아아, 그 어둡고 독특한 분위기나 냄새를 감지한 모양이군.

나는 이제 익숙해졌지만, 썩 기분 좋지 않은 공간이라는 건 확실하다.

"그럼 거기서 기다릴래?"

"응."

필로는 킁킁거리고 알 뽑기 쪽의 냄새를 맡으며 고개를 끄덕인다.

거기는 너랑 내가 만난 곳이라고.

먹으면 안 돼, 라고 주의를 주고, 나는 노예상 뒤를 따른다.

노예상 뒤를 따라가서, 라프타리아와 처음 만난 우리 근처로 나아간다.

"……여기가 제 운명이 바뀐 곳이군요……."

사실 좀 감회에 젖을 만한 곳이긴 하군. 돌이켜 보면, 참

길게 느껴지면서도 짧은 시간이었다.
아직 반년도 지나지 않았으니까.
"두둑하게 서비스를 해 드리지요."
"배포가 후한데."
"재미있는 사업을 시작하시려는 모습을 보니, 짜릿짜릿해지지 뭡니까! 그리고 앞으로 단골이 돼 주실 것 아닙니까?"
"그야, 뭐……."
"방패 용사님 덕분에 지갑이 제법 두둑해졌으니까 말이죠."
"무슨 뜻이지?"
"신조(神鳥) 때와 같은 현상이 일어났다고 생각하시면 납득이 가시겠지요."
하긴……. 라프타리아가 엄청나게 활약했으니까.
연합군에서도 라프타리아를 공로자로 취급할 테고, 여기서 그런 노예를 팔았다는 게 알려지면 돈이 벌리는 게 당연하다.
"하지만, 그것 때문에 라프타리아의 동향 노예들이 몽땅 팔려 버리면 말짱 도루묵이라고."
"아뇨아뇨, 그건 이것과 얘기가 다릅니다, 네!"
"어쨌거나……."
눈에 들어오는 녀석들을 골라 볼까.
"이 녀석과 이 녀석, 그리고 거기 그 녀석. 덤으로 거기 있는 녀석이랑, 거기 담요 뒤집어쓴 녀석, 그리고 그 녀석."

제법 튼튼해 보이는 남자애 둘, 서로 친한 사이인 듯 손을 맞잡고 떨고 있는 녀석 둘, 그리고 우리 안쪽에서 담요에 싸인 채 떨고 있는 녀석과, 입구 근처에서 필로를 빤히 응시하고 있는 녀석을 골랐다.

에클레르 쪽에 넷이 더 있으니, 그들까지 포함해서 열 명. 처음으로 부리기에는 이 정도면 적절하리라.

"아, 나중에 내 영지에서도 노예 등록을 할 테니까, 노예 등록을 할 줄 아는 녀석을 나한테 딸려 보내. 자질 향상에 필수적인 절차니까."

"대충 고르시는 것 같으면서도 질 좋은 노예를 선택하시는 용사님의 안목, 경의를 표합니다, 네!"

"후에에에에……."

"저기, 나오후미 님. 좀 더 신중하게 고르시는 게 좋지 않을까요?"

"팔팔한 녀석과 문제가 있어 보이는 녀석을 번갈아 고른 거야. 거기 담요 뒤집어쓰고 있는 녀석은 빨리 이리로 와."

쇠약해져 있는 게 분명하다. 공포에 질려 떨고 있는 걸 알 수 있다.

노예상이 지시를 내리자, 우락부락한 사내가 우리 문을 열고 아이의 담요를 빼앗는다.

"아, 안 돼!"

"호오……."

담요를 걷어내자, 거기에는…… 두더지 같은 녀석이 있었다.

"르모 종이라는, 손재주가 좋은 수인(獸人)입니다. 원래 빛에 약한 눈을 갖고 있는 종족이라 야간 경비에도 유리하지요. 이 아이는 어린애군요."

"아와와……."

겁에 질려 구석에서 웅크리는 르모 종 노예.

라프타리아가 걱정스러운 표정으로 쳐다보고 있군.

나는 그 르모 종 꼬마의 외모를 확인했다.

한마디로 표현하자면, 두더지군. 워울프 같은 인간형 두더지다.

키는 작달막하다. 내 허리 정도밖에 안 된다. 어린애라서 그런가?

손재주가 좋단 말이지……. 이것저것 사업도 할 예정이니 적절한 재능이다.

"손재주라면 일행이신 라쿤 종도 좋은 편입니다만?"

나는 라프타리아를 쳐다본다.

그러고 보니 라프타리아한테는 아무것도 안 가르쳐줬었네……. 고작해야 마물 가죽 같은 걸 무두질하는 작업을 시킨 것 정도였다.

자발적으로 하려 들지 않는 걸 보면, 원래부터 손재주가 떨어지는 편이기 때문일지도 모른다.

"뭔가 무례한 생각을 하고 계시는 거 아니에요?"

"내가 뭘……."

"어디 보자……. 르모 종이라면 손을 이용한 섬세한 작업에 소질이 있으니까요. 성격도 얌전하고. 추천드릴 만한 노예입니다, 네."

나는 떨고 있는 르모 종을 거듭 확인한다.

"이봐, 이 나라, 학대 취미를 가진 녀석이 너무 많은 거 아냐?"

하나같이 몸 곳곳에 채찍질을 당한 흉터가 있는 것이다.

"이 노래는 오랜 세월 아인들과 전쟁을 해 온 역사가 있는지라, 그건 어쩔 수 없습지요, 네."

"그때 전쟁에 나섰던 귀족들이, 과거의 울분을 풀기 위해서 학대를 저지른다는 거냐?"

라프타리아와 악연이 있는 귀족도 그랬었다.

"학대만 하고 반납하는 염가 플랜도 있을 정도니까요, 네. 그러다가 재기 불능으로 만드는 고객이 있으면, 그 고객에게 고액에 팔아넘기고 있지요."

이 나라의 어둠은 너무도 깊군.

어쩌면 이곳의 귀족들은, 아인 마을을 재건시키려는 나를 벌레라도 씹은 것 같은 기분으로 지켜보고 있을지도 모르겠다.

"원론적으로 학대는 법률에 따라 처벌받게 되어 있지만 말이지요, 네."

"불법적인 학대라는 건가……. 실질적으로는 합법과 다를 게 없어 보이는데."

무엇보다, 뒷골목 안쪽에 있는 이 텐트를 보면 느낄 수 있다.

"그 점을 고려하면, 제 가게에서는 건전한 장사를 하는 편입지요, 네."

건전이라……. 노예상은 득의양양하게 자랑해 대지만, 의심스럽기 짝이 없다.

애초에, 그럼 왜 학대당한 노예를 팔고 있는 거냔 말이다.

"그러고 보니…… 확실히 양호한 편이긴 했어요……."

라프타리아가 우두커니 뇌까린다.

비교적 양호한 편이라는 건 사실인 모양이다.

나는 르모 종 노예의 등에 난 상처를 쳐다본다.

……생각보다 깊은 상처인 모양이다. 여러 번 채찍질을 당한 상처가 수도 없이 겹쳐져서 멍이 들어 있다.

"쯔바이트 힐."

회복마법에 의해 르모 종 노예의 흉터가 아물어 간다.

그렇다고는 하지만, 상처가 너무 깊은지, 완치와는 거리가 먼 것 같다.

"에?"

"너, 손재주가 좋다지?"

"……몰라요."

르모 종 노예는 고개를 돌려 시선을 외면하며 대꾸했다.

못 하는 걸 할 수 있다고 하는 것보다는 나은 대답이군.

"가르쳐주면 해 보겠어?"

"……그게 명령이라면 할게요. 그러니까…… 때리지 마세요……."

르모 종 노예는 당장에라도 울음을 터뜨릴 것처럼 목소리를 쥐어짜고 몸을 움츠린다.

뭐, 노예라는 게 다 이런 거겠지.

"그런 짓을 하는 취미는 없어. 얻어맞고 싶으면 다른 녀석에게나 부탁하라고."

"네……?"

아아 진짜, 속이 뒤집히는 기분이네!

"어쨌거나, 약을 찾아 둘 테니까 이 녀석들한테 응급처치를 해 둬. 그러고 나서 노예 등록을 마쳐 두라고."

"용사님의 노예에 대한 취급, 기대감에 제가 다 짜릿짜릿합니다, 네!"

"헛소리 말고 좀 닥쳐! 아아, 난 그사이에 이것저것 준비 좀 하고 올게. 확실하게 처리해."

"후후후, 이거 점점 흥분되는군요, 네."

노예상에게 뒷일을 맡기고, 나는 라프타리아와 리시아를 데리고 텐트 입구로 돌아갔다.

필로가 나를 발견하고 달려온다.

"끝났어~?"

"그래. 뭐, 여러모로 준비할 게 있으니까. 수속이 끝날 때까지 할 일이 있거든."

나는 텐트 밖으로 나온다.

이곳 말고도 들러야 할 곳이 한둘이 아니니까.

3화 지인들

다시 로브를 덮어쓰고 도시를 둘러본다.

역시 피해가 막심하군. 영귀에 의한 상흔이 깊이 남아 있다.

사역마에 의한 맹공의 흔적도 많이 보인다.

이윽고, 목적지인 가게에 도착한다.

응. 다행이군. 이 가게는 딱히 눈에 띄는 피해도 없고, 영업도 정상적으로 하고 있다.

나는 무기상 아저씨 앞에 고개를 내민다.

"어서 옵쇼."

"무사해서 다행이군."

"이 목소리는…… 형씨잖수!"

나는 로브의 후드를 젖히고 아저씨에게 인사했다.

다행히 아저씨 쪽도 상처 하나 없다. 사지 모두 멀쩡한 상태다.

"왜 로브 같은 걸 뒤집어쓰고 있는 거요?"

"눈에 띄기 싫어서."

"하긴, 형씨는 이제 일약 유명인사니까."

그게 제일 큰 골칫거리란 말이지.

이츠키 같은 소리라서 좀 꺼림칙하지만, 방패 용사님! 이라는 식의 환영은 역겹기만 하다.

우월감에 잠길 수는 있을지도 모르지만, 이 나라 녀석들의 숭배 따위는 하나도 안 기쁘단 말이지…….

그리고 지금은 해야 할 일들이 너무나 많다. 쓸데없는 일에 시간을 할애할 수는 없는 것이다.

"사람들이 줄줄이 따라오면 곤란하잖아?"

나는 가게 안을 둘러보고, 아저씨에게 말한다.

"보아하니 딱히 피해를 입은 건 없는 모양이군."

"그야 뭐, 나타난 마물 놈들은 퇴치해 버렸으니까."

"그거 다행이군."

"여러모로 참 많이 달라졌다니까. 처음 여기에 왔었을 때 같았더라면, 오히려 피해가 안 생긴 걸 아쉬워했을 텐데."

"맘대로 지껄이시지."

이것저것 내게 많은 걸 제공해 준 아저씨와 그런 말들을 주고받는다.

"형씨가 가지러 오질 않으니 먼지만 수북하게 쌓여 버렸지 뭐요."

그렇게 말하고, 무기상 아저씨는 소검(小劍) 한 자루를 가져다준다.

페클 레이피어 품질 좋음

부여효과 「준민 상승」「마력 상승」「블러드 클린 그리스」

아―……. 꽤 오래전에 리시아에게 줄 요량으로 의뢰해 뒀던 무기잖아.

"또 뭔가 의뢰하러 온 거유?"

리시아에게 딱 좋은 무기겠군. 아니면 에클레르한테 줘도 되겠고.

"성에서 주는 지원금이 빡빡해져서. 무기와 방어구 제작은 중단할까 생각 중이야."

"그야 어쩔 수 없긴 하겠지……. 성 밑 도시는 그다지 문제가 없지만, 인근 지방이나 다른 나라들은 대재앙이었으니 말이우."

"가게 쪽은 좀 어때?"

"워낙 큰 재해가 휩쓸고 간 마당이니, 다들 무기를 사겠다고 찾아온다우."

"잘 팔린다는 거군."

"뭐, 그런 셈이지. 너무 잘 팔려서 재고가 걱정일 정도라니까."

"성황 중이라 다행이네."

"하지만 말이지……. 싸울 줄도 모르는 녀석들이 무작정 사 가는 걸 보면 기분이 영 찜찜하다우."

그러는 것도 무리는 아니다. 무술은 전혀 모르더라도, 위험을 느끼면 무기를 찾게 마련이니까.

이해가 간다. 재앙이 일어나면 물이나 식료품을 사들여야겠다는 의식이 생기는 것처럼, 전란이 일어났으니 무기를 찾는 것이리라.

그래도 보아하니 약탈 같은 건 일어나지 않은 모양이군. 이 정도면 양호한 편 아닐까?

"오늘 용건은 그것뿐이우?"

"그 점 말인데……."

아저씨의 가게에서 노예용 무기를 대량 발주할지를 고민한다.

여왕에게 미리 얘기를 해 두었으니, 중고 무기는 얼마든지 받을 수 있다.

하지만 그 이상의 무기는 물자가 딸리는 상황이다.

그렇게까지 필요할까 하는 생각도 들지만…… 중고품이기에 발생하는 문제점도 많다.

뭐, 그 점을 포함해서, 아저씨한테는 얘기해도 되겠지.

"여왕한테서 영지를 받았거든. 사업을 폭넓게 시작할 생각이야."

노예의 무기 제작이나 그 밖의 여러 일들에 있어, 아저씨는 큰 도움이 된다. 끌어들일 가치는 충분하다.

"그런데 그게 나랑 무슨 상관이우, 형씨?"

"스카우트하러 온 거라고 하면 이해하겠어?"

영지에 무기상 아저씨가 와 준다면, 수입원 중 하나가 될 수 있다.

실력은 믿을 만하니, 충분한 매상을 기대할 수 있으리라.

"나한테는 이 가게가 있으니까 말이지……."

"나도 알아. 나도 강요하려는 건 아냐. 어쩌면…… 한두 명쯤 제자로 들여보낼 수도 있어. 한번 생각이라도 해봐 줘."

"아아, 그런 거였군……. 알았수다, 형씨. 제자를 들일 만큼의 실력은 없지만."

좋아, 언질은 받았다. 이제 손재주가 좋은 녀석을 아저씨의 제자로 들여서 기술을 익히게 하는 수단을 취할 수 있을 것 같다.

기술은 곧 돈이 되니까. 물론, 은혜를 원수로 갚는 식의 짓을 할 생각은 없지만.

"겸손 떨 거 없어. 실력은 신뢰하고 있으니까."

"하하, 기대에 부응할 수 있도록 노력한 덕분이우."

"뭐, 내가 사업을 시작하거든, 주위 사람들한테 널리 알려줘. 위치는——."

아저씨에게 내 영지를 가르쳐주고, 거점으로 삼을 마을에 대해서도 설명해 두었다.

새로운 사업을 전개하면 참여하는 녀석도 많을 것이다.

그런 녀석들 중에서 신뢰할 만한 녀석을 인선해서 성장시키면 이익을 올릴 수 있다.

내 영지는 성 밑 도시에서도 거리상으로 가까운 편이니까.

"알았수, 알았수. 뭐, 다들 형씨를 걱정하던 참이었기도 하고, 좋은 기회이기도 하니까, 참여하려는 녀석도 있을지 모르지."

"그동안 입은 은혜도 있으니 우대는 충분히 해 줄게. 아저씨한테는 특별히 더 우대해 줄 테니까 잘 생각해 봐."

"알았수, 알았어."

그렇게 가볍게 대화를 나눴을 때, 아저씨가 나를 응시한다.

"그것 말고도 더 있잖수?"

"어떻게 알았지?"

"형씨는 이것저것 한꺼번에 가져오니까 말이지."

"그랬군——."

별로 보여주고 싶지는 않았지만, 나는 뒤집어쓰고 있던 로브를 벗었다.

그것을 보고 아저씨는 이해했다.

"뭐요, 이건?"

바르바로이 아머를 응시하며 고개를 갸웃거리고 있다.

그걸 벗어서 카운터에 얹어 놓았다.

"영귀를 폭주시킨 범인을 쫓아서 다른 세계에 갔다 왔거든. 거기에서는 야만인의 갑옷이 효과를 발휘하지 못했어. 그래서 현지의 대장장이에게 개조를 부탁해서 바르바로이 아머라는 이름의 갑옷으로 개장한 거야. 그런데 이게 이번에는 이쪽 세계에서 작동을 안 해서 말이야."

아저씨는 바르바로이 아머를 찬찬히 관찰하고 있다.

여기저기를 만져 보면서 반응을 확인하고 있는 것 같았다.

"핵으로 삼고 있는 부분은 문제가 없지만…… 나머지는 조사해 보기 전에는 확실히 알 수가 없구려."

"해결할 수 있을 것 같아?"

"해결 못할 건 없겠지만, 시간을 좀 주슈."

"알았어. 좋은 결과를 기대할게."

"형씨는 우리 가게 단골 아니우? 게다가 지금은 그 괴물에서 나온 소재를 배포하고 있는 상황이니까 말이지. 잘만 되면 쓸 만한 걸 만들 수 있을지도 몰라."

영귀의 소재는 썩어날 만큼 남아도는 상태니까…….

오스트에게 입은 은혜를 생각하면 미안한…… 어쩐지 미안한 기분이 드는군.

"나중에 돈만 준다면야 이것저것 더 만들어줄 수도 있고."

"괜찮겠어?"

"다른 사람도 아닌 형씨 부탁이기도 하고, 미지의 소재라니 호기심이 이는 게 당연하지 않겠수? 이건 상당한 명장이 만든 게 분명해 보이는구려."

"오오……."

자금 사정이 여의치 않은 상황에서 이런 배포라니……. 정말이지 보답해야겠다는 생각이 들 만큼 도량이 넓은 녀석이란 말이지, 무기상 아저씨는.

지금은 일단 물러나겠지만, 영지 개발이 끝나면 다시 한 번 부탁해야겠다.

"일단 우선순위가 제일 높은 건 갑옷이겠군……. 그리고 방패를 만들면 형씨한테는 손해 될 일은 없겠지."

"그래. 최악의 경우에도 방패는 복제만 하면 되니까."

"역시 말귀를 잘 알아듣는다니까. 그럼 갑옷은 두고 가슈."

"아저씨만 믿어."

"얼마든지."

아저씨는 갑옷에 달려 있던 핵석을 떼어내서 내게 건넨다.

"핵석은 일단 형씨가 갖고 계슈."

"괜찮겠어?"

"나중에 박을 수 있게 해 두지. 돈은 그때 줘도 되고."

"고마워."

"형씨는 그동안 어떡할 거요?"

"성에 있는 중고 갑옷이라도 입고 있지 뭐. 그럼 잘 부탁해."

"물론이지! 그리고 또? 용건이 더 있을 거 아니우?"

아저씨의 말에, 나는 고개를 끄덕인다.

"다음은……."

선녀의 흉갑과 라프타리아의 무녀복을 카운터에 올려놓는다.

필로의 인형옷은 어쩌지? 뭐, 그건 나중에 하자.

"이건 뭐지? 흉갑이랑…… 무녀복이군."

"이세계에서 쓰던 방어구야. 갑옷과 마찬가지로 사용이 불가능한 상태인데, 해결할 수 있겠어?"

잘만 쓰면 상당히 우수한 장비들이니까.

라프타리아의 외모 문제도 있고 하니, 무리한 부탁인 걸 알면서도 부탁한다.

"이쪽은 원래 필로의 인형옷을 바탕으로 만든 거야. 지금 필로가 쓰고 있는 잠옷도 마찬가지지만, 그건 멀쩡하게 작동하니까 문제없어."

"어려운 문제들뿐이군……. 애초에 아가씨가 무녀복을 입기는 한 거야?"

나는 고개를 끄덕인다. 라프타리아에게 들리지 않도록, 아저씨에게 귀띔한다.

"무지 잘 어울리니까 이 세계에서도 입히고 싶어서 그래. 어떻게든 이 장비를 쓸 수밖에 없게 만들어줄 수 없을까?"

"그런 꿍꿍이를 꾸미고 계셨다니……."

아무래도 들린 모양이다. 라프타리아가 없을 때 부탁할 걸 그랬다. 이거 완전히 실수했는데.

"형씨. 아가씨의 무녀복 차림이 그렇게나 맘에 든 거유?"

"제법. 얘기하자면 한밤중까지 해야 할 텐데, 들어 볼래?"

"하지 마세요."

"형씨가 간 세계에서는 옷이 우수한 방어구 구실을 했었을지도 모르지만, 이쪽에서는 한계가 있으니까. 그런 건 오히려 양장점이나 재봉점 관할인 것 같은데……."

아아, 필로의 옷을 만들어줬던, 동인지 같은 걸 그릴 것 같은 녀석 말이군.

그 녀석도 멀쩡하지 않을까 싶다.

"일단 맡아는 두겠지만 큰 기대는 하지 마슈."

"나도 알아. 가능한 범위 안에서 만들어 주기만 하면 돼."

"나오후미 님, 요즘 저를 옷 갈아입히는 인형으로 만들려고 하시는 것 아니에요?"

"딸 가진 아버지의 마음이라고 해."

"나오후미 님, 그게 무슨——."

나는 라프타리아의 힐문을 적당히 얼버무려서 회피했다.

아저씨의 솜씨에 기대해 봐야겠군.

"뭐, 용건은 이게 다야. 돈이 충분히 마련되면 다시 오지. 그때 다시 잘 부탁할게."

"물론이지! 형씨 장비 덕분에 한동안은 연구를 할 수 있겠어."

"좋은 게 완성되길 기대하지."

그렇게 우리는 무기상을 떠났다.

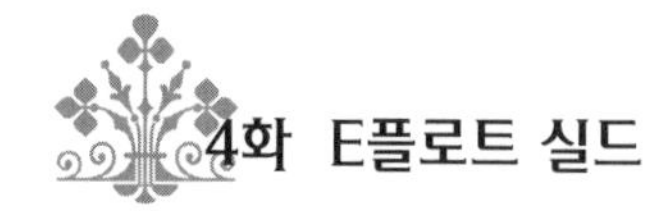

4화 E플로트 실드

"그럼 이제──."

여왕과 장래 방침에 대해 의논하는 것도 나쁘지 않다.

어차피 중고 장비를 얻으려던 참이었기도 했고……. 성으로 돌아가서, 여왕이 어디 있는지를 묻는다.

회의를 마치고 방에서 서류를 정리하고 있다고 한다.

여왕은 산더미 같은 서류들이 책상에 쌓여 있는 방에 있었다.

"여왕."

"이와타니 님 오셨군요. 무슨 일이죠?"

"창고의 장비품들 좀 빌려 써도 되겠지?"

"네. 문제 될 것 없습니다. 다만, 이번 싸움 때문에 약간 열화된 것들이 많습니다."

"그건 알아. 안 쓸 거라면 내가 영지에서 쓸까 해서 그래."

이제 어떤 물건이 있는지 확인하러 가 볼까.

"아, 맞아, 라프타리아, 필로, 리시아."

"왜 그러세요?"

"마차에 물품을 어느 정도 실어 둬. 영지에서 쓸 거니까, 가벼운 장비품들을 중점적으로. 필로는 이제부터 그 마차로, 정기적으로 영지까지 짐을 실어다 줘."

"네~에!"

라프타리아와 동료들이 고개를 끄덕이고, 나보다 먼저 창고로 걸어간다.

뭐, 필로도 저주 때문에 약해져 있는 상황이니 무거운 걸 나를 수 있을지 어떨지는 의문이지만…….

필로리알 한 마리를 더 키워야 하려나?

"아, 마침 이와타니 님을 모셔 오려고 생각하던 참이었습니다. 창고 앞 훈련장에 영귀에서 나온 소재를 모아 두었으니, 거두어 주십시오."

"알았어."

나는 여왕과 작별하고 성의 창고 앞으로 가서, 문자 그대로 훈련장을 가득 채운 산더미 같은 영귀의 소재를 확인한다.

"이게 뭐야……."

소재의 산 속에서 커다란 눈알이며 뇌수가 튀어나와 있어서 깜짝 놀랐다.

다만…… 아무래도 상대와 면식이 있는 만큼…… 상당히 찜찜한 기분이다.

그렇게 생각하고 있으려니…….

"뭐, 뭐야?!"

영귀의 소재가 어렴풋한 빛을 뿜으며 저절로 방패로 들어온다!

영귀 등딱지 방패의 조건이 해방되었습니다.

영귀 가죽 방패의 조건이 해방되었습니다.

영귀 살점 방패의 조건이 해방되었습니다.

영귀 뼈 방패의 조건이 해방되었습니다.

영귀 피 방패의 조건이 해방되었습니다.

영귀 체액 방패의 조건이 해방되었습니다.

영귀 면역세포 방패의 조건이 해방되었습니다.

영귀 힘줄 방패의 조건이 해방되었습니다.

영귀 심장 방패의 조건이 해방되었습니다.

영귀 심근 방패의 조건이 해방되었습니다.

영귀 혈관 방패의 조건이 해방되었습니다.

영귀 심장안(心臟眼) 방패의 조건이 해방되었습니다.

영귀 눈동자 방패의 조건이 해방되었습니다.

영귀 신목 방패의 조건이 해방되었습니다.

영귀의 사역마(박쥐형) 방패의 조건이 해방되었습니다.

영귀의 사역마(설인형) 방패의 조건이 해방되었습니다.

……etc.

영귀의 마음 방패와 융합합니다.

강제 해방!

영귀 시리즈를 모조리 수집할 수 있을 만큼 어마어마한 수의 방패가 나왔다.

하나같이 방어력이 높다.

그나저나…… 영귀의 방패가 전부 저절로 해방되다니…….

영귀의 마음 방패는 역시 굉장하네.

내 시야에, 영귀 시리즈 주변의 백스크린에 영귀의 모습이 비춰지고 있잖아.

그리고, 내용은…… 어디 보자.

오? 해방 완료 덕분에 스킬을 사용할 수 있게 된 방패를 발견.

영귀 등딱지 방패 0/40 C

해방 완료……장비 보너스, 스킬 『E플로트 실드』

전용효과 「그래비티 필드」「C소울 리커버리」「마법방어(대)」

숙련도 0

E플로트 실드라…… 에어스트의 약칭인가?

어떤 스킬이지?

시험 삼아 변화시키고, 영창해 본다.

"E플로트 실드!"

그러자 시야에 ON이라는 문자가 나타나고, 공중에 방패가 출현했다.

……역시 에어스트 실드 같은 건가?

그렇게 생각하며 다가갔더니…… 내가 접근한 만큼, 방패가 뒤로 이동한다.

뭐지? 나를 기점으로 일정한 거리에 출현하는 방패인가?

위치적으로 말하자면 에어스트 실드와 유성방패의 중간 정도인 스킬?

그렇게 생각하며, 효과 시간을 측정한다.

……안 사라지잖아. 효과 시간이 길다.

으음……. 생각에 잠겨 있으려니, 내 눈앞에서 E플로트 실드가 빙글빙글 회전하기 시작했다.

뭐지……. 그나저나 거치적거리니까 눈앞에서 좀 비켜.

그렇게 생각했더니, 생각한 대로 위치를 바꾸었다.

……원하는 곳으로 이동시킬 수 있는 마법의 방패라. 이거 편리한데.

체인 실드보다 편리하다. 체인 실드는 구속 효과도 있으니, 그 점으로 차별화되긴 하지만.

사정거리는 1미터 정도.

ON과 OFF가 가능한 걸로 보아 세미 패시브 스킬에 해당하겠군.

SP는…… 30초마다 소량씩 감소한다.

연비 자체는 나쁘지 않다. 특히 SP는 스킬을 쓰지 않으면 자연 회복되니, 그걸 고려하면 적자는 보지 않는다. 영귀의 소재에서 나온 방패다운 뛰어난 성능이라 해야 할까.

"체인지 실드."

체인지 실드를 사용하자 E플로트 실드도 거기 맞춰서 형상을 바꾼다.

오오……. 이거 꽤 편리한 스킬인데. 하나밖에 못 만들어내는 게 약점이지만.

다른 방패는…… 단순 성능은 높지만 스테이터스 계열이나 내성 상승 계열이 많다.

영귀의 마음 방패와 연계되어 있는 덕분에, 하나같이 성능이 향상되어 있는 것 같군.

다만…… 역할을 다했다는 듯, 영귀의 마음 방패의 기본 성능이 약간 저하되어 있다.

뭐, 지금까지 열심히 애써 줬으니 그건 어쩔 수 없다.

"나오후미 님!"

방패 실험을 마치고 쉬고 있으려니, 라프타리아와 동료들이 달려왔다.

"준비 다 끝났어?"

"네. 이제 노예상에 가기만 하면 돼요."

"그렇군. 그럼 가자."

"네~에!"

필로가 필로리알 형태로 희희낙락 마차를 끈다.

어째 허리에 힘이 들어가 있는데. 역시 능력 저하 때문에 마차가 무겁게 느껴지는 것이리라.

"으음? 준비는 일단 끝나셨나요?"

산책이라도 하고 있었던 듯, 여왕이 다가온다.

"대강은. 나머지는 나중에 영지로 보내 줘. 육류는 당장 식사에 사용할 거야."

노예들의 레벨을 올리면 당분간은 엄청난 양의 식비가 소모될 테니까.

식료품을 구할 곳이 없는 건 아니지만, 여러모로 해야 할 일들이 있으니까 말이지. 우선은 영지 정비가 먼저다.

"그럼 병사 일부를 보내 작업에 지원하겠습니다. 얼마든지 쓰십시오."

"그래, 고마워. 준비하러 나갔다 올게."

"뭐든지 말씀만 하십시오. 최대한 부응하도록 할 테니까요."

"알았어. 우선 필요한 건 건설 자재와 도난 방지용 경비 병력이야. 오늘 밤에는 출발할 테니 준비해 줘."

대량의 노예들을 마차에 태워서 출발하는 용사의 모습이

사람들 눈에 띄면 좋은 말이 나올 수가 없으니, 밤에 출발하는 편이 낫다.

필로는 야맹증일 줄 알았는데, 의외로 밤눈도 밝아서 밤의 이동에도 문제 될 건 없다.

"알겠습니다."

여왕의 대답을 들은 나는 고개를 끄덕이고, 성을 나와서 노예상의 텐트로 향했다.

노예문 등록을 마친 노예들이 불안에 떨고 있는 것 같았다.

이럴 땐 냉철하게 지시를 내리는 편이 낫겠지.

라프타리아도 처음에는 겁쟁이였고, 필로는 철이 없었다.

단번에 머릿수가 늘어난 상황이다. 지금까지 쌓아 온 경험을 살려야 한다.

"앞으로 너희는 내 노예가 될 거다. 뭐, 내 말만 잘 듣는다면 험하게 다룰 생각은 없어. 하지만——."

지나치게 유화적인 조건을 제시했다가는 얕보일 수 있으니까.

"게으른 녀석은 질색이야. 부지런히 일 안 하면 가차 없이 팔아 버릴 테니 각오해 두도록!"

내 선언에 맞추어, 노예상이 부하에게 명령해서 뭔가 징 같은 악기를 친다.

——누가 그러라고 했는데? 그것 봐, 괜히 다들 겁에 질

렸잖아.

아니—— 원인은 나겠지만 말이지.

“히이이익!”

좋아! 적당히 겁을 먹었군!

“아–, 나 참……. 또 오해가…….”

“후에에에에에.”

“그리고 행상 일을 좀 하고 싶으니 탈것이 될 만한 마물을 구하고 싶어.”

“그럼 필로리알을 기부하도록 하지요! 네!”

“아니, 그게 아냐. 필로리알은 한 마리면 되니까, 다른 종류의 마물로 마련해 줘.”

“필로리알은 싫으십니까?”

“저 녀석들도 다룰 수 있을 만한 적당한 마물이 필요해. 그리고 토지 정비 같은 일에도 써먹을 수 있는 녀석으로.”

도시에서는 말이나 필로리알뿐만이 아니라, 소나 애벌레 같은 것이 짐을 끌고 있는 광경을 흔히 볼 수 있다.

그리고, 필로리알을 더 키웠다가는…… 필로리알이 득시글거리게 될 거 아냐?

“““주인님~ 배고파~!”””

상상만 해도 등골이 서늘하다. 그건 죽어도 감당 못한다. 만약에 키운다 해도 한 마리면 충분하다.

특히 필로리알에 관해서는 관리를 엄중히 해야만 한다.

전력 면으로 보자면 유리하겠지만, 우리는 이제야 기반을 다지는 단계다. 그 식욕 괴물을 무리 단위로 키우는 건 버거울 것이다.

영귀의 고기가 있지만, 그렇다고 계속 성 밑 도시에서 먹이를 줄 수도 없고 말이지.

할 수 있는 일부터 차근차근 해 나가지 않으면, 관리에 실패해서 빚더미를 짊어지게 되는 미래를 손쉽게 상상할 수 있었다.

"그렇군요……. 그럼 견적을 뽑아 보겠습니다."

"부탁하지."

"알부터 키우시겠습니까? 아니면 성체를 구입하시겠습니까? 일단, 알 쪽이 저렴하긴 합니다."

"현 상태에서는 알이면 충분해."

"알겠습니다, 네."

노예상은 마물을 취급하는 텐트 쪽으로 걸어갔다.

그리고 나는 노예 항목을 설정한다.

흐음……. 자세히 보니 일의 금칙사항 같은 것도 설정할 수 있는 것 같군.

나중에 종사시킬 일을 생각해 봐야겠다.

텐트 밖을 내다보니, 해가 저물어 가고 있다.

"리시아. 난 지금부터 너한테 임무를 맡길 생각이야."

"뭐, 뭔데요?"

"너는 이제부터, 라프타리아, 필로와 함께, 내가 구입한 노예나 마물들을 육성하는 일을 맡아 줬으면 해."

"아, 네……."

"네가 앞장서 줘."

리시아처럼 요령이 없는 녀석은, 상황 분석 능력만 갖추면 오히려 리더로서의 자질이 높은 경우가 많다.

일단은 라프타리아나 필로가 호위로 따르게 되긴 하지만, 레벨만 높고 전력에는 보탬이 안 되는 녀석을 만들 생각은 없다.

순수하게 전투를 경험하는 것에 의미가 있다.

그러니까 라프타리아와 필로는 서서히 전선으로부터 이탈시킬 생각이다.

이 환경은 리시아에게 레벨로는 측정할 수 없는 강함을 경험시키기 위해 최적이다.

"물론, 변환무쌍류 할망구의 수행도 병행해야 해."

"네! 열심히 하게쓺니……."

또 혀를 깨물었다. 나 참…… 못 말리는 녀석이라니까.

"방패 용사님께서 원하신 대로 알을 알아봐 왔습니다. 네."

노예상이 몇 개의 알을 가져온다.

"아아, 고마워. 어디 보자……."

으응……. 필요한 게 있으려나.

"그 전에."

나는 손을 비비적거리고 있는 노예상을 돌아보고 말했다.

"밥을 만들어주지."

나는 텐트 안에서, 필로가 가져온 영귀 고기로 만든 요리를 선보였다.

기본적인 구운 고기, 그 외에 수프, 전골.

영귀 고기로 만든 음식이라 그런가? 약간 특이한 맛이다.

"오! 맛있네?!"

"뭐야, 이거? 엄마가 만든 것보다 더 맛있잖아?!"

"나오후미 님은 요리 실력이 대단하시답니다."

"응! 필로, 주인님이 만든 음식 진짜 좋아해!"

노예들이 화기애애하게 음식을 먹는다.

"이거 일품이군요. 용사님의 요리 실력에, 전 입이 떡 벌어졌지 뭡니까. 네."

은근슬쩍 노예상과 그 부하들까지 먹고 있지만…… 신경 쓰면 지는 거겠지.

이 녀석들 먹으라고 만든 건 아니지만, 장소를 제공해 주고 있으니 그냥 눈감아 주기로 하자.

"내 말을 잘 들으면 또 만들어줄 거야. 부지런히 일하라고."

내 말에, 노예들이 음식을 먹으며 고개를 끄덕였다.

좀 이르지만 환영식 같은 거다.

앞으로 바빠질 테니까, 영양 보충을 충분히 해 둬야 하겠지.

그렇게 식사를 마친 후, 노예상과 그 부하들을 데리고, 우리는 밤의 성 밑 도시를 빠져나가 영지로 출발했다.

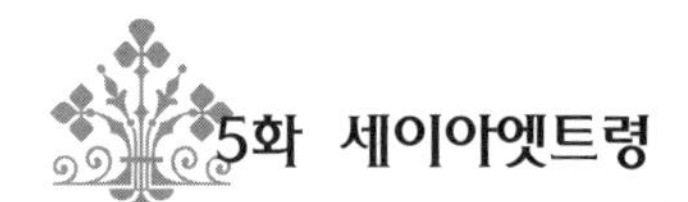

5화 세이아엣트령

필로가 끄는 마차를 타고 천천히 밤길을 행군해서, 아침 무렵에는 영지인 라프타리아의 고향 부근에 도착했다.

"주인님, 다 왔어~."

여왕의 얘기에 따르면, 에클레르가 있는 곳은 라프타리아가 살던 마을이 아니라 이웃 도시 쪽이라고 한다.

잠시 더 가니, 약간 황량한 분위기의 도시에 도착했다.

"아……."

도시 입구에는 국가의 병사…… 아니, 두 번째 파도 때 나와 함께 참가하겠다고 나섰던 소년병이 있었다.

"방패 용사님!"

"오랜만이군."

"네! 영귀 때도 가까이에 있었지만, 말을 걸 기회가 없어서……."

용케 그 싸움에서 살아남았군, 하고 솔직하게 칭찬한다.

상당히 많은 사망자가 발생한 접전이었으니만큼, 거기에

참전했었다는 얘기를 들으니 등골이 오싹해지는군.

"얘기는 들었습니다. 에클레르 님과 메르티 님을 뵈러 가시는 것 맞죠?"

"그래. 우선 인사라도 해 두는 편이 좋을 것 같아서 말이야."

"그럼 이쪽으로."

우리는 병사의 안내에 따라, 폐허로 변한 도시로 발걸음을 옮겼다.

파도로 인한 피해일까. 무너져 내린 집이며, 아직 쓸 만해 보이는 집 등 다양한 건물들이 줄지어 있다.

……그렇게 큰 도시는 아니었던 모양이다.

저택도 평범해서, 다른 도시 영주의 저택에 비하면 그다지 큰 편은 아니다.

그리고 소년병이 저택 문지기에게 말을 걸자, 문은 손쉽게 열렸다.

"얍! 핫!"

저택 뜰에서 뭔가 기합 소리 같은 게 들려온다.

나는 마차에서 내려서 뜰 쪽으로 간다.

그러자 거기에서는 에클레르와 할망구, 키르와 낯모르는 아이 세 명이 무술 훈련 같은 걸 하고 있었다.

"이와타니 님!"

손님의 방문을 알아챈 에클레르가 훈련을 중단하고 우리에게 손을 흔든다.

"아, 메르 냄새다!"

필로가 마차 끌기를 멈추고 저택 쪽으로 달려간다.

"상황은 좀 어때?"

"방패 형 오랜만! 얘기 들었어. 범인을 때려눕히러 이세계에 갔다 왔다지?"

"그래, 해치우고 왔어. 나중에 그 녀석의 최후에 대해 얘기해 주지."

"크……. 나도 가고 싶었는데!"

키르는 분통이 터지는 듯 발을 동동 구르고 있다.

네가 못 따라온 건 무모한 전투를 벌이다가 당한 부상을 치료하느라 그런 거였잖아.

"키르, 네 부상은 이제 괜찮아?"

"끄떡없어! 형 덕분에 그렇게까지 깊은 부상은 안 입었으니까!"

"오랜만이네요, 키르 군."

라프타리아가 웃으며 키르에게 다가간다.

그러자 키르 주위에 있던 아이들이 어쩔 줄 몰라 하며 몇 발짝 물러난다.

"다들 듣고 놀라 자빠지지나 말라고. 이게 바로 라프타리아라 이거야!"

"말도 안 돼……."

"저게 라프타리아라구?"

“딴사람 같아.”

“라프~.”

그때 라프짱이 라프타리아의 어깨에 올라타고 울었다.

“아, 라프타리아 목소리가 들려.”

“얘 말이야?”

“뭐야, 그 생물은? 라프타리아 목소리가 나는데?”

“으음…… 얘는, 신경 쓰지 마세요.”

“라프타리아의 머리카락으로 만든 식신…… 이쪽 세계에서는 사역마에 해당하는 라프짱이라고 해. 친하게들 지내라고.”

“헤~! 라프타리아의 분신?”

“키르 군! 그런 식으로 말하지 마세요.”

이렇게 옛 친구들을 보듬고 있는 라프타리아를 곁눈질하며, 나는 에클레르와 변환무쌍류 할머니에게 말을 걸었다.

“경과는 좀 어때? 여기 재건을 위해 애쓰고 있다고 들었는데.”

“으음……. 그 일 말이다만…….”

내 물음과 동시에, 에클레르가 갑자기 침울해졌다.

“에클레르 문하생은 훈련에 힘을 쏟고 있긴 하지만…… 재건 사업은 그다지 진척이 없습니다.”

“호오…….”

할망구도 알 수 있을 만큼, 재건 상황이 신통치 않은 모양이다.

메르티도 재건 사업을 거들고 있다고 들었는데.

"돌아가신 아버지의 뒤를 이어서 내가 이 땅을 재건시키려고 애썼지만…… 사람들이 그다지 모이지 않아. 시간이 좀 걸릴 것 같아."

"뭐, 부모의 명성만 가지고는 한계가 있겠지. 삼용교에 의한 피해도 꽤 많았을 테고."

"…………."

라프타리아의 가족을 비롯한 많은 마을 사람들이 죽었다는 모양이니까.

게다가 노예 사냥꾼들에게 당하기까지 했다고 들었다.

"원래 여기에 살고 있었던 녀석들 중에 사망자가 많다면, 돌아올 가능성도 적겠지. 게다가 노예가 된 녀석들은 국가가 몰수하기 전에 다른 곳으로 팔려가는 바람에 현재도 추적 중이잖아?"

"그게 문제야……. 최대한 데려올 수 있도록 손을 쓰고는 있지만……."

"데려와서 어쩔 거지? 열 명…… 아니, 스무 명쯤 찾아낸다 해도, 이런 폐허 같은 도시에 풀어 놓고 '자, 너희가 도시를 재건하는 거다!' 라고 시키기라도 하려는 거야?"

"…………."

에클레르는 말이 없다.

정곡을 찔린 거냐. 좀 더 미래를 생각하라고.

"하아……."

나도 모르게 한숨이 나오는군.

에클레르 녀석, 성실한 성격이라 기사로서는 제격이지만, 영주로서의 능력은 부족하군.

"이봐, 키르를 보호해 준 싹싹남 좀 데려와 봐. 국가의 간부라도 좋아. 재건의 기초부터 가르쳐야 할 녀석이 여기 있다고!"

나는 에클레르를 가리키며 소리친다.

"뭐가 어째?!"

그때 필로에게 이끌려 메르티가 나타났다.

"메르, 주인님은 여기 있다구."

"좀 진정해, 필로. 나도 아니까."

"메르티군. 마침 잘됐어. 이 녀석에게 영지 경영을 맡기겠다니, 지금 제정신이야?!"

"재회하자마자 하는 말이 그거야?!"

"내가 뭐가 부족하다는 거냐!"

에클레르가 불쾌하다는 듯 미간을 찌푸리고 말한다.

"이봐……. 메르티도 알고 있겠지만, 에클레르, 너는 영주로서 필요한 걸 아무것도 이해 못하고 있어."

"뭐가 어째?"

"나도 그렇게까지 잘 아는 건 아니지만, 영지의 경영이나 주민들의 생활에 필요한 게 뭔가 하는 것 정도는 이해하고 있다고."

일단 자리에 앉도록 에클레르에게 손짓한다.

메르티도 은근슬쩍 에클레르를 향해 앉으라는 지시를 내린다.

라프타리아 쪽은…… 응, 일단은 옛정을 나누도록 내버려두는 게 좋을 것 같군.

앞으로 여러모로 바빠질 테니까.

"우선 영지 경영이라는 건 땅을 얻기만 한다고 되는 게 아냐. 거기에 사는 사람들이 필요하지."

"그 정도는 나도 알아. 그래서 옛 영지 주민들을 되찾아 오려는 거고."

"그냥 되찾아 오기만 해서 어쩌자는 건데?!"

나는 땅바닥에 사람 그림을 그린다. 이건 사람 수를 나타내는 거다.

"영지 재건에 필요한 건 인력과 의식주라고!"

우선 식량의 확보. 이세계의 경우에는 마물 등을 해치워서 식재료로 삼는 게 가장 빠르겠지.

다음은 생활 거점……. 이를테면 집이다. 그리고 의복……. 이세계의 경우는 장비도 포함된다.

"인력의 경우는, 원래 이 땅에 살던 자들, 본의 아니게 이 땅을 떠난 자들을 우선시하려는 에클레르의 마음 자체는 높이 사지. 하지만, 그건 무리야. 근본적인 숫자가, 우선시할 수 있는 한계에 턱없이 못 미쳐."

"그, 그건 나도 알아. 메르티 왕녀께서 그 방면 지휘를 맡고 계시다고."

"그치만 말이지, 재건에 참가하겠다는 지원자가 그다지 많지 않은걸. 어머니 생각은, 나오후미가 오면 실트벨트 쪽에서 협조에 나설 거라고 생각하시는 것 같지만."

"어쩌면 그렇게 순조롭게 잘 풀릴지도 모르지. 하지만, 현실을 똑바로 봐. 시간에는 한도가 있다고. 더 탐욕스럽게 사람들을 긁어모아야 할 거 아냐?"

하아……. 뭐, 여기는 라프타리아의 고향 마을도 아니니 굳이 내가 지휘할 필요는 없지만.

"이 나라 귀족들이 맡고 있는 역할이 어떤 건지 난 잘 모르지만, 지금 필요한 건 안전한 생활이야. 사람들이 뭐가 아쉬워서 미래도 없는 폐허를 재건시키려고 하겠어?"

에클레르가 내 말에 푹 고개를 숙인다.

"내가 없는 2주일 반 동안, 너는 수행이라도 하고 있었던 거냐?"

"……아주 틀린 말은 아닌걸."

"아니! 나는 키르를 비롯한 아이들과 힘을 모아서 사람들을 모으려고 애썼어!"

"어머니께 진언해서 부탁드린 거야. 부하들 중에 우수한 자들도 저택에 와 있구. 건물 수리도 진행 중이야."

메르티가 사실을 보고한다.

뭐, 일단 할 일은 하고 있다는 건가.

"그리고, 이 도시 재건이 끝나면 이웃 도시 재건에 착수할 생각이었다 이거야?"

내 질문에 메르티와 에클레르가 고개를 끄덕인다.

"하아……. 뭐, 어디 마음대로 해 보시지. 일단 내가 영주가 되긴 했지만, 도시 쪽 재건은 너희에게 맡겨 줄 테니까."

"뭐? 나오후미는 안 도와줄 거야?"

"나는 이웃 마을을 내 방식대로 재건할 거야. 그러자면 너희와의 연대도 필요해지겠지. 그러니까 너희에게 떠맡기겠다는 뜻은 아냐."

딱히 메르티나 에클레르 위에 서서 지휘할 필요는 없다.

동시 진행형으로 작업해 나가면 되는 것이다.

내 쪽 재건 작업이 순조롭게 진행되면, 이쪽 도시에도 저절로 인력이 모여들게 마련이다.

"그러니까……."

내가 손가락을 튕기자, 마차에서 노예상과 그 부하들이 나와서, 키르 주위에 있던 세 사람을 포박한다.

"이, 이게 뭐 하는 거야!"

"시, 싫어!"

"아아, 역시 기억하고 있나 보군."

원래 노예로 잡혔던 적이 있었던 것이리라.

"방패 형! 설마……."

"그래, 키르는 이미 경험한 적이 있었지? 그래. 너희가 스스로의 힘으로 마을을 재건하는 거다. 그걸 위해서, 내 노예가 돼서 자질을 향상시켜 줘야겠어."

"그, 그야 알지만……."

"나오후미 님! 너무 강압적인 건 좀……."

라프타리아가 걱정 어린 표정으로 내게 따진다.

"문제 될 거 없어. 어디까지나 형식적인 거니까."

"싫어! 두 번 다신 노예가 되기 싫어!"

필사적으로 저항하는 꼬마들.

하지만, 노예상의 부하는 결박을 풀려 하지 않는다.

"이와타니 님!"

"자선사업만 가지고 마을이 돌아올 것 같아? 너희는 에클레르나 메르티가 마을을 재건시켜 주기만 기다릴 거냐? 그런다고 정말 마을로 돌아갈 수 있을 거라고…… 진심으로 믿고 있는 거냐?"

내 물음에 꼬마들이 신음한다.

그렇다. 이미 충분히 알고 있을 거다.

사라진 자는 다시는 돌아오지 않는다.

그리고 백날 에클레르에게 의존해 봤자, 이 상황이 개선될 리도 없다.

"내 노예가 되면…… 영귀와의 전투 때 맹활약한 라프타리아처럼 강해질 수 있어."

"소문으로는 들었는데…… 정말이야?"

"키르도 다소나마 강해졌잖아?"

"그러고 보니 키르 군, 잠깐 안 보는 사이에 무지하게 강해진 것 같기는 해."

"그, 그렇지? 방패 형의 노예가 돼서 레벨을 올린 덕분이라고."

키르가 가슴을 펴고 말한다.

"뭐, 무모한 돌격을 하다가 치료원 신세를 지긴 했지만, 앞으로 무모한 싸움은 하지 마."

"응! 내가 괜히 무모하게 덤벼드는 바람에 혼자 뒤처졌으니까! 이젠 그런 무모한 짓은 절대 안 할 거야!"

"다들 들었지? 말하자면 너희는 방패 용사에게 선택받은 거니까, 순순히 노예…… 용사의 사도가 돼서 마을 재건 사업에 종사하라고."

"아까랑 표현이 달라졌네……."

"필로도 용사의 사도?"

상하관계는 중요한 거라고.

이 세계 녀석들 중에는 나태한 녀석들이 많으니까.

그냥 가만히 있기만 해도 평화가 자기들한테 찾아올 거라고 진심으로 믿고 있을 가능성을 부정할 수 없다.

"꼭 너희여야만 하는 건 아냐. 하지만, 아무것도 하지 않고…… 불행이 일어났을 때 맞서려고도 하지 않은 채, 또 노예 신세로 곤두박질치고 싶은 거냐?"

"방패 형……. 알았어! 난 형 쪽에 붙을게!"

키르가 내 앞에 섰다.

내가 할 소리는 아닌지도 모르지만, 이 녀석은 그때그때의 분위기에 휘둘려서 결정하는 경우가 많다니까.

"내가 그 마을을 되찾을 거야!"

"대답 한번 시원시원하군. 너희는 어쩔 거지?"

내 물음에, 라프타리아의 동향 꼬마들은 저마다 서로를 마주 본다.

"나오후미는 입은 험해도 마음 씀씀이는 착하다니까."

메르티가 거들듯이 끼어든다.

"솔직히…… 여기서 키워 주는 것도 곧 한계가 올 거야. 될 수 있으면 나오후미 밑에서 자립해 줬으면 하는 게 우리 생각이야."

"메르티 왕녀님……."

메르티의 말에, 에클레르도 깊이 생각에 잠긴 듯 고개를 숙인다.

"안 될 것 없잖아? 나오후미가 이렇게 와 줬으니, 우리는 우리 나름대로 노력하고, 서로 협조해 가면서 재건에 힘써야 하지 않을까?"

"……알았다. 라프타리아의 친구들, 너희가 자유롭게 선택하도록 해라. 우리도 최대한 재건에 협조할 테니."

에클레르가 선언하자, 라프타리아가 한 발짝 앞으로 나서서 친구들에게 제안했다.

"저기…… 이렇게 팔짱만 끼고 있느니, 차라리 스스로의 힘으로 해 나가는 편이 나을 거라고 생각해요. 어때요?"

그리고 라프타리아는 마을이 있는 방향을 가리키고, 뒤이어 저택에 걸려 있는 깃발을 가리킨다.

"그때는 잃어버렸던 깃발이지만…… 지금은 이렇게 눈앞에 있어요. 다함께 그때 그곳을…… 그 깃발을 되찾고 싶어요. 그럴 수 있도록 도와줘요!"

그 말에, 친구들은 잠시 생각에 잠기는 것 같았지만…….

"응! 알았어!"

"라프타리아는 모습은 바뀌었어도, 마음은 하나도 안 변했어!"

"맞아. 마을에 있었을 때랑 똑같은 얘기를 했어."

"네. 다 함께, 그때 그 깃발을 되찾으러 가요!"

"""오-!!"""

어째 노예상이 좀 떨떠름한 표정을 짓고 있다.

이런 분위기가 껄끄러운 거겠지.

"그럼, 노예문 의식을 거행하도록 하죠. 네."

"마차 끄는 말처럼 부려먹을 생각이야. 기대되는군…….

크크크."

내가 뇌까리자, 노예상이 한껏 들뜬다.

"의욕이 용솟음치는군요, 네! 희망을 심어 놓고 그걸 도중에 가로채려는 그 계획, 절로 고개가 숙여지는군요, 네!"

이 녀석은 단순한 거냐, 아니면 그냥 남의 불행을 즐기는 거냐!

어찌 됐건, 우리는 이렇게 정식으로 에클레르부터 영지를 넘겨받고, 마을로 향했다.

6화 길들이기

라프타리아와 리시아 이외의 노예는 구속을 비교적 엄중하게 해서, 불성실한 태도를 취했을 경우에는 곧바로 노예문이 작동하게 해 두고…….

첫날에는 노예들과 함께 마을의 건물 잔해를 치우는 작업을 했다.

"이 집은 내 소중한 집이야!"

그렇게 거부하는 키르.

보아하니 키르의 집이었던 곳인 모양이지만, 파괴된 가옥이 방해가 되니 어쩔 수 없다.

"소중히 여기는 건 좋지만, 지붕은 무너지고, 벽도 무참하게 파괴돼 있어. 애석하지만, 수리할 수 있는 집과 수리할 수 없는 집이 있다는 걸 이해해."

뭔가 돈이 될 만한 거나 쓸 만한 게 없을지 뒤져 보았지만, 기껏 발견한 것들도 녹이 슬어서, 정작 쓸 수 있는 물건은 얼마 없었다.

우물이 아직 쓸 만하다는 게 그나마 다행일까.

밭도…… 정비하면 그럭저럭 쓸 수 있을 것 같다.

"추억으로 간직하고 싶어 하는 기분도 이해는 하지만, 재건에 방해가 되는 건 폐기해야 해."

"그치만……."

"키르 군! 그렇게 철없이 굴면 안 돼요."

라프타리아가 주의를 준다. 뭐, 말릴 필요는 없겠지.

"여기는 네가 살던 집이었나 보군."

"맞아!"

"그럼, 거기에 새로 세울 집은 네 걸로 해 주지. 다만, 너 혼자만의 집이 아니라 네가 관리하는 공동의 집이 될 거야. 지금 있는 사람들 말고도 사람을 더 모아야 하니까. 책임지고 관리해야 해."

"으, 응……."

키르는 말끝을 흐리고 고개를 끄덕인다.

"그럼 더 얘기할 필요 없겠지——지금이야! 필로!"

"네~에!"

키르가 빈틈을 보인 그 순간, 필로기 폐가에 돌진해서, 기둥을 걷어차서 파괴해 버린다.

"아아아아아아아아아아아아아아아아아아아아아아아아아?!"

넋이 나간 키르를 내버려두고, 나는 다음 작업에 들어간다.

여왕이 마련해 준 건축 자재와 성의 병사들은 오전 중에 도착했다.

석재와 목재…… 그리고 석골(石骨)인가?

"방패 용사님은 여기를 재건시키실 겁니까?"

에클레르와 메르티로부터 얘기를 들었으련만, 병사가 새삼스럽게 물었다.

"그래. 하다못해 해가 지기 전까지 지붕 있는 집을 만들고 싶어. 무리인 줄은 알지만 부탁할게."

"걱정 마십시오."

"좋았어. 일단 건물은 병사들에게 맡기고, 라프타리아, 필로, 그리고 리시아."

"네."

"왜~애?"

"왜 그러세요?"

세 사람이 내 부름에 대답한다.

"지금부터 점심을 만들 거야. 너희는 식사를 마치거든 노애들과 같이 마물 퇴치에 나서도록 해."
"알았어요."
"응."
"열심히 해 볼게요."
"팀 편성은 알아서들 해. 너무 여럿이서 움직이면 경험치도 적게 들어올 거야."
실제로 측정해 본 적은 없었는데, 집단으로 싸울 경우에 경험치는 어떻게 되지?
애초에 분배되긴 하는 건가? 아니면 공유되는 건가? 그닥 이해가 안 간단 말이지.
"누구 잘 아는 녀석 없어?"
"저기……."
리시아가 주춤거리며 손을 든다.
"역시 이럴 땐 리시아지. 그래서 정답은?"
"저기…… 경험치는 파티를 맺은 인원 전원에게 들어가게 돼요. 자질이나 레벨에 따라 다르지만, 공평하게 들어가요. 파티에 들어갈 수 있는 최대 인원은 6명. 그 이상이 되면 경험치가 줄어들게 돼 있어요."
아아, 네가 이츠키의 동료들에게서 쫓겨난 이유가 그거였군.
그걸 곧이곧대로 얘기하면 '후에에에'가 튀어나올 테니 잠자코 있어야겠다. 시끄러우니까.
여럿이서 원정에 나설 경우에는 다수의 파티를 만들어서

다니면 문제없을 것 같군. 각각 6명이 파티를 짜게 해 두면 될 테니까.

"여유가 생기면 에클레르와 할망구도 소집해야겠군."

"네. 인원 분배는 저희가 알아서 할게요."

나는 라프타리아에게 권한을 일임해서 파티를 편성하게 했다.

현재 노예 수는 10명이니까, 리시아가 4명, 라프타리아와 필로가 3명씩 담당하면 되겠군.

키르는 어느 정도 강해진 상태이니, 리시아의 파티에 분배한 모양이다.

"그럼, 식사 준비를 할 테니까 작업을 도와줘."

"네!"

세 사람은 각각 가능한 범위 안에서 나를 거들기 시작한다.

"라프타리아는 안 거들어?"

넋을 잃고 있다가 회복한 키르가 요리 준비를 하는 나를 노려보면서 라프타리아에게 묻는다.

의외로 부활이 빠르군. 어린애라서 그런가?

"라프타리아도 요리를 잘했었잖아."

"라프~."

"으음……."

라프타리아는 당황한 표정으로 내 쪽으로 시선을 보내온다.

뭐지? 나한테 뭘 기대하고 있는 거야?

친구 앞에서 뭔가 근사한 모습이라도 보여주고 싶은 건지, 라프타리아는 머뭇머뭇 입을 열었다.

"도와드릴까요?"

"응? 별일이네. 억지로 도와줄 필요는 없어."

"아뇨……. 지금까지는 나오후미 님이 워낙 솜씨가 좋으셔서 도와드릴 수가 없었던 것뿐이었는걸요……."

"그래? 그럼 이 고기를 좀 다듬어 줘. 식칼보다는 권속기인 도(刀)로 다듬는 게 맛이 더 좋아질지도 몰라."

"알았어요."

라프타리아가 도와준다면 메뉴는 뭐로 하지?

뭐, 그냥 구운 고기가 제일 무난하겠지.

"씹을 때 질겨지니까 힘줄은 꼭 제거해야 해. 키즈나만큼은 아니겠지만, 해체 기능을 갖고 있다면 힘줄 위치는 알 수 있을 거야."

"네."

그 외에 조림 같은 것도 대충 만들어 볼까? 거품을 걷어내서 잡맛을 제거하는 게 좀 귀찮긴 하지만…….

갖고 있는 재료가 얼마 안 되니, 자연스럽게 종류가 줄어든다.

채소도 나쁘진 않지만…… 어차피 공들여 만들어 봤자 노예들이 금세 먹어치워 버리겠지.

좋아, 좀 아깝긴 하지만, 모처럼 라프타리아가 도와주니까 향초를 곁들여서 고기를 구워야겠다.

"먹음직스러운 냄새가 나네요."

"그러게 말이야. 수프 같은 것도 만들어 볼까."

"네."

고기를 푹 끓여서 수프를 만들어야겠다.

"라프타리아."

"왜 그러세요?"

"만드는 김에 햄버그도 만들 테니까 고기 다지는 것 좀 도와줘."

"아, 알았어요."

우리는 척척 음식을 만들어 나간다.

그러고 보면 라프타리아와 같이 요리를 해 본 적은 거의 없었지.

부모님에게서 요리를 배웠다고 들었는데, 확실히 솜씨는 좋은 편이다.

"부모님에게 직접 전수받은 요리 같은 거 있어?"

"없는 건 아니지만…… 지금 가진 식재료만 가지고는 못 만들어요."

"그럼 식재료가 갖춰지면 나중에 요리해 줘."

실은, 아는 여자애가 만들어 준 음식을 먹어 보는 게 꿈이었다.

하지만, 내가 아는 여자애들은 대개가 요리를 안 한단 말이지…….

라프타리아가 부모님에게서 전수받은 요리는 어떤 맛일지, 기대해 봐야겠다.

"어, 어쩐지 나오후미 님한테 요리를 만들어 줬다가는 문제점을 지적당할 것 같아서 무서운데요……."

으음? 라프타리아가 내 상상과는 영 다른 대답을 하잖아.

"내가 무슨 미식가라도 되는 줄 알아?"

"아닌가요?"

"아냐."

나는 요리 가지고 다른 사람에게 딴죽을 거는 짓은 안 한다.

라프타리아의 머릿속에 있는 나는 도대체 어떤 녀석이람.

최대한 라프타리아가 생각하는 이상적인 모습에 다가가고 싶긴 하지만, 미식가 취급은 좀 억울한걸.

미식가인 건 내가 아니라 오히려 필로와 라프타리아 아냐? 특히 필로는 맛에 대해 상당히 까다롭다.

"그럼…… 다음에 만들어 볼게요."

"그래, 기대할게."

"라프~!"

라프짱이 깡충 라프타리아의 어깨에 올라타서 우는 모습이 인상적이었다.

"자, 나랑 라프타리아가 같이 점심을 만들어 왔어. 냉큼 먹고 나갔다 와."

"역시 진짜 맛있어!"

"응! 맛있어!"

노예들이 하나같이 밝은 얼굴로 밥을 먹는다.

겸사겸사 집을 지어 줄 병사들에게도 대접한다.

"이건…… 지금까지 먹어 본 것 중에 제일 맛있는 고기구이잖아?!"

"말도 안 돼! 그 거북이 고기를 구운 게 이렇게 맛있다니……. 성에서도 이런 게 나왔지만, 이렇게 맛있진 않았는데."

손수 만든 작업물에 대한 방패의 보정은 한이 없군.

라프타리아가 가진 도의 보정까지 들어가서 결과적으로 맛있어진 것이리라.

향신료와 소금을 넣어서 밑간을 해둔 게 효과를 본 건가?

햄버그도 눈 깜짝할 사이에 바닥났다.

노예들은 내가 만든 밥을 상당히 먹어치웠다.

오후에는 레벨업을 하고 돌아올 테니…… 그때에 대비해서 더 많이 만들어 둬야겠군.

"자, 다들 각자에게 무기를 배분해 주겠다. 그 무기로 싸우고 와!"

내 선언에 노예들이 겁에 질린다. 성에서 받은 중고 무기를 각자에게 건넨다. 초보자용이라 대부분이 단검이다. 여자 노예들은, 처음 싸울 때의 라프타리아처럼 흉기를 든 채 새파랗게 질려 있다.

"싸우지 않으면 가슴이 옥죄어들 테니까 각오해 둬. 그리고 고향을 되찾는 건 글렀다고 생각해 둬."

"우리도 알아, 방패 형! 다녀올 테니까 기대하라고!"

뭐, 의욕이 있다는 건 좋은 일이긴 하지.

"내 입장에서는 꼭 너희여야 할 필요는 없어. 난 그저 여기를 영지로 삼으려는 것뿐이니까. 단지, 내 말을 잘 듣는 라프타리아에 대한 포상의 의미로 너희를 끌어들인 거야. 그러니까 쓸데없는 착각은 하지 마."

악역을 맡는 건 이 세계에 온 후로 이미 익숙해져 있다. 나는 자선사업 따위를 할 생각은 없다. 어차피 결국은 원래 세계로 돌아갈 거니까, 후세에 대한 걱정까지 할 필요는 없다. 라프타리아가 평화롭게 살아갈 수 있는 곳을 마련해 주기만 하면 되는 것이다.

"입은 좀 험해도 착한 사람이니까 미워하지 마세요."

라프타리아가 쓸데없이 나를 두둔해 준다.

이럴 때는 더더욱 독하게 다그쳐야 하는데 말이지.

"그럼…… 필로, 처치한 마물은 짐차에 싣고 와. 쓸데는 얼마든지 있으니까."

"네~에!"

일단 당장은 식재료로 쓸 거지만.

"주인님, 어떤 마물이 좋아~?"

"될 수 있으면 먹기 좋은 걸로. 소 형태의 마물이 있으면 비엔나 소시지 같은 것도 만들어줄 수 있어."

"알았어~. 그럼 찾아볼게~!"

나는 필로의 마차를 가리키며 명령한다.

노예들은 마지못해 마차에 올라타고, 필로에게 이끌려 사냥을 떠났다.

"너무 빨리 달리지는 말라고!"

"네~에."

필로가 끄는 마차가 덜컹덜컹 나아간다.

뭐, 어차피 필로도 저주 때문에 그렇게까지 속도를 내지는 못하지만.

"좋아, 그럼 집 건설을 부탁하지."

"아, 알겠습니다."

병사들에게 건설을 부탁하고, 나는 방패에게 조합을 지시, 다음 요리 준비를 시작했다.

마물을 부화시키는 건 좀 더 있다가 해도 되겠지.

영귀의 고기가 바닥나기 전에, 식재료를 조달할 방법을 모색해야 할 텐데…….

라프타리아 등과 함께 사냥을 나갔던 노예들은 그날 저녁 무렵에 돌아왔다.

하나같이 녹초가 되어 있다. 마차에 연결되어 있는 짐차에는, 처치한 마물들이 그대로 적재되어 있었다. 내가 지명했던, 소 형태의 마물도 있는 것 같다.

"우우……."

꼬르르르르륵…….

구르르르르르륵…….

뀨르르르르르르륵…….

"배고파……."

배곯는 소리가 폭발적으로 울려 댄다.

급성장하려는 몸이 영양을 갈망하며 공복을 호소하고 있는 것이다.

"잘 돌아왔어. 제대로 싸웠겠지?"

"네, 모두 열심히 싸웠어요."

"후에에……. 피곤해요."

"뭐, 제대로 싸웠다면 됐어. 밥들 먹어."

나는 미리 준비해 둔 영귀 고기 스튜며 스테이크를 테이블에 늘어놓는다.

이렇게 될 건 미리 예상하고 있었으니까. 양은 무식하리만치 많이 준비해 뒀다.

엄청나게 만들었지만, 분명 금방 바닥날 것이다.

"""와아아아아!"""

노예들이 흥분한 채 몰려들어서 먹어치우기 시작했다.

"주인님~ 필로 건?"

"만들어 뒀어."

필로 몫을 내준다. 한창 먹을 때인 노예들의 것보다 1.5배쯤 되는 양이다.

"이게 다야~? 더 먹고 싶은데."

"먹고 싶으면 네가 사냥해다 먹어."

"뿌……."

토라지는 필로.

미안하지만, 이것도 꽤 많이 만든 편이야. 나 혼자만 가지고는 감당할 수가 없다고.

"""잘 먹었습니다!!"""

뭐야? 필로랑 잡담하는 사이에 다 먹어치운 거냐?!

아이들의 식욕은 무시무시하군……. 어쨌거나 일단 만족한 것 같아서 다행이다.

"자, 꼬마들. 내일을 위해서 일찌감치 자 둬."

"……네에."

성에서 파견되어 온 병사가 한나절을 들여 보수한 집 한 채에 노예들을 몰아넣고, 우리는 다른 집에서 휴식을 취하게 되었다.

아직 창문이 깨져 있는 상태인지라, 비는 막을 수 있어도 바람은 막지 못하는 집이다.

"저는 저쪽에 가서 잘게요."

"그래. 조금이라도 더 빨리 적응할 수 있게 도와줘."

"네!"

라프타리아는 옛 친구들과 함께 자기 위해서 집을 나선다.

필로는 이미 반쯤 잠들어 있었다. 꾸벅꾸벅 졸고 있다.

리시아는 키즈나 패거리에게서 받아 온 서적을 해독 중이다. 은근히 체력이 강한 녀석이군.

나는 다음 계획에 대비해서 조합을 시작했다.

그러는 틈틈이 노예 전원의 레벨을 확인한다.

일단, 평균적으로 레벨 15까지는 상승해 있는 모양이다. 스테이터스도 하나같이 상승되어 있다.

라프타리아의 성장 패턴으로 미루어 보아, 전투에 적성이 없는 녀석이라도 30까지는 올려 두는 게 좋을 것 같다.

그리고 얼마 후…… 똑똑 문을 두드리는 소리가 들려온다.

"저기……."

어째선지 라프타리아가…… 여자 노예를 데리고 찾아왔다.

"무슨 일이야?"

"그게……."

말끝을 흐리며, 라프타리아는 내게 뭔가를 부탁하려 한다.

뭐지? 분위기로 미루어 보아 무리한 요청을 하려는 건가?

"오줌이라도 쌌어?"

"아니에요. 자, 나오후미 님에게 똑똑히 말씀드리세요."

"저기…… 그게……."

꼬르륵…… 하고 배곯는 소리를 내며, 여자 노예는 부끄러운 듯 고개를 푹 숙였다.

"하아……. 알았어. 보나마다 다른 꼬마들도 비슷한 상황이겠지?"

"고맙습니다."

나는 밖에 있는 조리장으로 가서, 요리 준비를 시작한다.

정말이지, 소화시키는 속도가 빨라도 너무 빠르다니까.

노예들이 사냥터에서 가져온 마물을 다듬어서, 적당히 꼬치에 꽂아 굽는다.

자잘하게 만드는 건 성가시니 통구이로 하자.

어느 정도 자리가 잡히거든, 빠른 시일 내에 요리조를 꾸려야겠다. 아니면 나는 하루 종일 요리만 하게 생겼다.

그렇게 하루가 가고 이튿날.

"자, 야식까지 먹은 너희에게 얘기해 두지. 식재료는 날로 줄어들 거다. 식재료를 늘리려면 사냥으로 확보해야만 해. 다시 말해, 나는 너희가 사냥해 온 걸 가지고 메뉴를 꾸릴 생각이란 얘기야. 알겠어?"

"""응!"""

……어째 묘하게 고분고분하네.

약간 찜찜한 기분이지만, 의욕을 내고 있으니 문제 될 건 없으리라.

"저녁까지는 만들어주겠지만, 다음 식사는 아직 생각 안 해 뒀어. 똑똑히 명심해 두도록."

"""……네~에."""

어젯밤은 정말 힘들었다.

만들고 또 만들어도 더 달라고 졸라 대는 걸 보면, 정말 배가 고프긴 했던 모양이다.

여기에 도착한 후로 줄곧 음식만 만들고 있는 것 같은 느낌이다.

나는 네놈들 엄마가 아니라고.

어느 정도 성장 속도가 안정화되면 이런저런 일들을 가르칠 작정이다.

그때까지는 참아야겠지.

"""잘 먹었습니다!"""

"그래, 그래. 자, 그럼 저녁때까지 사냥하고 와."

"""네~에!"""

어제보다 밝은 표정으로 모두 필로의 마차에 올라탄다.

폭주하지 말라고 지시해 뒀으니 멀미하는 녀석은 얼마 없을 거라고 생각해 두자.

……돌아왔을 때는 평균적으로 20 정도까지는 올라가 있으면 좋을 텐데.

당장 필요한 것은, 식재료 조달이다.

선불리 '그것' 을 썼다가 변이하기라도 하면, 무슨 일이 일어날지 심삭노 안 되니까.

하지만 일단은, 곤란한 상황에서 도움이 되는 그 도구의 힘을 빌릴 때가 온 것 같다.

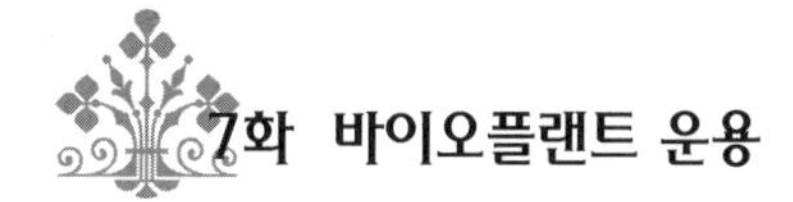

7화 바이오플랜트 운용

"""다녀왔습니다!"""

하나같이 진흙투성이가 됐으면서도, 밝은 얼굴로 마을로 돌아온다.

어제보다 더 활기차 보이는군. 반면에, 리시아는 녹초가 다 돼 있다.

라프타리아와 필로는 딱히 지친 기색은 보이지 않는다.

뭐, 둘 다 저주의 영향이 있다 해도 기본적으로 강하니까.

"좋아. 다들 오늘도 열심히 사냥하고 왔겠지?"

"응!"

"당연한 거 아냐?"

어린애들의 적응력은 놀라운 구석이 있다. 이틀 만에 적응한 건가.

"그럼, 약속대로 음식을 만들어 뒀으니 먹도록."

"""와!!!"""

음식을 쓸어 넣다시피 하며 내가 마련한 저녁밥을 먹는다.

"잠깐, 라프타리아."

"왜 그러세요?"

"식사 후에는 할 일이 좀 있는데…… 어떤 의미에서는, 혼날 만한 일일지도 몰라."

"도, 도대체 뭘 하시려는 건데요?"

"정글이야. 키즈나네 세계에서도 도움이 됐었잖아?"

내 대답을 듣고 라프타리아도 짚이는 게 있었던 모양이다.

라프타리아의 얼굴이 새파랗게 질린다.

"그걸 심으시려구요?"

"그래. 어차피 이 근방은 황야만 펼쳐져 있잖아. 그야말로 안성맞춤 아니겠어?"

"하지만……."

"그런데 후세를 생각하면, 토양에 문제가 생길 것만 같단 말이지……. 일단 토양을 정비할 수 있는 마물을 가져다달라고 노예상에게 부탁해 두긴 했지만."

"저기…… 알았어요. 지금은 이것저것 따질 때가 아니니까요."

"말귀를 잘 알아들어 줘서 고마워."

"효율을 생각하면 어쩔 수 없으니까요."

라프타리아는 효율주의자니까. 은근히 세간의 시선을 신경 쓰는 타입이기도 하지만.

하지만 생각해 보면, 라르크 패거리는 라프타리아의 교육에 대해 불만을 토로했다.

듣자 하니, 나를 따라서 가격 흥정 같은 걸 하고 있었다는 모양이다.

객관적으로 받아들이자면, 충분히 반성할 만한 얘기였다.

"겸사겸사 이것저것 연구해 보고 싶었어. 약초 같은 것도 생산할 수 있지 않을까 하고."

"잠깐만요. 설마 여기서 더 개조하시려는 거예요?!"

"그래. 가능하면 돈이 될 만한 열매를 맺도록 하는 방향으로."

그렇다. 내 계획에는 돈이 필요하다. 열 명 정도의 노예만 가지고 마을을 재건하는 건 어차피 불가능한 것이다.

노예상에게 부탁한 노예가 더 추가된다 해도 달라질 건 없다.

"일단, 관리가 어려울 정도로 무작정 개조하지는 않을 거야. 저 녀석들이 문제에 대처할 수 있을 만큼 성장할 때까지는 식량 생산이 최우선이니까."

"하아……. 진짜 조심하셔야 해요."

"알았다니까."

근거지가 완전히 파탄 날 수 있는 짓은 할 수 없지만, 그래도 할 수 있는 건 최대한 해 봐야겠지.

앞으로는 이 녀석들에게 전투뿐 아니라 돈벌이도 시킬 예정이니까.

그런 생각에 잠겨 있으려니, 오늘 만든 음식이 순식간에 바닥나 버렸다.

"""잘 먹었습니다!!"""

"별거 아닌데 뭐."

왁자지껄한 대화 소리가 들려온다.

여기 온 지 며칠밖에 되지 않았는데 이미 상당히 생활에 적응이 된 것 같군.

키르를 비롯한 네 사람은 이 지역 지리도 알고 있고, 고향이라는 것도 한 이유일 것이다.

적어도 노예로서 생활하는 것보다는 정신적으로 안정되기도 할 테고.

"그럼 너희, 중요한 얘기를 하나 하겠다. 똑바로 들어."

"뭔데~에?"

필로와 마찬가지로 노예들도 고개를 갸우뚱거리며 듣는다.

"잔말 말고 다들 따라와."

나는 밭 쪽으로 걸어가서, 전원이 빠짐없이 따라온 것을 확인한다.

"여기에 씨앗이 하나 있다. 남서쪽 마을에서 약간의 말썽을 일으킨 식물의 씨앗이지."

성의 병사들은 그 사건에 대해 들은 바가 있었던 것이리라. 서로 마주 보며 눈을 깜박거린다.

"그걸 개조한 게 이거다. 다들 어젯밤에는 배가 고파서 야식을 먹었었지?"

"으, 응……."

키르가 고개를 끄덕인다.

"아무리 그래도 내가 매일 요리를 해줄 수는 없다는 걸 이해해 줘."

"그치만…… 방패 용사님이 만든 음식, 정말 맛있는걸!"

"맞아, 맞아! 매일 먹고 싶어."

"너희 걸 다 만들어 주다가는 내가 일을 못 하잖아. 물론, 충분한 활약을 보여준다면 원하는 대로 요리 솜씨를 발휘해 주지."

이런 개척이나 재건 사업에는 그 무엇보다 식량 확보가 최우선이다.

그렇다면, 이제 할 일은 단 하나.

"그럼, 오늘 밤부터 내가 밥을 만드는 시간 이외에 배가 고플 때는 어떻게 해야 하는지, 그 시범을 보여주지."

나는 툭 하고 땅바닥에 씨앗을 떨어트리고, 물을 준다.

씨앗에서 싹이 나와서 쑥쑥 성장해 나갔다.

바이오플랜트는 3미터 정도까지 성장하더니, 큼직한 토마토 같은 열매를 맺었다.

"번식력은 어느 정도 제한해 뒀지만, 오늘 밤 안에는 이 밭을 꽉 채울 거야. 너희가 할 일은, 이 식물을 관리하는 거다."

"어, 어떻게 해야 하는 건데?"

"정해진 구역을 넘어가면 벌채하는 거야. 하지만 예정 범위는 널찍하게 잡아 놨으니, 아직 벨 필요는 없어. 열매 수확도 너희가 알아서 해."

"이 열매…… 먹을 수 있는 거야?"

"그래. 남서쪽 마을에서는 지금도 팔고 있을걸."

특산물로 파는 걸 성 밑 도시에서 본 적이 있었다. 요리의 재료로도 사용되고 있었던 걸로 기억한다.

"배가 고프거든 먹어도 돼. 단, 뭔가 문제가 일어나거든 근처에 있는 어른에게 알리도록. 이상."

큼직한 토마토 같은 열매를 따서, 필로에게 준다.

식사가 성에 차지 않는다는 듯한 표정을 짓고 있던 필로는, 우물우물 열매를 먹기 시작했다.

그 모습을 보고 덩달아 먹어 보는 녀석도 있다.

"굉장하다……."

"응."

"우리가 이 마을을 재건하다니, 처음에는 어림도 없는 일이라고 생각했었는데, 이 사람이라면 해줄 수 있을 것 같다는 생각이 들어."

뭔가 신기한 거라도 보는 것 같은 눈길로 날 쳐다보는 거

같은데, 기분 탓인가?

이 열매를 제대로 관리하기만 하면 식량 문제는 단번에 해결된다.

아니, 이 문제를 해결하지 못하는 이상, 석 달 반이라는 짧은 시간에 쓸 만한 부대를 만드는 건 불가능에 가깝다.

내가 지금까지 이세계에서 얻어 온 지식이며 인맥, 그리고 도구를 최대한으로 활용해서 어디까지 해낼 수 있는지를 시험해 볼 때가 왔다.

좋아……. 이제부터가 승부처다.

이튿날 아침.

밭을 뒤덮을 기세로 자라난 바이오플랜트를 옆에 두고 아침 지시를 내린다.

"아야야……."

노예들이 절절히 고통을 호소하고 있다. 성장통이군.

어디 한번, 전원의 레벨을 확인해 볼까.

어제 추정한 대로 20 전후까지 올라 있다. 앞으로의 성장이 기대되는군.

8화 바다의 남녀

그리고 며칠 후.

"아하하~!"

바이오플랜트에서 나무 타기를 하는 노예들.

전원의 레벨이 30 전후까지 올라서, 성장 속도가 완만해져 있다.

다만…… 무슨 이유에선지, 대부분의 노예는 외견상의 연령이 14~15세 정도밖에 되지 않는다.

라프타리아보다 약간 어리다. 이게 전투에 적합한 연령인 건가?

얼굴도 잘생겨지거나 예뻐질 줄 알았는데, 의외로 평범하다.

확실히 다른 아이들에 비하면 라프타리아는…… 이라는 생각이 들 만큼, 라프타리아에 필적할 만한 녀석은 보이지 않는다.

혹시 영양 공급이 부족한 게 아닐까 하는 생각이 들 정도다.

남자들 중에서 그나마 얼굴이 반반한 건 키르다.

묘하게 여성스러운 미소년 축에 속하려나? 남자에게 이런 소리를 하는 건 좀 실례겠지만, 보이시한 느낌이랄까?

이미아라는 두더지 수인(獸人)은 다소나마 마음이 열린 모양이다.

키르와 정답게 놀고 있다.

"있잖아, 방패 형! 요즘에 고기랑 채소만 먹어서 질렸어."

"철딱서니 없는 소리 마!"

요즘 들어, 키르가 나한테 너무 친근하게 대한다.

이럴 때는 따끔하게 혼내 주는 것도 한 방법이겠지만, 그래도 할 일은 하고 있으니 주의를 주기도 좀 그렇단 말이지.

좀 친해져서 그런 건지, 지금까지 노예로서 겪어 왔던 생활을 재잘재잘 나한테 얘기하고, 마지막에는 '고마워.' 라는 식으로 끝맺는 녀석들이 늘어났다.

의욕이 생긴 건 좋은 일이긴 하지만 말이야…….

"바다에 가서 물고기 잡아 올 테니까 요리해 줘, 형!"

"난 너 같은 동생 둔 적 없어!"

키르는 완전히 나를 우습게 보고 있다. 설교라도 좀 해야 하려나.

방패 형까지는 그렇다 쳐도, 그냥 형이라고 부르는 건 용납 못한다. 하지만, 고칠 기색을 전혀 보이지 않는다.

"아……. 사디나 누나가 있었다면 매일같이 어패류를 먹을 수 있었을 텐데!"

흐음, 이전에 라프타리아도 얘기한 적이 있는 녀석이군.

수생류 수인이라고 그랬었지, 아마.

상당히 신뢰를 받는 녀석이었는지, 라프타리아를 비롯한 이 마을 출신 녀석들이 때때로 언급하곤 한다.

이렇게 된 김에, 어떤 녀석인지 자세하게 물어봐야겠다.

"라프타리아, 예전에도 좀 들은 적이 있었는데, 그 사디나라는 녀석은 어떤 녀석이야?"

"사디나 언니는 어부예요. 그리고, 이 마을에서도 둘째 가라면 서러울 정도의 강자예요."

"그렇군……. 그렇다면 파도 때……."

죽었겠군, 이라는 말을 하려다가 얼버무렸다.

상식적으로 생각하면, 파도 때 싸우다가 전사했을 가능성이 높다.

"사디나 언니가 있었더라면 파도에서 나온 적도, 노예 사냥을 온 녀석들도 퇴치할 수 있었을 거야."

"아니, 잠깐. 그 녀석이 그렇게나 강한 거야?"

"당연하지! 사디나 누나가 지는 모습은 본 적도 없었다고. 내가 보기에, 기사 누나보다 더 강할걸!"

에클레르보다 더 강하다고……? 그럼 상당히 강하다는 뜻이잖아.

게다가 그렇게 따지자면 큰 의문점이 하나 생기는데 말이지.

"그럼 파도가 일어났을 때 너희 마을은 왜 멸망당한 거야?"

"그게…… 하필 그 당시에 사디나 언니는 마을 어부들이랑 같이 원양어업을 떠나 있어서……."

그랬군. 파도가 발생한 시점에 그 자리에 없었다는 건가.

게다가 파도가 일어나면 이곳저곳 환경이 거칠어지니까. 바다도 예외는 아니었겠지.

……이 생각은 내 마음 속에만 묻어 두겠지만, 2차 재해

때문에 죽었을 가능성이 높겠군.

만약에 그렇게 강한 녀석이 살아남았다면, 여기로 돌아오지 않을 리가 없다.

내가 먼저 꺼낸 얘기이기도 하고, 키르에게도 미안하기는 하지만, 이 얘기는 이쯤에서 그만두는 게 좋을 것 같군.

"있잖아, 형! 바다, 가면 안 돼?"

"흐음……. 그렇게까지 먹고 싶냐?"

마침 잘됐다. 말머리를 돌려야겠다.

"형이 해 준 생선 요리 먹고 싶어!"

"먹고 싶어!"

"먹고 싶어!"

……필로 같은 녀석들이 대량으로 양산됐잖아.

필로리알 알을 부화시키지 않기를 잘했다.

"알았어. 오늘은 해산물을 잡아 오지. 가는 김에 필로는 헤엄쳐서 마물을 사냥해 와."

"네~에!"

그렇게 해서, 노예들과 함께 바다에 가게 되었다.

요즘 들어 날도 따뜻해졌으니까. 해수욕에는 딱 좋을 것이다.

원래 이 마을 출신 녀석들은 바다에 익숙해서 헤엄도 잘 치니까.

잠시 걸어서 바다에 도착했다.

"꺄하하!"

노예들이 일제히 옷을 벗어젖히고, 작살을 든 채 신나게 바다로 뛰어든다.

"라프~!"

뭐야, 라프짱도 신이 나서 바다 쪽으로 걸어가잖아.

사역마의 기능 개조로 수중 적성을 올려 볼까? 꼬리를 스크루처럼 회전시켜서 헤엄치는 모습을 보고 싶다.

그런 생각을 하다가, 어떤 문제점을 발견했다.

"필로! 키르를 붙잡아!"

"응? 알았어~!"

"와악?! 뭐야?!"

바다에 들어가려는 키르를, 필로리알 모습으로 변신한 필로가 붙잡는다.

눈 깜짝할 사이에 붙잡힌 키르가 필로의 날개 속에서 버둥거리고 있다.

"왜 이러는 건데, 형?!"

"일단, 너에 대한 취급에 있어서, 아주 중대한 변화를 줘야 할 만한 문제점이 부상했어."

"도대체 뭔데 그래?!"

떠드는 소리를 들은 노예들이 우리 쪽을 쳐다보고 있다.

그리고, 무슨 일이 일어난 건지 알아챈 모양이다.

라프짱을 어깨에 태운 이미아가 키르에게 다가가서 묻는다.

"키르 군…… 혹시 키르 양?"

"라프프?"

"하아? 무슨 소리를 하는 거야. 난 남자라고."

그런 키르의 가슴에는 하얀 천이 둘러져 있었다. 사타구니에는…… 훈도시가. 그리고 라프타리아가 그런 키르에게 다가가서, 어째선지 당연하다는 듯 사타구니로 손을 뻗는다.

요즘 들어, 라프타리아의 행동을 예측 못하겠다.

"키르 군……. 남자와 여자의 차이가 뭔지 알아?"

"엉?"

"있잖아……. 남자라는 건 말이지……."

라프타리아가 키르의 귀에 대고 소곤소곤 뭔가를 속닥거린다.

"그럴 리가 없잖아. 내가 신이라면 귀찮게 남자라느니 여자라느니 하는 걸 따로 만드는 짓은 절대 안 했을 거라고."

"그럼 다른 남자애들, 아니 나오후미 님을 보세요. 여러모로 다르고, 가슴도 부풀지 않았잖아요?"

"무슨 소릴 하는 거야. 그건 어른이 됐으니까 돋아난 것뿐이야. 가슴이 부푼 건 사실이지만, 조금만 더 있으면 다 나을 거야."

돋아났다니…… 굉장한 발상이군.

……키르는 노예가 되기 전에는 어떤 가정환경에서 자라온 거지?

머스마 같은 여자아이……. 내 뇌리 속에서 키즈나가 '나 불렀어?' 라고 손을 들고 있다.

안됐지만 너 부른 거 아냐. '돌아가!' 라고 마음속의 키즈나에게 소리치자, 키즈나는 '너무해!' 라고 소리치고 사라졌다.

아니, 아니, 그 녀석도 선머슴 같은 녀석이긴 했지만, 그래도 자기가 여자라는 자각은 갖고 있었다고.

애초에 노예 생활을 하면서 알아채지 못했을 리가 없다.

아아, 혹시 남자든 여자든 관계없었던 건가? 아니면 판매한 노예 상인이 마니아를 상대로 팔려고 비밀로 해 뒀던 건지도 모른다. 이 나라는 썩어 빠졌으니까. 그런 쓰레기 같은 취향을 가진 녀석도 분명 있을 것이다.

그런 변태들 입장에서 보자면 키르 같은 타입은 희귀한 존재이니, 비싼 값에 팔렸으리라.

우리가 맞서 싸운 적이 있던 쓰레기 같은 귀족은 학대 취미가 있는 것 같았지만.

뭐, 노예들에게 하나같이 학대를 받은 흔적이 있는 걸 보면, 기학적 취미를 가진 녀석들이 수두룩한 게 분명하다.

"그, 그치만 아빠가 말하길, '남자는 스스로 사나이답게 군다면, 무슨 일이 있더라도 변함없이 사나이다.' 라고……."

바다 사나이 정신 같은 것이었을까? 딸은 그 말을 따르다가 남자와 여자의 차이를 모른 채 자라온 거고?

애초에 그 발언 자체가, 곧 '너는 여자다.'라고 말하는 거나 다름없잖아.

"키르 군, 멋있는 애라고 생각했었는데…… 여자였었구나."

"그래도 멋있잖아. 성별 같은 건 관계 없어."

여자 노예들이 즐거운 표정으로 속닥거린다.

하긴, 남장미인이란 동경의 대상이 되곤 한다고는 하지만…… 바다 사나이가 되기를 꿈꾸는 여자는 좀 그렇지 않나?

"말도 안 돼……. 애초에 남자니 여자니 하는 구분이 도대체 왜 있는 건데? 도대체 이해가 안 돼!"

키르 녀석, 자신의 성 정체성이 송두리째 뒤흔들려서 억지를 쓴다.

응? 필로……? 왜 네가 나서서 끼어드는 거야?

"있잖아……. 암컷과 수컷이 서로 다른 이유는 말이지, 교미를 하기 위해서야. 그리고 말이야……."

어쩔 줄 몰라 하는 키르에게 필로가 가르쳐준다.

그야말로 진하게…… 달콤한 울림이 감도는 표현으로, 필로는 남자와 여자의 역할에 대해 열변을 토했다.

단순한 내용뿐만이 아니라, 취향의 영역에 속할 만큼 달콤하고 감미로운 의식…….

나는 곧바로 라프타리아 쪽을 쳐다보았지만, 라프타리아는 고개를 거세게 가로젓는다.

그럼, 리시아인가? 그렇게 생각하고 리시아 쪽을 쳐다보니, '아, 아니에요!' 라고 소리친다.

설명에 대한 재능이라고는 눈곱만치도 없는 필로가 이렇게까지 농밀한 설명을 할 수 있는 건, 누군가에게 배웠을 경우뿐이다.

그렇게 따지면 키즈나 패거리, 변태스러운 점을 고려하면 라르크일 가능성이 높겠군.

"왜 네가 그렇게 잘 아는 거야? 라르크한테 들은 거냐?"

"아니. 필로, 처음부터 알고 있었어."

유전자에 아로새겨진 기억이라는 건가?

아니, 아니……. 아마 필로는 야생 필로리알 수컷과 한 적이 있는 게 분명하다.

그때 들은 게 분명하다. 아니면 허밍 페어리였을 때였는지도 모르겠다.

"뭔가 이상한 생각 하는 것 같아~!"

필로가 불쾌하다는 듯이 나에게 항의한다.

알 게 뭐야. 뭐, 필로가 알을 낳는지 어떤지 잘 관찰해 둬야겠군.

"부우~!"

요즘, 항의가 많아서 시끄럽다니까.

"라프~?"

"라프짱은 그런 거 안 해도 돼. 넌 절대로 시집 안 보낼 테니까."

"왜 라프짱한테 아버지 같은 소리를 하시는 거예요……?"

"필로한테는 그런 말 안 했잖아~."

흥, 알 게 뭐야. 메르티한테라도 시집가라지.

그런 잡담을 하고 있으려니, 라프타리아를 비롯한 전원의 얼굴이 새빨갛게 물들어 있다.

남자들은…… 바닷속에 들어가서 나올 생각을 안 한다. 괜찮은 건가?

"시, 싫어! 누가 그런 짓을 할 줄 알고? 나는 형이랑 그런 짓 절대 안 할 거야!"

"왜 내가 그런 짓을 해야 하는 건데."

내가 무슨 성노예로 삼으려고 키우고 있다는 것 같은 표현 좀 삼가 줬으면 좋겠는데.

젠장. 부아가 치밀기 시작했다.

이래서 연애 얘기에 얼이 빠진 꼬마 놈들은 질색이라니까.

"언제까지 그렇게 시시한 얘기나 하고 있을 거냐. 어쨌거나 규칙이 하나 더 늘어났군. 연애는 금지다."

"""에?!"""

노예들이 항의한다.

무슨 소리를 하든 안 되는 건 안 되는 거다. 내가 원하는 건 전력이지, 인구 증가가 아니다.

우글우글 늘어날 꼬맹이들과 부모들을 돌보고 있을 여유

따위는 없다.

애초에 다음 파도까지 남은 시간은 석 달 반이라고! 애가 늘어날 시간도 없단 말이다!

"그런 시시한 건 세상이 평화를 되찾은 후에나, 내가 안 보는 곳에서 하도록 하라고."

"어째서?!"

"왜냐고? 그걸 질문이라고 하는 거냐? 내가 싫으니까 그런 거지. 그리고 라프타리아도 싫어하고."

"라프타리아가?!"

"네?!"

어째선지 라프타리아까지 언성을 높인다.

아아, 자기를 끌어들이지 말라는 거군. 알았다고.

"내 목적은 파도와 싸우는 거다. 너희 중에서 지원자는 파도와의 싸움에 데려가 줄 생각이야."

"뭐?! 그 파도랑?!"

"그래. 나는 너희의 가족을 앗아간 파도를 잠재우기 위해서 소환된 거니까. 지원한다면 싸우도록 해 주지."

노예는 앞으로 더 늘려 나갈 생각이니, 몇 개의 팀을 꾸려 두고 싶다.

"그 전에 봉황이라는 괴물과 싸우게 되겠지만 말이지."

그런 다음, 지원자들로 전투 팀을 꾸리는 게 가장 이상적일 것이다. 모두가 전투에 소질이 있으리라는 보장은 없으니까 말이지.

내 말을 듣고, 침묵하고 있던 키르가 통명스러운 말투로 입을 연다.

"어차피 나는 여자니까 안 될 거 아냐?"

"하아? 무슨 말도 안 되는 소리야? 내 주위를 둘러보라고."

나는 라프타리아와 필로, 그리고 리시아를 가리킨다.

"그, 그러고 보니까 다 여자잖아! 연애는 싫어한다는 거, 거짓말 아냐?"

키르가 화를 내잖아?! 도대체 뭐가 불만인데?

"이봐……. 참가하고 싶은 건지 참가하기 싫은 건지 확실히 하라고."

"연애 금지라니, 여자들을 잔뜩 거느린 주제에 잘도 그런 소리를!"

"나는 라프타리아가 남자라도 별 상관 없어."

"에?!"

"에에?!"

"필로는?"

"수컷이라도 상관없어."

"부~!"

도대체 뭐가 불만인데. 이 녀석들, 강의라도 한번 해 줘야겠군.

"남녀평등이라는 건, 남자든 여자든 상관없다는 거야. 쓸 만한 녀석이라면 어느 쪽이든 공평하게 쓰는 거지."

"그렇구나……. 방패 형은 양쪽 다구나. 그뿐만이 아니라, 인간이 아니어도 괜찮은 거구나."

노예 중 하나가 우두커니 뇌까린다. 어디서 그런 지식을 얻은 거냐?

"그게 아냐……."

"양쪽 다라는 게 뭔데~?"

필로는 그런 것까지는 모르는 모양이다.

역시 유전자의 기억인가. 그나저나 '인간이 아니어도'라는 건 라프짱과 필로를 염두에 두고 한 소린가?

"있잖아, 팔려갈 때 들었는데……."

"설명하지 마! 어쨌거나 함부로 연애질을 하느라 싸우지 못하게 되면 곤란하다고. 그러니까 금지라는 거야."

키르 이외의 노예들은 납득이 안 간다는 표정으로 마지못해 고개를 끄덕인다.

"그렇구나. 그럼 나도 노력하면 싸울 수 있다는 거지?"

"그래. 하지만, 전후의 일을 고려하면…… 아니, 고객들의 취향을 고려해야 하니까, 키르는 행상 연습을 해."

"무슨 소리야?!"

"이 중에선 얼굴이 제일 반반하니까. 겁도 없으니까, 행상에는 소질이 있는 셈이지."

"내, 내가?! 나, 난 싫어!"

“걱정 마. 평소대로 하기만 하면 되니까. 마물보다는 인간을 상대하는 게 더 성가시고 재미있다고.”

“방패 형이 그런 소리를 하니까, 그쪽 일이 더 무서워 보이잖아!”

내가 무슨 이상한 소리라도 했나?

어쨌거나, 행상 팀에는 키르를 집어넣어도 좋을 것 같다.

남장이라도 시켜서 액세서리 판매를 맡기면 여자들한테 잘 먹힐 것이다.

덤으로 라프타리아도 같이 보내서 남녀 모두에게서 돈을 뜯어내면 된다.

“아, 맞다……. 키르.”

“왜 그래?”

“처음에 나한테 반항적으로 굴었던 것도 라프타리아를 좋아해서 그랬던 거잖아? 안됐네. 넌 여자니까, 아무래도 동성끼리는……. 뭐, 싸움에 지장이 생길 일은 없으니 오히려 잘된 건가?”

영귀 사건이 일어나기 얼마 전, 키르는 나를 약간 경계하고 있었다.

그것도 다 라프타리아를 위한다는 마음으로 나를 적대시하던 거였다는 거다.

“무, 무, 무슨 소리야! 형도 참 못하는 소리가 없네!”

키르가 어째선지 바들바들 떨기 시작했다. 그 시선 너머에는…….

"……나오후미 님?"

살기를 이글이글 불태우며, 얼굴 가득 미소를 머금은 라프타리아가 다가온다.

흠……. 역시 이쪽 화제는 금기였나 보군.

"잡담은 이제 그만들 하고, 다들 해산해서 해산물을 건져 와."

"네~에!"

그리고 얼마 후 키르 등 노예들이 돌아왔다.

"방패 형! 잡아 왔어!"

해맑은 얼굴로 키르가 조개며 생선이 든 그물을 가져온다.

"그래, 그래."

철판은 이미 달궈 두었다. 이제 다듬어서 굽기만 하면 된다.

"키즈나 양 세계에서 배워 온 회도 있어요."

거기에 라프타리아도 회 뜨는 솜씨를 선보인다.

문제는 기생충 같은 거지만…… 감정 기능으로 보아하니 괜찮은 것 같다.

그리고 그렇게 해서 오늘도…… 요리를 했다. 이제 제발, 요리는 좀 그만하고 싶다.

그래, 맞아, 맞아. 이쯤에서 마물 알을 부화시켜도 될 것 같군.

식재료도 제법 축적됐다. 문제 될 건 없을 것이다.

"밥 다 먹었으면, 이제 그만 돌아간다!"

"알았어!"

오후가 되어, 다 함께 바다에서 마을로 돌아간다.

우선 마물 부화부터 시켜야겠다.

어제 단계에서 태반은 계약을 마쳐 두었다.

창고로 쓰고 있는 곳간에 늘어놓은 마물 알들의 상태를 살핀다.

"형, 뭐 할 거야?"

"식재료도 이제 충분한 비축분이 생겼잖아? 이건 다음 단계로 들어가기 위한 준비야."

"헤~."

"문제는…… 필로리알이란 말이지."

마차를 끄는 마물로서는 우수하지만, 식욕 마인이 두 마리가 될 걸 생각하면 불안해진다.

"필로?"

필로가 고개를 갸우뚱거리며 묻는다.

"아냐. 새로운 필로리알 알 얘기야."

"필로한테 남동생이나 여동생이 생기는 거야?"

"굉장해-!"

거참 시끄럽네……. 생긴 건 중고등학생이건만, 무슨 어린애들 같다.

아니, 원래 이런 게 정상인가?

"분류상으로 따지자면 그런 셈이긴 하지만……."

"주인님, 새로 태어날 애가 필로처럼 되는 게 싫어?"

필로도 참 대답하기 까다로운 질문을 하는군.

자칫 잘못 대답했다가는 '이 녀석은 필요 없는 애' 라는 식으로 받아들여질 수도 있다.

"탈것으로서, 마차를 끌 마물로서 필요한 거야. 그냥 식욕만 왕성한 녀석은 필요 없어."

"흐~응. 아마, 괜찮을 거야."

나는 그렇게 대답하는 필로에게 시선을 보낸다.

"주인님이 원하지 않는다면, 아마 필로처럼 되지는 않을 거야."

……필로의 바보털이 필로리알의 알을 향해서 쫑긋쫑긋 움직이고 있다.

뭐야, 그 반응은? 뭔가 있는 건가?

"필로의 권속이 태어나는 거지?"

권속!

뭐……. 필로 입장에서 보자면 보통 필로리알들은 다 권속일 테니까.

"그럼 그렇게 안 되도록 만들게. 주인님 혼자 했다가는, 또 필로처럼 될지도 모르니까."

"그렇게 할 수 있는 거야?"

"응!"

필로가 필로리알 알을 어루만지며 마력을 불어넣는다.

"이제 필로가 명령하지 않는 이상, 필로처럼 되지는 않을 거야."

"그, 그래……. 고맙다."

새로 태어날 생명의 가능성을 짓밟는 것 같은 기분도 좀 들기는 하지만…….

필로가 대량으로 생겨나 버리면 너무 시끄러워지니까. 어쩔 수 없지.

실험 결과에 따라서는, 필로에게 필로리알 양성을 맡기게 될지도 모르겠다.

그리고, 얼마 후 마물이 부화했다.

"삐이!"

한 마리는 필로리알 병아리. 약간 자주색이 감도는 아이다.

다음은 애벌레가 두 마리……. 이게 크면 마차를 끌 수 있게 되는 건가.

이름은 캐터피랜드……. 알 껍질을 방패에 먹여 봤지만 효과는 없다.

다음은 지렁이 세 마리. 듄이라는 마물이라는 모양이다. 토양 정비는 이 녀석들에게 맡기면 되려나?

기본적인 금칙사항을 세팅하고…….

"자, 다 됐어. 너희는 이 녀석들을 데려가서 레벨을 올리고 와."

"""네~에!"""

부모에게서 애완동물을 선물 받은 어린애들 같은 분위기로, 다 함께 마물이 든 상자를 안고 마차에 올라탄다.

필로리알 병아리는 필로의 머리 위에 올라타고 있었는데, 이제 갓 태어났건만, 뭐가 그리 즐거운지 "삐이!" 하고 울고 있다.

……난 도대체 왜, 이세계에 와서 이렇게 많은 녀석들의 부모 구실을 하고 있는 거지?

신경 쓰면 지는 거다……. 스스로를 설득해야 한다. 이것도 파도에 대비한 투자라고.

"아, 또 하나."

"뭔데?"

"이제 슬슬 요리 같은 자잘한 작업을 맡을 팀을 신설할 테니까, 이 중에 요리를 배우고 싶은 녀석이 있으면 자원해. 굳이 따지자면, 전투가 적성에 안 맞아서 하기 싫은 녀석으로."

요즘에는 라프타리아도 거들어 주긴 하지만, 그래도 일손이 부족하다.

"그럼, 내가……."

"나도……."

여자 노예 하나와 이미아라는 수인이 마차에서 내린다.

"괜찮겠어?"

이 여자 노예는, 라프타리아랑 같이 야식을 요구하러 왔던 녀석이었다.

이미아 쪽은…… 온몸에 털이 나 있는 수인이니까. 음식에 털이 들어가면 투덜거리는 녀석이 나올 것 같다.

식사 팀에 넣기는 힘들 것 같은데…… 다른 작업이라도 시킬까?

손재주는 좋다는 모양이니, 원하는 작업도 찾을 수 있을 것이다.

"응……. 요리, 하는 거 좋아해. 싸우는 건…… 아무래도 좀……."

"그래? 그럼 힘들겠지만 열심히 해 봐."

이번에는 이미아 쪽을 쳐다본다.

"저기…… 뭔가 섬세한 일이라면, 좀 해 보고 싶어서……."

"그래? 뭐, 조금씩 익혀 가면 되겠지만, 어차피 레벨업은 해야 하니까 도망칠 생각은 마."

"알고 있어요."

이미아와 여자아이는 고개를 끄덕이고, 내 옆에 와 선다.

"다녀올게요."

라프타리아가 손을 흔든다.

"그래, 잘 다녀와."

"라프타리아, 걱정 안 해도 괜찮아."

"네?"

요리 팀이 된 아이가 손을 흔들며 뇌까린다.

무슨 소리지?

“알았지?”

“걱정 안 한다니까요!”

뭐지? 뭐, 내가 겁을 줄지도 모르지만 믿고 있으니까 걱정할 것 없다는 뜻이겠지.

“그럼 다녀올게요.”

“간다~!”

덜컹덜컹 소리를 내며, 마차가 달려갔다.

“……좋아. 그럼 일을 거들어 줘.”

“네!”

이렇게 해서 나는 요리며 잡무를 가르쳐 나갔다.

“방패 오빠는 손재주가 참 좋네.”

“그래?”

“응. 생선이나 마물 다듬는 솜씨가 굉장한걸!”

이런 소리를 들으니 기분이 나쁘지는 않군.

“방패의 신비한 힘 때문에 맛있어지는 것뿐이고, 내 솜씨는 별거 아냐. 너는…… 부모님한테 배운 음식의 맛을 떠올리면서 만들어.”

“응! 그럼 내가 방패 오빠한테 맛있는 요리를 가르쳐줄게.”

부모님에게서 배운 맛……. 약간 지뢰를 밟는 것 같은 발언이었지만, 미소로 대답해 주었다.

웃어 주기만 한다면야 상관없지만…….

결과적으로 말하자면, 내가 배우는 입장이 되고 말았다……. 뭐, 아무렴 어떤가.

"보석을 이렇게 깎아내면 되는 건가요?"

"그래. 처음 하는 것치고는 제법 잘한 편인데?"

이미아 쪽은 원래 손재주가 좋은 종족이라는 점을 고려해서, 내가 하고 있는 약 제조와 액세서리 제작을 가르치기로 했다.

9화 방패의 간판

영지 경영…… 아니, 꼬마들 애 보기를 시작한 지 1주일이 지났다.

가옥 수리도 대충 끝나고, 다음 단계로 이행할 때가 되었다.

필로가 얘기한 대로, 새로운 필로리알은 귀여운 모습 그대로 마차를 끌고 있다.

역시 사사건건 떠들어대는 것보다는 훨씬 낫군.

아직 노예들이 잠들어 있는 아침. 내가 기분 좋게 신입 필로리알을 상대로, 필로에게도 해준 적 있는, 봉을 던져서 물고 오도록 하는 놀이를 하고 있으려니, 필로가 봉을 가로채서 훼방을 놓았다.

"주인님! 필로가 먼저!"

신입과 친교를 다지고 있는 중이라고. 방해하지 마.

"라프~!"

"가라! 라프짱!"

내가 투척하는 시늉을 하고, 라프짱이 필로에게 환각 마법을 건다.

"아, 거기 서~!"

끝없이 날아가는 봉의 환각을 쫓아서, 필로는 정신없이 달려갔다.

캐터피랜드도 제법 커졌기에, 이제 마차를 준비하는 중이다.

이 마물은 초식성이라, 바이오플랜트 줄기를 먹이로 주고 있다.

마물이 된 바이오플랜트를 먹이로 주면 되니, 여러모로 편리하단 말이지.

일석이조다. 게다가 마물상이 골라 준 녀석답게 얌전하고 다루기도 편하다.

문제점은 속도다. 그다지 빠르지 않아서, 인근 마을이나 도시들을 돌아다니는 게 고작이다.

듄은 현재 나름대로 커져서, 이 부근의 토양 정리를 맡겨 두고 있다.

이 녀석들도 얌전한 성질의 마물들이다. 야생의 듄은 땅

속에 숨어 있을 뿐, 보통은 싸우지 않는다고 한다.

사람 손에 길들여진 듄은 명령을 받으면 싸운다고 한다. 그다지 강하지는 않다는 모양이지만.

좋아……. 그럼 행상 일을 시작해 볼까.

"어, 어때?"

키르에게는 두 벌의 옷을 마련해 주었다.

하나는 본인이 좋아하는 남성스러운 가죽 갑옷.

또 하나는, 의표를 찌를 의도로 마련한, 프릴 달린 원피스다. 싸구려 중고지만 말이지.

그걸 입은 키르는 약간 쑥스러워하면서 내 평가를 묻는다.

"좋아. 수줍어하면서 어리바리하게 장사하는 거야."

"형! 왜 내가 이런 짓을 해야 하는 건데?!"

"그야 물론 돈을 벌기 위해서지. 돈이 없으면 너희 동료들을 모을 수도 없어."

"그렇구나……. 그치만, 미, 민망하다고, 형……."

키르의 행상 영업. 첫 번째 순회 때는 필로를 보내고, 내가 뒤에서 관찰하는 식으로 해야겠다.

일단, 내가 만든 약을 판매하는 일을 키르와 라프타리아에게 맡길 예정이다.

"그럼 리시아, 레벨업은 너한테 맡길게."

"아, 알았어요!"

노예들에게 행상 일을 가르치는 건 철칙이니까.
이렇게라도 안 하면 돈을 버는 건 불가능에 가깝다.
사흘 정도, 방패 용사의 간판을 내건 마차를 타고 온 나라를 돌아다니면 소문이 퍼지겠지.
그러기 위해서 매일같이 약을 제조하고 있는 거고, 내가 있으면 제아무리 중병이라도 고칠 수 있을 것이다.
"그럼 출발-!"
"잠깐…… 형! 난 아직 멀미가——."
키르를 무시하고 출발.
그날은 한 시간 단위로 인근 도시 몇 군데를 돌았다. 필로가 전속력으로 달린 덕분이다.
오랜만에 하는 행상 일이다. 도시 주민들도 감회에 젖은 표정으로 맞이한다.
"성인님이 방패 용사님이셨을 줄이야."
"그, 그래……. 신분이 알려지면 장사가 안 될 것 같아서 말이지."
"그때는 정말 죄송했습니다."
"신경 쓸 것 없어."
어차피 입바른 사과를 하는 것에 지나지 않는다.
여기서 내가 큰 말썽이라도 일으키면, '역시 방패의 악마였어!' 라는 식으로 분개할 게 뻔하다.

나는 *손님이 곧 하느님이라는 식의 생각은 안 한다.

뭐, 그건 원래 엔카 가수가 한 얘기였다는 모양이고, 본래 의미와도 좀 다르지만.

“이번에 영지를 얻게 됐거든. 국가의 부흥과 파도에 대한 대비를 위해서 이렇게 약이며 여러가지 물건들을 폭넓게 판매하고 있어. 혹시 괜찮다면 이용해 줘. 방패 모양 간판을 마차에 매달아서 인장으로 삼고 있으니까.”

그렇다……. 지금 내 마차에는, 방패를 본뜬 간판을 걸어 놓고 있다.

“용사님은 국가와 백성들을 위해서 일하시는군요.”

이렇게 인장을 걸어 두면 구입해 주는 소비자층도 늘어날 것이다.

필로의 부하도 필로리알 퀸의 모습으로 마차를 끌게 하는 게 나을지도 모르겠다.

그래도…… 사사건건 말참견을 해대고 떠드는 건 싫단 말이지.

누군가 관리해 줄 녀석이 있으면 좋겠지만, 그렇게까지 일이 순조롭게 풀릴 리는 없겠지.

“그렇습니까. 그럼 방패 용사님을 위해서라도 사 가도록 하죠!”

---

* 손님이 곧 하느님이다 : 일본의 원로 엔카 가수 미나미 하루오(三波春夫, 1923~2001)가 남긴 발언. 본래는 ‘가수는 관객을 위해 노력을 아끼지 말아야 한다’ 는 직업적 신념을 얘기한 것이다.

"""오!"""

풍문이란 이럴 때 참 편리하단 말이지. 좋은 소문도 눈 깜짝할 사이에 퍼지니까.

어디서 들은 건지, 이웃 도시에 도착하자마자 마중을 받았다.

"형……. 이런 식으로 하면 되는 거야?"

판매를 마치고, 키르가 민망해서 견딜 수 없다는 듯 내게 물었다.

"그래, 라프타리아만큼의 영업용 미소는 없지만, 네 쭈뼛거리는 모습이 귀엽다면서 웃어 주는 녀석이 있었으니까."

"그거 칭찬이야?"

역시나, 뭐랄까……. 풋풋한 모습에 훈훈함을 느끼는 건 어느 세계나 마찬가지란 말이지.

라프타리아의 지원도 적절했으니, 이런 식으로 계속 돈벌이를 해 나가야겠다.

조악한 싸구려 약초라도, 방패를 이용하면 보통 품질의 약으로 만들 수 있다.

그 보통 품질의 약을 재료로 삼아서 상위 약을 만들면, 보통 이상의 품질로 만들 수 있다.

이 정도면 상당한 매상을 기대할 만하다.

사흘 동안의 행상 일을 통해 그럭저럭 수익을 얻었다. 겸사겸사 약초를 매입해서, 방패로 약을 제조한다.

키르나 다른 노예들도 내 행상 일을 보고 배운 것 같으니, 순조롭게 풀리고 있는 것 같군. 머지않은 시간 안에 행상 마차를 더 늘려 나가야겠다.

그런 생각을 한 직후.

"이거 방패 용사님 아니십니까."

마을에 노예상의 마차가 왔다.

요즘 꽤 자주 나타나네. 뭐, 이 마을 출신 노예를 찾아 달라고 부탁했으니까 어쩔 수 없지. 뭔가 노예들과도 얘기하는 것 같았는데, 팔 수 있는 물건이라면 노예한테도 팔 생각인가? 뭐, 내가 다소나마 용돈을 주고 있기도 하고.

"여기 출신 노예들이라도 데려온 거야?"

"안타깝게도 못 찾았습니다. 네."

"그럼 뭐하러 온 거냐! 돌아가!"

소금이라도 뿌려 줄까? 심심해서 식사라도 하러 왔다느니 하는 소리를 지껄인다면 두들겨 패 줘야겠다.

"의미도 없이 찾아왔는데 이렇게 대응해 주시다니, 짜릿짜릿하군요."

"너 혹시 나를 무슨 요리사로 취급하고 있는 거 아냐?!"

"이건 그냥 농담이었습니다. 네."

"지금 시비 거는 거냐?"

"아뇨, 아뇨. 방패 용사님께 제안을 드리고자 온 거예요."

"제안……?"

노예상은 드높이 팔을 치켜든다. 사사건건 오버가 심한 녀석이다.

들어 보나 마나, 인간 같지도 않은 소리겠지.

"네. 국내에서는 찾아도 찾아도 안 나타나서 친척에게 문의해 봤더니…… 제르토블 쪽에서 거래되었다는 소식을 들었지 뭡니까, 네."

"아아, 그랬군……."

한마디로 노예들이 어디로 갔는지를 알아냈기에, 이렇게 보고하러 왔다는 거다.

참 성가신 녀석이군.

"편도로 어느 정도나 걸리지?"

"글쎄요……. 본래는 배로 가는 게 더 빠르지만, 용사님이 뽐내시는 필로리알을 타고 가시면 1주일 반 정도면 도착할 겁니다."

필로의 다리로 1주일 반이라……. 꽤 멀잖아.

그래도 영귀의 나라보다는 가깝긴 하군.

그나저나, 꽤 오래전에 용사들이 제르토블의 무기상이 유능하다는 소리를 했었던 것 같은데.

녀석들은 한 번 가본 적이 있다는 얘기다.

아아, 그래서 그 시점에 레벨이 생각보다 높았었던 거였군.

무기는 상당히 우수했었을 테니까.

"배로 가면?"

"2주일은 걸릴 겁니다."

"흐음……."

나는 마을 녀석들을 슬쩍 쳐다본다.

어찌 됐건 다들 성실하게 재건 작업에 종사하고 있다.

라프타리아는 행상 때의 주의점을 가르쳐주고 있고, 필로는 낮잠을 자고 있다.

전투 의욕이 높은 노예들은, 키르가 그랬던 것처럼 한가할 때 이웃 도시의 할망구에게 보내서 전투 기술을 가르치고 있다.

뭐, 일단 내가 자리를 비운다고 해도, 포털을 타고 밤에 돌아오면 된다. 보고를 들으면 어지간한 상황은 대처할 수 있다.

"그럼 가도록 하지."

"그렇게 말씀하실 줄 알았습니다!"

"라프타리아, 필로, 그리고 다른 녀석들도 일단 집합."

나는 전원을 불러 모은다. 그러자 모두 줄줄이 모여들었다.

"나는 지금부터 제르토블을 향해 출발해서, 낮 동안에는 마을을 비울 거다. 멤버는 필로와……."

솔직히 일단 나와 필로만 가면, 다른 녀석들은 나중에 데려갈 수 있으니까.

"라프타리아, 낮 동안에 마을을 부탁할게."

"네? 저는 두고 가시는 거예요?"

"에헤헤~ 언니는 집 지키기~."

"라프~."

어느 틈엔가 필로와 라프짱이 같이 가는 게 기정사실화된 모양이다.

뭐, 필로가 없으면 이동을 못 하니까.

"1주일 남짓, 그것도 낮에만 마을을 비우는 거니까 걱정 마."

"하지만……."

"어차피 지금은 각기 따로 행동하는 일도 많아졌잖아. 신뢰가 있으니까 이렇게 맡기는 거야."

혹시 라프타리아는 내가 그렇게나 걱정되는 걸까?

"……알았어요. 무슨 일 생기면 곧바로 돌아오셔야 해요."

"그렇게까지 걱정된다면 가끔씩 같이 가면 되잖아."

"알았어요. 편리한 이동 스킬이 있으니까, 이용하지 않을 이유가 없죠."

밤이면 돌아올 거고, 날에 따라서는 라프타리아가 있어도 없어도 상관없다.

"그럼 다녀올게."

"다녀오세요, 나오후미 님!"

이렇게 나는 노예상의 제안을 받아들여서 제르토블로 향했다.

10화 제르토블

여행은 순조롭게 이어져서, 우리는 제르토블의 수도에 다다랐다.

"제법 왁자지껄한 곳이군."

메르로마르크의 성 밑 도시보다 더 번화한 거리를, 떠들썩한 사람들이 지나간다.

물론, 도착하는 날에는 라프타리아와 리시아도 데려왔다.

여러모로 불안하니, 싸울 수 있는 태세를 갖춰 두고 싶었던 것이다.

매일 밤마다 마을로 돌아가다 보니, 먼 곳에 왔다는 자각은 없었다.

그리고 제르토블에 대해 얘기하자면…… 뭔가 석조 콜로세움 같은 건물이 눈에 띄는 국가로군.

"그러고 보니 제르토블은 어떤 나라였지? 아는 게 별로 없는데."

"그럼 제가 설명 드리겠습니다. 네!"

노예상이 들뜬 말투로 설명을 시작한다.

"장사와 용병의 나라 제르토블. 그 통칭에 걸맞게, 이 나라의 생업은 상업과 용병업입니다."

"그래. 그 정도는 알고 있어."

"용병이 뭔지는 알고 계시겠지요. 싸움으로 돈을 버는 직업입니다. 모험가업을 통괄하고 있는 길드와도 깊은 연줄이 있고, 무기와 방어구의 유통부터 약품 등 소모품까지 온갖 물건들을 취급하는 상업도시로서의 면모도 갖고 있지요. 다른 나라와는 비교도 할 수 없을 만큼의 금전이 움직이는 나라랄까요?"

덜컹덜컹 달리는 마차 안에서 밖을 내다보니, 확실히 그 말도 수긍이 갔다.

메르로마르크 성 밑 도시도 활기가 있지만, 여기는 그보다 더 잡다해 보이는 인상이다.

활기가 있는 상점가와 슬럼가가 번갈아 늘어서 있는 것 같은, 그런 느낌.

"참고로 이 나라에는 왕이 없습니다. 대상인이 의원이 돼서 운영하고 있지요."

공화국 같은 방침을 가진 나라라는 건가.

뭐, 용병의 나라로서 명성을 떨치고 있는 걸 보면, 능력주의 사회인지도 모른다.

"모든 전쟁에는 제르토블의 그림자가 있다는 소리가 있을 만큼, 깊은 어둠을 가진 나라이기도 하니, 용사님도 조심하시길."

"그랬군."

"제 일족도 여기에 본거지를 두고 있습니다. 용사님 덕분에 지갑이 제법 두둑해졌지요."

"……그럴 줄 알았어."

그러고 보니, 간밤에는 악몽을 꿨었다.

노예상과 똑같이 생긴 녀석들이 수십 명이나 나타나서, 나에게 노예며 마물을 권하는 악몽을.

"그리고 또 유명한 것이, 여기저기에서 개최되는 콜로세움입니다."

"콜로세움?"

투기장을 말하는 거겠지.

용병들끼리 서로 싸우게 하고, 그 결과를 걸고 도박하는 건가.

"이 나라의 명물이니, 용사님께서도 한 번쯤 보시면, 여기에 오길 잘했다는 생각이 드실 겁니다."

"생각해 보지. 그건 그렇고, 이제 어디로 가면 되지?"

"큰길에서 벗어나서, 저쪽에 있는 뒷골목으로 빠지시면 될 것 같습니다."

"알았어. 필로."

노예상이 얘기한 뒷골목으로 가도록 필로에게 지시한다.

그때…… 어디선가 필로를 향해 밧줄이 날아들었다.

"헤헤헤, 진귀한 마물을 데리고 있군그래!"

어째 야만스러워 보이는 남자들이 나타난다.

이 녀석들, 필로를 모르는 건가?

그나저나, 누군가랑 닮은 것 같은데, 이 녀석들.

"싫어~!"

"크허어어어어어어어어어어어어어어억?!"

필로의 목에 밧줄을 걸고 무모하게 도적질을 시도했던 멍청이가, 필로에게 걷어차여 허공으로 나가떨어진다.

"뭐, 뭐야 이 자식! 얌전히 굴어! 끄헉?!"

"난폭한 마물이다! 빨리 묶어 버…… 끄으으으으으으으으으으으으으으으윽?!"

아, 필로가 바보 하나를 머리부터 집어삼켰다.

한참 버둥버둥 날뛰는가 싶더니, 얼마 가지 않아 축 늘어져 버렸다.

……결판났군.

"괴, 괴물이다아아아아아아아!"

"사람 살려!"

퉷 하고, 필로는 정신을 잃은 녀석을 뱉어내고, 목에 엉겨 붙어 있는 밧줄을 찢어발긴다.

"좀 더 짭짤한 게 좋은데~. 별로 건강하지 않은 것 같아."

"…………."

본격적으로 식인을 하게 될 것 같아서 무섭다.

이상한 방향으로 성장하고 있는 것 같은 느낌이 든다.

"필로, 사람은 먹는 게 아니에요."

"으~응?"

누가 뭐래도 근본은 필로리알. 이해력 발달이 느린 건가?

귀찮다. 뭐, 용도를 고려하면, 이 녀석은 차라리 지능이 낮은 편이 낫다.

"필로, 사람은 말이지, 어린애가 더 맛있어. 부드럽고."

"라프, 라프라프."

"나오후미 님, 무슨 소리를 하시는 거예요?! 라프짱도 분위기에 묻어 가지 마세요."

게임이나 소설에 나오는 괴물이 그런 소리를 했던 것 같기에, 친절하게 가르쳐준다.

하지만 필로는 고개를 가로저어서 거부했다.

"싫어~!"

"필로한테는 이렇게 얘기하는 편이 더 잘 먹힌다고."

"아아, 나 참……. 이해하고 하시는 소리인지, 모르고 하시는 소리인지……."

"그러니까 필로, 겁줄 때 이외에는 사람을 먹는 짓은 안 하는 게 신상에 좋을 거야."

"응. 뭔가 이렇게 하면 사람들이 도망칠 것 같아서 해 본 거야."

으음…… 위협이라는 걸 이해하고 한 행동이란 말인가. 의외로 뭘 좀 아는군.

지나치게 머리가 좋은 것도 곤란하지만, 이 정도라면 괜

찮겠지.

"아까 좀 더 짠 게 좋다고 한 건 무슨 얘기지?"

"핥았을 때의 맛."

……이걸 계기로 사람에 맛을 들이지 않기를 기도하는 수밖에 없겠군.

노예상의 지인이 운영하는 가게 앞에 마차를 세우고, 우리는 노예상을 따라간다.

뒷골목을 빠져나왔을 때 눈에 들어온 것은, 커다란 콜로세움.

석조 돔구장 같은 건물로, 입구에서는 우락부락한 남자가 보초를 서고 있었다.

보아하니 제법 인기가 있는 듯, 사람들이 즐비하게 늘어서 있다.

"이쪽입니다."

노예상은 콜로세움 뒷문 쪽으로 걸어가서, 거기서 보초를 서고 있던 남자에게 가볍게 인사했다.

남자는 길을 터서, 우리를 들여보내 주었다.

"여기는 표면상으로는 콜로세움입니다만, 지하에는 노예를 판매하는 암시장이 있습니다. 네."

"호오……."

"뭐, 이 나라 콜로세움은 태반이 다 그런 식이지만 말입니다. 조합에 따라 취급하는 상품이 다릅지요. 네."

"너희는?"

"말할 것도 없이, 주요 취급 물품은 노예입니다. 그렇다고는 해도, 모든 걸 다 통괄하고 있는 건 아닙니다만."

잠시 걸어가니 지하로 통하는 계단이 나타난다.

그 계단을 내려가니, 위쪽에서 환호성이 들려왔다.

제법 성업하고 있는 모양이군.

"콜로세움에서 도박을 하고 있는 모양이군. 어떤 대회가 있지?"

"주로 결투가 메인입니다만, 음식 먹기 대회가 개최되는 경우도 있습니다, 네."

"필로를 참가시키고 싶은데."

이 식욕 마인이 어디까지 갈 수 있을지 기대된다.

"으~응? 필로가 나가는 거야?"

"그럴 가능성도 있다는 얘기야."

식비도 굳고, 돈도 얻을 수 있고. 뭐…… 패배에 따른 위험부담도 있을 테지만.

"그거 재미있는 결과가 될 것 같군요, 네."

우락부락한 사내에게 이상한 지시를 내리는 노예상. 난 그냥 네 대사에 편승한 것뿐이라고.

"그나저나, 아직 멀었어?"

"이제 곧 도착합니다."

그 말을 듣고 계단을 내려가니, 석조 복도 끝에 무수한 감옥들이 보인다.

노예상의 텐트보다도 감옥의 수가 많다. 그 안에는 인간과 아인을 가리지 않고, 수많은 노예들이 북적거리고 있다.

그 감옥들 너머에 작은 방이 보인다.

거기에는…… 또 하나의 노예상이 기다리고 있었다.

"오…… 메르로마르크에서 왔군!"

"오, 숙부님!"

나는 내 눈을 의심했다. 그…… 노예상이 재회의 반가움에 끌어안고 있는 상대 때문이다.

노예상은 엄청난 비만 체구에 연미복을 입고 안경을 쓴 괴이한 신사인데, 또 하나의 노예상 역시 똑같은 체형에 얼굴도 거의 똑같다. 유일한 차이점은 안경과 연미복의 무늬뿐.

"나오후미 님, 제 눈에 이상이 생긴 걸까요?"

"신기하군. 나도 그런데."

"후에에에……."

아무리 가문 경영이라고 해도, 설마 이렇게까지 쏙 빼닮았을 줄이야.

이런, 악몽이 현실이 될 줄이야.

모 애니메이션에, 이런 식으로 일족이 경영하는 치료 시설의 누님들이 있었는데, 이건…….

다들 똑같은 차림을 하고 있으면 구분이 안 되잖아.

"이분은, 용사님을 초대한 제 숙부입니다. 네."

"이거 방패 용사님 아니십니까. 처음 뵙겠습니다. 그 눈동자를 보니, 확 반해 버릴 것만 같습니다. 네."

"반하지 마!"

젠장, 진짜 소름이 돋았다. 지금 당장 여기서 도망치고 싶다.

여기까지 온 게 헛걸음이 되면 그것도 짜증 나는 일이기에, 저도 모르게 뒷걸음치려는 발을 멈춘다.

"노예 다루는 데 일가견이 있어 보이는 그 목소리…… 짜릿짜릿합니다. 제 딸과 결혼해 주시지 않겠습니까?"

나는 노예상과 똑같이 생긴 여자를 상상한다.

"제발 그런 소리 좀 하지 마……."

"맞아요. 그런 말장난이나 하시려고 나오후미 님을 부르신 거예요?!"

라프타리아가 화를 내며 손을 도에 가져간다.

그래, 더 화내 줘. 그러면 대충 얼버무릴 수 있으니까.

"핫핫핫, 농담입니다."

"숙부님도 참 말씀을 고약하게 하십니다."

"핫핫핫, 너만큼은 아니지 않느냐."

둘이서 나란히 웃고 있다. 소름 끼치는군…….

"본론부터 시작해."

"벌써 그 얘기를 하시려는 겁니까? 조금 더 용사님과 친교를 다지고 싶습니다만, 네."

"그건 숙부님 하시기 나름이지요, 네."

네네네네……. 이 문답은 도대체 언제까지 하려는 거냐.

진심으로 귀찮아졌다. 이제 그만 돌아가도 되나?

정말이지, 노예상의 감이나 센스를 모르겠다. 이유는 모르겠지만, 내가 무슨 소리를 하건 일단 긍정부터 하고 본다.

그게 도리어 뭔가 꿍꿍이가 있는 것 아닐까 하는 경계를 하게 만들지만.

"후후후……. 흉악한 기운에 매료될 것 같습니다, 네."

"내가 무슨 악의 화신이라도 되냐?"

"아뇨아뇨, 노예를 다루는 자질을 두고 드리는 말씀입니다. 우리의 선견지명이 그렇게 말하고 있습지요."

"이분은 노예를 살리지도 죽이지도 않고, 노예들이 기꺼이 사지로 가도록 만드는 카리스마를 갖고 계시다더군요."

『오빠~ 밥~.』

『주인님~ 밥~.』

『방패 용사님~ 밥~.』

왜 그 녀석들의 식사 재촉이 뇌리에서 재생되는 거야?

그게 카리스마? ——신경 쓰면 지는 거겠지.

"그 얘기는 그만 됐어. 노예상. 내가 찾고 있는 노예에 대한 얘기나 해."

"알겠습니다, 네. 조부님, 제가 물어본 노예는 어떻게 됐습니까? 네."

노예상은 또 하나의 노예상에게 묻는다.

그러자 또 하나의 노예상…… 귀찮으니 제르토블의 노예상이라고 하자. 그 녀석은 식은땀을 훔쳤다.

"그 일 말입니다만, 일이 약간 성가시게 돌아가고 있어서 말입니다. 네."

"무슨 뜻이지?"

"메르로마르크의 조카에게 부탁을 받고 저도 찾아보기는 했습니다만, 부탁하신 건 세이아엣트령의 르롤로나 마을 출신의 노예 아니었습니까?"

"맞아요."

내가 갖게 된 영지는 원래는 에클레르의 영지였으니까……. 그나저나 라프타리아가 살던 마을의 이름은 르롤로나였나. 처음 알았다.

"뭔가 문제라도 있어?"

"문제가 있다마다요, 네."

"무, 무엇 때문인가요?"

라프타리아가 파랗게 질린 얼굴로 묻는다.

나도 뭔가 불안한 예감, 성가신 사건에 휘말릴 것 같은 예감이 들기 시작했다.

"실은 현재 제르토블에서는, 메르로마르크국의 세이아엣트령 르롤로나 마을 출신 노예는 상당한 고가에 거래되고 있단 말입니다."

"……그건 왜지?"

도대체 왜 하필 내가 사들이려고 하는 노예의 값이 뛰어오른 거냐.

운명이라는 유치한 녀석이 방해하고 있는 거라면, 나한테 그런 운명을 떠맡긴 녀석을 확 때려죽여 버리고 싶을 지경이다.

아니…… 돈거래에 운명이니 뭐니 하는 애매한 건 존재하지 않는다. 뭔가 값이 뛰어오를 만한 이유가 있을 것이다.

파도에 피해를 입은 노예들이라서?

그건 아닐 거다. 그런 이유라면 더 오래전부터 고가에 거래되고 있었어야 정상이다.

"그렇게 값이 뛰기 시작한 건 언제부터지?"

"대충 한 달쯤 전부터였습니다. 그때부터 영토 이름이나 르롤로나 마을의 이름이 퍼지기 시작했던 걸로 기억합니다, 네."

한 달 전……. 우리가 아직 키즈나 쪽 세계에 있었을 때군. 이쪽 세계에서는 시간의 흐름이 달랐으니, 영귀를 물리쳤을 무렵이라는 얘기가 된다.

"……우리 때문에 그렇게 된 거 아냐?"

여러 나라를 쑥대밭으로 만든 영귀를 물리친 연합군의 총대장인 방패 용사.

그 으뜸 노예인 라프타리아의 출신지.

적을 쫓아 사라진 용사와 그 노예에게 이목이 쏠리는 건 자연스러운 흐름이다.

그리고 라프타리아에게는 나만큼의 이목이 쏟아지지 않았으니, 그 출신지와 이인이라는 부분만 소문으로 퍼져서 이런 결과를 가져왔다……. 비약이 지나친 느낌도 들지만, 이치에는 들어맞는다.

"역시 용사님이십니다. 네."

"그게 정답이었냐……."

"저희도 어디까지나 추측하는 것에 불과합니다만, 그럴 가능성이 높다고 보고 있습니다."

칫……. 영웅적인 행동이 역효과를 가져올 줄이야.

"어떤 상인이 고가의 현상금을 내건 게 시작이었던 걸로 기억합니다. 그러다가 점점 용사님에 대한 소문과 르롤로나 마을 출신 노예가 주목을 받게 되고, 그게 진짜인지 가짜인지 구분도 하지 않은 채, 르롤로나 마을 출신 아인 노예라는 딱지에 엄청난 프리미엄이 붙은 상태입니다, 네."

거래하는 노예가 실제로 라프타리아의 고향인 르롤로나 출신인지 어떤지 알 수도 없게 된 이 상황에서, 가격이 폭등하기 시작했다는 것이다.

뭐, 이건 굳이 노예에 관한 얘기가 아니더라도, 주식시장 같은 곳에서 말하는 '거품' 현상 같은 거군.

언제 폭락할지 모르는…… 엔화로 비유하면 알기 쉽겠군.

엔화의 가치가 이유 없이 폭등하기 시작한다.

덩달아 모두가 엔화를 구입한다. 그러면 엔화의 가치가

점점 더 뛰어오른다.

물론 엔화를 파는 사람도 있지만, 사는 사람이 더 많으니 엔화는 점점 더 비싸진다…….

그 엔화가 지금, 라프타리아의 고향, 르롤로나 마을 출신 노예에 해당한다는 얘기다.

"아무리 그래도, 아인 노예는 밤하늘의 별만큼 널려 있어. 아무리 주목을 받고 있다고 해도, 가짜가 너무 많으면 가격 유지가 안 될 텐데."

"옳으신 말씀입니다. 그래서, 메르로마르크 공용어, 특히 세이아엣트령의 독자적인 방언을 사용할 수 있는지 여부로 진짜를 판단하지요. 네."

그런 건 가르치면 얼마든지 익힐 수 있는 것 아닌가.

……하지만, 나고 자란 환경에서 익힌 언어는 의외로 깊이 뿌리를 내리는 법이다.

옛날에 알던 녀석 중에 사투리를 쓰던 녀석이 있었는데, 그 녀석은 딱히 사투리를 쓸 생각 없이 자연스럽게 얘기하던 것뿐이었다고 했다.

그렇기에, 정말 사투리를 아는 녀석이라면 위화감을 느끼게 된다.

가격이 폭등한 원인 중에는, 그런 부분도 있을 것이다.

메르로마르크의 세이아엣트령 르롤로나 마을 노예여야만 하니까.

"그럴 수가……."

라프타리아가 현기증을 일으켜서 휘청거리며 몇 발짝 물러섰다.

나는 라프타리아를 부축한다.

"그래서? 내가 마련한 돈으로 살 수 있는 거야?"

"솔직히, 좀 어렵습니다. 네."

"이제 곧, 어둠의 경매에서 노예 판매가 이루어질 예정입니다, 네. 용사님께서는 거기서 무슨 일이 이루어지고 있는지 두 눈으로 확인해 보시는 게 좋을 것 같습니다, 네."

노예상들도 살 수 없을 정도라니, 도대체 상황이 어떻게 돌아가고 있는 건지.

여기는 상당한 부자가 경영하고 있는 것 같은데도 말이다.

"후에에에에……."

리시아도 곤혹스러운 듯 끙끙거리고 있다.

"일단 확인해 보지."

"그럼 이쪽으로…… 네."

노예상들의 안내를 받아, 우리는 로브를 걸친 채 제르토블의 밤거리로 나섰다.

노예상들은 뒷골목을 지나, 이런저런 가게를 가로지르며, 한 술집으로 우리를 안내한다.

그 카운터에 노예상이 말을 걸었다.

"굿나잇 바이너리 한 병."

마스터가 미간을 찌푸리고 우리를 흘겨본다.

"조합은?"

"루즈, 워너, 머니입니다. 네."

그러자 마스터가 카운터의 문을 열어주고, 우리를 뒷문으로 안내한다.

우리는 그대로 문 너머…… 지하로 통하는 계단을 내려갔다.

아까 그건 암호인가?

이윽고…… 지하의 커다란 회장으로 들어서서, 특등석으로 보이는 곳에 앉는다.

"여기가 오늘 밤의 경매장입니다. 네."

"그, 그래……."

불법 격투나 어둠의 돔…… 외견상으로 봐서는, 여기서 무슨 오페라 같은 거라도 할 것 같다.

굳이 비슷한 곳을 찾는다면 아이돌의 콘서트장이랄까.

"우선 용사님께 경매에서 사용하는, 구입 시의 손 모양에 대해 가르쳐드리겠습니다."

우와, 귀찮아.

노예상이 금액을 제시할 때 쓰는 손 모양을 강의해 준다.

상대가 제시한 금액에 동화 한 닢, 은화 한 닢, 금화 한 닢을 더 보태서 부르는 것부터 시작해서, 2배, 5배, 10배 등 다양한 신호를 경매 진행자 측에 제시하는 방법을 배우다

보니, 어느새 경매가 시작되었다.

인간, 아인, 수인 등 다양한 인종이 무대에 올라 있다.

아이, 어른, 노인, 남자, 여자 등 다양한 종류, 혈통 등이 상품으로서 제법 상세하게 분류되어 취급되는 모양이다.

게다가 출신지며 레벨, 마법 자질 등, 상당히 자세한 설명이 있다.

"이번 노예는 이겁니다. 콜로세움에서의 성적은 10전 7승——."

뭔가 상당히 다부진 체구의 노예에 스포트라이트가 비춰지고 있다.

"콜로세움에서의 성적—— 용병인가?"

그나저나 어중간한 전적이군. 괜찮은 전적에 속하긴 하겠지만.

"네. 고액의 빚을 져서, 채무를 갚기 위해 노예가 돼서 콜로세움이 참가하고 있는 것이지요."

"호오——."

나는 라프타리아 쪽으로 눈길을 돌린다.

무대에 있는 노예들을 눈으로 좇고 있는 것 같군.

"그럼 이번 경매의 핵심 매물! 르롤로나 마을의 아인 노예입니다!"

팟 하고 스포트라이트가 비춰진다.

저 녀석인가? 보기에는 어린 아인 노예로, 약간 떨고 있는 것 같다.

"——아니에요."

라프타리아가 고개를 가로젓는다.

"저희 마을에 저런 아이는 없었어요. 닮긴 했지만, 다른 아이예요."

"가짜라는 거군——."

뭐, 어차피 외모만 봐선 알 수도 없으니, 일단 가격이 폭등 중인 르롤로나 마을 출신이라는 딱지를 붙여 비싼 값에 팔아치우고 나면, 산 사람 입장에선 진짜인지 가짜인지 알 길이 없다는 거군.

"그럼 개시 금액은 금화 20닢부터!"

금화 20닢?! 뭐가 그렇게 비싸?!

"25닢!"

"30닢!"

쑥쑥 가격이 올라간다.

가짜가 이 정도라니 도대체 가격이 얼마나 오른 거냐! 진짜를 찾아낸다고 해도 난 살 수가 없잖아!

"후에에에에……."

"나, 나오후미 님……? 저보다 얼굴이 더 창백해지셨어요."

"그, 그랬나……."

문제는 그뿐만이 아니다. 지금 거래되고 있는 가짜 노예는 상당히 쇠약해져 있다.

유행이 지나서 값이 떨어지기를 기다리려 해도, 이런 상태에서는 진짜 르롤로나 출신 노예도 우리가 사기 전에 죽을지도 모른다.

아니, 값이 오른 덕분에 극진한 간호를 받고 있을지도 모르는 상태이건만, 이 정도로 쇠약해져 있는 것이다.

진짜 르롤로나 출신인데도 처참한 대우를 받아서 쇠약해진 끝에 사망하는 일도, 얼마든지 일어날 수 있다.

게다가 라프타리아나 키르, 다른 노예들의 상황으로 미루어 보아, 학대를 받았을 가능성이 높다.

상당히 위험한 상황이다. 지금 당장에라도 보호해야 할지도 모른다.

큰일인데……. 돈으로 해결하는 건 사실상 불가능하다.

메르로마르크 여왕도 내게 금전적인 원조는 해 줄 수 없다고 했고, 실제로도 재건 사업에 워낙 많은 돈이 들어가니 이쪽에까지 쓸 돈은 없을 것이다.

"진짜를 알아본다고 해도…… 이런 상황에서는……."

포기할까 하는 생각이 뇌리를 스친다. 하지만, 라프타리아는 라프짱과 함께 기대에 찬 눈길로 나를 쳐다보고 있다.

이런 시선을 받으니, 나로서는 거절할 길이 없다.

"어떻게든 시급하게 돈을 벌어서 사들여야 할 텐데……."

행상을 통해 번 돈으로 한 명씩 구입해 나갈까?

안 된다……. 시간이 너무 오래 걸린다. 무엇보다, 그 정도 돈으로는 살 수도 없다.

밤마다 이 어둠의 경매에 와서 진짜를 찾아내야 하고, 낙찰된 상인에게서 구입한다고 해도, 최소한 낙찰가 이상의 금액은 마련해야 한다.

방패 용사로서의 경력을 요령껏 사용하면……. 아니, 그것도 안 된다. 안 그래도 값이 뛰고 있는 마당에, 유명인사가 르롤로나 출신 노예를 구한다는 소문까지 퍼지면, 가격이 더 폭등할 게 뻔하다.

낙찰받은 상인에게 쳐들어가서 몰수할까?

이것도 안 된다. 노예문의 항목에는 죽음에 얽힌 것도 있다. 상당히 위험한 행동이 될 수도 있는 것이다.

르롤로나 마을 녀석들에 대한 안 좋은 소문을 퍼트려서 거품을 붕괴시켜 버릴까?

그런다고 해도 시간이 너무 오래 걸린다.

아인의 나라인 실트벨트나 실드프리덴에 애원해서 구입을 부탁하는 방법도 있다.

하지만, 그건 최후의 수단이다.

가능하면 그 방법은 쓰고 싶지 않다.

자칫 잘못하면 아인들을 인질로 잡혀서, 내가 실트벨트로 갈 수밖에 없게 될 수도 있다.

파도에 대비한 준비를 해야 할 마당에, 실트벨트의 분쟁에 휘말려들 위험성이 너무나도 높다. 최악의 경우, 음모에 휘말려서 라프타리아와 동료들까지 얽히게 될 수도 있다.

……어마어마한 돈을 단기간에 벌어들여야 한다.

뭔가 좋은 수단이 없을까?

어둠의 경매.

제르토블. 용병과 상인의 나라.

그러고 보니, 아까 노예상이 그런 얘기를 뇌까렸던 기억이 난다.

"이봐, 노예상."

"왜 그러십니까? 네."

"콜로세움은 어느 정도 벌 수 있지?"

지금의 나는 약해진 상태지만, 어지간한 모험가나 기사, 전사들보다는 압도적으로 강하다.

용사로서의 경력을 감추고 도박 콜로세움에 참전해서, 자신들에게 돈을 걸면…… 경마로 비유하자면 백 배 이상의 배당이 나오는 대박 마권이 되지 않을까?

"거둬들일 수 있는 수익은 그야말로 천차만별입니다. 네."

"그 최대 수익의 경우를 얘기하는 거야. 우리가 정체를 숨기고 도박 콜로세움의…… 제일 위험한 싸움을 이겨낸다면 몸값이 폭등한 노예들을 구입할 수 있을까?"

"잠시 기다려 주십시오. 네."

노예상은 숙부와 함께 뭔가 수군수군 속닥거리기 시작한다.

이윽고…….

"불가능하지는 않을 겁니다. 다만, 목숨의 안전은 보장할 수 없고, 위험한 다리를 건너는 일이 될 것입니다."

"훗……. 그렇다면 됐어."

뭐, 죽음의 가능성이라면 지금까지 수도 없이 극복해 왔다.

파도와 싸우고, 음모와 싸우고, 종교와 싸우고, 영귀와 싸우고, 다른 이세계에서도 싸웠다.

죽음의 위기를 수도 없이 겪었고, 그건 앞으로도 마찬가지일 것이다.

그러니까…… 이번에는 라프타리아의 고향을 구하기 위해 콜로세움에서 싸워 줄 것이다.

"…………."

어쩌면 좋을지 몰라 하며, 라프타리아가 기도하는 표정으로 나를 보고 있다.

그건 라프짱 역시 마찬가지다.

리시아는 내 결정에 당황해 어쩔 줄을 몰라 하고, 필로는 상황 파악이 안 되는 듯 고개를 갸우뚱거리고 있다.

"걱정 마, 라프타리아. 기필코 네 고향 녀석들을 되찾아 줄 테니까."

"나오후미 님……."

그 말을 들은 라프타리아는 한시름 던 표정이었다.

뭐, 나답지 않은 짓이라는 건 나도 안다.

하지만, 내게는 라프타리아를 위해 그만한 일을 해 줄 충분한 이유가 있다.

"하지만 지금의 우리에게는 값이 폭등하는 노예들을 살 돈이 없어. 별로 좋은 일이라고 하긴 힘들지만, 콜로세움에서 번 돈으로 라프타리아의 동료들을 살 거야. 더러운 돈을 써서 미안하지만, 우리에게 남은 방법은 그것뿐이야."

라프타리아가 힘주어 고개를 끄덕인다.

이렇게 해서 우리는 노예상의 연줄을 이용해서 위험한 콜로세움에 도전하게 되었다.

11화 노예사냥꾼

우선 도박에 걸 돈을 조달하는 일부터 시작해야겠지.

기왕 도박을 하려면 큰돈을 거는 게 제일이다.

그리고, 내가 방패 용사라는 게 알려지면 벌 수 있는 돈이 줄어든다.

하지만 일확천금을 노릴 수 있을 만큼의 밑천이…….

포털을 이용한 메르로마르크행 특급편 같은 것도 생각했다.

과거에 플레이한 온라인게임 중에는 그런 식으로 돈을 벌 수 있는 것도 존재했던 것이다.

편도만 2주일이 걸리는 메르로마르크와 제르토블 사이를

순식간에 이동시켜준다고 하면, 달려드는 녀석도 분명 나올 것이다.

문제는 돈인데……. 객차 삯을 올리더라도 이동비로 걷을 수 있는 돈은 기껏해야 금화 한 닢에서 다섯 닢 정도다.

태울 사람에 따라 수익도 달라지고, 입소문도 중요하다.

문제점은 그게 밀입국에 해당할 수도 있다는 점이지만, 메르로마르크의 검문을 담당하고 있는 녀석과 협조하면 해결할 수 있다. 다만, 그런 짓을 해서 돈을 벌면, 그러는 사이에 지나치게 유명해진다.

한 시간에 여섯 명밖에 실어 나를 수 없다는 것도 문제점이다.

가능하면 이 일은 하고 싶지 않다.

우리는 노예상의 지하시장으로 돌아왔다.

걱정스럽게 쳐다보는 리시아를 향해, 나는 가만히 고개를 가로저어 보였다.

"어쩌면 좋을지 모르겠네."

"후에에에……."

"안심해, 리시아. 너까지 끌어들일 생각은 없으니까."

"으~응……."

필로는, 공기가 안 좋아서 그런지 분위기가 약간 쳐져 있는 상태 같군.

"키즈나 쪽 세계에서 구한 물품을 흘리는 방법도 있겠지만…… 결과적으로 큰돈을 만들려면 시간이 걸려."

혼유약 때 그랬듯이, 그 물건이 가진 경이적인 성능을 설명하려면 성가신 절차가 필요하다.

귀로의 사본이라는 도구도 있지만, 재고가 한정되어 있다. 용각의 모래시계로 전이할 수 있는 도구라는 점을 이용해서 사용 횟수를 늘린다고 해도 애초에 물건의 숫자 자체가 적다.

드롭 확인 도구도 아직 해석 중인 단계다.

장래에는 양산할 계획이고, 제작 방법 자체는 판명되어 있지만, 이 세계에서도 재현할 수 있을지 어떨지는 미지수다.

"그럼 콜로세움에 참여할 수 있는 길을 찾아보겠습니다. 네."

"그래. 위험도는 상관없어. 제일 많이 벌 수 있는 녀석으로 알아봐 줘."

"결단을 내린 방패 용사님이 어느 정도의 저력을 보여주실지, 기대하겠습니다. 네."

"지금 내 기분은 무지하게 더러워. 언성 높이기 전에 냉큼 가."

"얼마 전과는 전혀 다른 악마와도 같은 눈빛…… 제가 다 짜릿짜릿합니다."

"우리는 일단 마을로 돌아갈까."

상황이 변했다. 대책을 마련한다 해도, 일단 마을로 돌아갈 필요가 있다.

"그렇, 겠죠. 키르 군과 다른 애들에게도 상황을 설명해 두는 편이 좋을 테니까요."

"얘기하기가 좀 껄끄럽지만 말이지."

마을을 재건하겠다면서 초롱초롱한 눈으로 애쓰고 있는 녀석들에게, 너희의 동향 친구들 몸값이 너무 비싸져서 구할 자신이 없다는 식으로 얘기하는 건, 아무래도 좀 내키지 않는 일이다.

뭐, 그 마을 출신이래 봤자, 키르를 포함해서 네 명밖에 없지만.

"어찌 됐건 가는 수밖에 없어. 그럼 또 보자고, 노예상."

"그럼 내일 또 만나 뵙기를 기대하겠습니다. 네."

실은 만나고 싶지 않지만, 이것도 다 마을을 위한 일이라는 생각에, 나는 손을 흔들며 포털의 위치를 기억시켜 두고 마을로 전이했다.

하지만, 거기서 나는 할 말을 잃고 말았다.

"뭐, 뭐야?!"

"이게 대체 어떻게 된 거예요?!"

나를 비롯해서, 라프타리아, 필로, 리시아, 라프짱까지 일제히 말문이 막혔다.

내 눈에 들어온 광경은, 마을의 건물 한 채에서 불길이 오르고, 대기시켜 두었던 병사들 몇 명이 무기를 들고 고함을 지르며, 허겁지겁 마을 바깥쪽으로 달려가는 광경이었다.

"어이! 무슨 일이야?!"

"아! 방패 용사님! 노예사냥꾼입니다! 노예사냥꾼들이 이 마을을 습격했습니다."

병사들이 내 얼굴을 보고 약간 안도한 기색을 보인다.

노예사냥꾼? 이런 마당에도 노예사냥꾼이 들이닥친다는 건가?!

정신 나간 놈들!

노예상에게도 얘기했지만, 지금 나는 기분이 더럽다. 확 날려 버려 주마.

"어쩜 그럴 수가——."

"라프타리아!"

라프타리아가 도를 움켜쥐고 소란이 이는 쪽으로 달려갔다.

"필로! 너는 라프타리아와 같이 노예사냥꾼을 섬멸해! 리시아, 너는 부상자에게 응급처치를 해 주고, 싸울 수 없는 녀석을 보호해. 병사들은 이웃 도시에 가서 에클레르한테 보고해!"

"네~에!"

"후에에에에!"

"이미 알아보고 있습니다!"

병사들의 대답에 안도한다. 생각보다 상황에 잘 대처하고 있군.

나는 달려가는 라프타리아의 뒤를 쫓는다.

그러다 보니, 노예사냥꾼들이 마을을 둘러싸고 있는 걸 알 수 있었다.

마을에 있는 노예들은 열 명. 경호하는 병사들도 어느 정도 머물고는 있지만, 노예사냥꾼들의 수가 상당히 많은 것 같고, 날이 어두운 상황이라 완전히 파악하기 힘들다.

그렇다 해도…… 싸워야만 한다.

"얌전히 붙잡혀!"

"하앗!"

덤벼드는 노예사냥꾼 하나를 라프타리아가 베어 넘겼다.

"컥——."

노예상은 피를 뿜으며 털썩 앞으로 고꾸라졌다.

……눈짐작이지만, 클래스 업은 하지 않은 것 같은데?

아니, 클래스 업을 마친 상태라도 라프타리아의 도 앞에서는 무의미한 거였다고 생각해도 되려나?

"우리가 마을을 지키는 거야! 간다아아아아아아아아!"

키르의 목소리가 들려온다.

무장한 키르가 마을의 노예들과 함께 노예사냥꾼을 상대로 선전을 펼치고 있는 모양이다.

약간 불안했지만, 내 노예가 되어 성장한 덕분에 제법 잘 싸우고 있다.

클래스 업 전의 라프타리아와 비슷한 정도까지 능력치가 성장해 있으니까.

노예사냥꾼이나 도적에게 전력 면에서 뒤처지지는 않을 거라 믿고 싶다.

"저항하지 마! 이제 더는 안 봐 준다! 우왁——."

노예사냥꾼이 키르에게 검을 겨누……었지만, 별안간 발밑에 출현한 구멍에 빠져서, 목만 밖으로 나온 상태가 되었다.

뭔가 싶었더니, 이미아가 지면에서 고개를 내민다.

"고마워! 이미아!"

이미아가 키르의 말에 엄지를 세워 응답한다.

아아, 땅을 파서 함정을 만든 건가.

"그아아아아!"

필로의 부하 1호가 노예들을 보호하듯 노예사냥꾼에게 강렬한 발길질을 날린다.

그 외의 노예들도 선전하고 있는 모양이다.

"이때다!"

순간적으로 빈틈을 보인 키르와 이미아에게, 나머지 노예사냥꾼이 달려든다.

"에어스트 실드!"

내가 방패를 출현시켜서 녀석을 틀어막는다.

"유성방패!"

뒤이어 결계를 생성, 키르와 노예사냥꾼 사이로 끼어든다.

"형!"

"나름 잘 싸우고 있었던 모양인데."

"물론이지! 이번에야말로…… 우리가 마을을 지킬 거야!"

키르의 눈에는 단단한 결의가 서려 있다.

그렇다. 이제 너희는 보호만 받는 불쌍한 노예들이 아니다.

노예사냥이라는 악독한 행위로부터 마을의 동료들을 지키기 위해 싸울 수 있는 힘을 갖고 있으니까.

"형 덕분에 싸울 수 있게 됐어!"

"그래, 그래. 이미아도 잘 싸우고 있네."

"아……. 네……!"

이미아도 득의양양해 보이는군.

"하아아아아아앗!"

그러는 와중에, 라프타리아가 마귀와도 같은 살의를 분출시키며, 덮쳐드는 노예사냥꾼들을 물리쳐 나간다.

노예사냥꾼들은 죽지는 않은 것 같지만, 이미 전투 불능 상태인 것 같군.

"라프으으으으……."

라프짱도 온몸의 털을 곤두세운 채, 라프타리아와 호흡을 맞춰 싸우고 있다.

때로는 깨물고, 때로는 꼬리로 구타하고, 환각을 보여줘서 의표를 찌른다.

"좋아! 모두! 내가 왔으니까 이제 안심해. 마을을 습격한 도적들에게 본때를 보여주는 거다!"

"""오오-!"""

내 말에, 노예와 마물을 불문하고 모두가 함성을 내지른다.

"크……. 설마 방패 용사가 돌아올 줄이야. 마을을 비우고 있던 것 아니었어?!"

노예상인들 가운데, 라프타리아와 칼날을 맞대고 힘 싸움을 벌이고 있는 녀석이 뇌까린다. 제법 실력이 있는 듯, 마법과 검술로 선전을 펼치고 있다.

은근히 강한데, 이 녀석…….

"내가 없는 틈을 노린 거겠지만, 안됐네. 용사에게는 전이 능력이 있거든."

마을을 떠나면 한동안은 돌아오지 않는다는 식의 안이한 생각을 갖고 있었던 건가?

"라프타리아!"

"왜 그러세요?"

"마을 전체를 밝힐 수 있을 정도의 빛을 만들어낼 수 없겠어? 노예사냥꾼들의 수를 파악하고 싶어. 그리고 이웃 도시에 보내는 조명탄 구실도 할 수 있을 테고."

"알았어요."

라프타리아는 힘 싸움을 벌이던 상대를 떨쳐내고, 뒷걸음질을 쳐서 내 곁으로 온 후, 도를 칼집에 집어넣고 마법 영창에 들어간다.

"필로!"

"응! 필로는 모두를 지킬 거야!"

그사이에 필로가 노예사냥꾼을 향해 발길질을 내지른다.

그와 더불어 키르를 비롯한 전투 팀이 노예사냥꾼들을 처치해 나간다.

다만, 어느 정도 실력이 있어 보이는 노예사냥꾼들은 필로 수준이 아니면 좀처럼 해치우지 못했고, 오히려 밀리고 있는 상황이다.

"유성방패! 에어스트 실드! 세컨드 실드! 어택 서포트!"

나는 최전선에 나서서, 필로를 비롯한 노예들을 지키기 위해 스킬을 내쏘며, 노예사냥꾼들의 공격을 막아낸다.

그리고 노예사냥꾼의 팔을 붙들고, 필로 쪽으로 떠밀었다.

"끄헉!"

당연하다는 듯, 노예사냥꾼은 필로의 발길질에 나가떨어졌다.

"라프~!"

라프짱도 라프타리아의 마법 영창을 보조하듯이 꼬리를 부풀리고 있다.

『힘의 근원인 내가 명한다. 다시금 이치를 깨우쳐, 주위를 밝혀라!』

"드라이파 라이트!"

라프타리아가 빛 구슬을 생성해서 상공으로 내쏜다.

마법 불빛은 조명탄이 되어 마을을 밝히고, 지원을 올 이웃 도시 병사들을 이끌 이정표가 될 것이다.

그 빛이 마을을 비추고 있는 동안, 나는 마을에 있는 노예 사냥꾼들의 수를 헤아린다.

하나, 둘, 셋…… 제법 많다.

어둠 속에 있는 녀석만 따져도, 상당한 수다.

서른 명 정도 수준은 절대 아니군.

마을 근처에 있는 녀석들만 따져도 50명은 있다고 봐도 좋을 것 같다.

원래 이 마을 출신인 녀석은 라프타리아를 비롯한 다섯 명밖에 없는데, 고작 그 다섯을 노리고 몇 명이나 되는 노예 사냥꾼들이 몰려든 거냐.

인간의 지독한 악업에 황당하기까지 할 지경이군.

뭐……. 노예를 붙잡아서 제르토블에 팔아치우면 한 명당 금화 30닢 이상은 벌 수 있으니, 일확천금을 노리고 몰려든 거겠지.

"하앗!"

마법 영창을 마친 라프타리아가 곧바로 뛰쳐나가서 노예 사냥꾼에게 칼을 휘두른다.

귀기 서린 칼부림이군.

역시 이곳이 자신이 지켜야 할 소중한 곳이기 때문일까.

"강도(剛刀) · 하십자(霞十字)!"

라프타리아는 두 자루 도로 인정사정없이 노예사냥꾼들을 제압해 나간다.

그 모습은 마치 전장에서 춤이라도 추는 듯 아름답다…… 그렇게 보이는 건 그저 내 착각일까.

"라프타리아…… 굉장하다……."

"춤추는 것 같아."

마을 녀석들이, 싸우는 라프타리아의 모습에 홀려 있다.

"한눈팔지 마세요!"

라프타리아의 경고에 정신을 차리고, 덮쳐드는 노예사냥꾼에게 반격을 날린다.

"큭……."

"이봐, 뭣들 하고 있는 거냐!"

그때, 노예사냥꾼들의 대장으로 보이는, 약간 허름한 갑옷을 입은 녀석이 모습을 드러낸다.

"이 녀석은——!"

라프타리아를 비롯해서, 키르…… 이 마을 출신 녀석들의 말문이 막힌다.

뭐지? 아는 녀석인가?

"도대체 언제까지 질질 끌고 있을 거냐. 작전은 실패했어! 그래서 너희는 몇 마리나 붙잡은 거지?"

"그, 그게……."

부하 노예사냥꾼이 말끝을 얼버무리자 노예사냥꾼 대장은 혀를 찬다.

그 녀석 이외에도 움직임이 좋은 녀석들이 마을 밖으로부터 줄줄이 나타난다.

"칫! 설마 방패 용사가 마을에 돌아올 줄이야, 계획이 틀어졌군! 하지만 용사래 봤자 기껏해야 방패 용사. 빈틈을 봐서 한두 명쯤은 끌고 갈 수 있을 거다!"

무리한 요구를 해대는 상사 같은 녀석인가?

지금은 그것보다 라프타리아와 마을 녀석들의 반응이 더 신경 쓰인다.

"이 녀석은! 이 녀석은!"

키르가 아까보다 더 격렬한 분노에 얼굴을 찌푸리고 있다.

라프타리아도 냉정하게, 그러면서도 진심으로 분노하고 있는 걸 알 수 있었다.

그 증거로, 지금까지 본 적이 없을 만큼 꼬리를 부풀리고 있다.

"라프타리아, 키르, 아는 녀석이야?"

나는 노예사냥꾼 대장을 향해서 방패를 겨눈다.

"네, 저희 마을에 노예 사냥을 와서…… 마을 어른들을 죽인 메르로마르크의 병사예요!"

"호……. 설마 그때 도망친 라쿤 종 꼬마가 방패 용사와 같이 있을 줄은 생각도 못했는데."

기억이 되살아났는지, 노예사냥꾼 대장…… 전직 메르로마르크 병사가 천천히 검을 든다.

어느 정도의 검술 실력은 갖고 있을 것이다.

지금의 키르나 노예 녀석들 중에는 당해낼 수 있는 녀석이 없을 것 같다.

"이와타니 님! 무사한가?!"

그때 에클레르와 국가의 병사들이 달려왔다.

"네놈들은?!"

"라프타리아의 얘기에 따르면 나라의 병사라는 모양이군. 에클레르, 자세하게 아는 거 있어?"

"그래. 이 영지가 파도에 피해를 입었을 때 아인 사냥을 하던 병사들이다. 이와타니 님이 스스로의 결백을 증명했다는 걸 알고, 국가의 손길로부터 도망쳤다고 들었다."

"그랬군. 한마디로 처형당하기 전에 국가로부터 도망친 전직 병사라는 거지?"

내 말에 불쾌한 기색을 역력히 드러내며 나를 노려보는, 병사 출신의 노예사냥꾼.

자, 이걸 어쩐다?

문제는 키르를 비롯한, 클래스 업을 하지 않은 녀석들이다.

다행히 아직 노예사냥꾼에게 붙잡힌 녀석은 없다.

하지만, 상대도 상당한 머릿수를 모아서 습격해 온 상태다. 나는 무사하더라도, 다른 녀석이 무사히 이겨낼 수 있을 거라 확신하기는 힘들다.

내가 물리적으로 보호할 수 있는 건 기껏해야 서너 명 정도다.

대충 눈어림으로 봐도 50명은 되어 보이는 적을 상대해야 하는 이 상황에서, 키르를 비롯한 노예들을 지켜 주기는 어렵다.

뭐, 상대도 클래스 업을 마친, 무술에 소양이 있어 보이는 녀석은 극히 일부에 지나지 않고, 그 녀석들이 전방으로 나서 있으니까, 대처는…… 가능하려나?

그리고, 라프타리아와 키르에게도 이건 좋은 기회다.

자신들을 불행의 구렁텅이에 빠뜨린 원흉이 뻔뻔하게 나타났으니 말이다.

노예사냥꾼들도 자신들이 불리한 걸 깨닫고 조금씩 도망치려는 것 같군.

하지만, 키르를 비롯해서, 라프타리아와 마을 녀석들은 보내 줄 생각이 조금도 없어 보인다.

"칫! 방패 주제에 우쭐거리긴. 네놈이 오는 바람에 우리가 쫓기는 신세가 된 거다!"

"알 게 뭐야. 애초에 영주가 죽었다고 해서 영지 주민을 사냥하는 네놈들에게 대의명분 같은 게 있을 리가 없지."

"대의명분이 없긴 왜 없어! 그것도 모르는 거냐!"

오? 상당히 발끈한 것 같은데?

……아아, 알 만하군.

"삼용교라는 사교의 교리 말이냐? 안됐군. 그 교리는 이제 안 통해."

"이 자식이이이이이이이!"

우렁찬 목소리로 고함치지만, 공격까지는 하지 않는다.

나한테 덤벼들어 봤자 의미가 없다는 걸 이해하고 있는 건가?

아니, 눈의 움직임을 보면 알 수 있다. 뭔가 작전이 있나 보군.

"받아라!"

노예사냥꾼들이 일제히 마을의 건물을 향해 불화살을 내쏘았다.

성가신 수법을…….

"지금 당장 불을 꺼!"

젠장, 이런 걸 두고 중과부적이라고 하는 건가.

하지만, 우리라고 가만히 구경만 하고 있는 건 아니다.

"라프타리아…… 키르, 저 녀석들을 해치울 수 있겠어?"

"네……."

"친구들을 지킬 거야!"

라프타리아는 가만히 고개를 끄덕이고, 키르는 결의에 찬 목소리로 답한다.

"좋아……. 그럼, 저 녀석들에게 죗값을 치르게 해 줘!"

나는 조용히 영창해서 라프타리아와 키르에게 지원마법을 걸어 준다.

"쯔바이트 아우라!"

모든 능력치가 상승된 라프타리아와 키르가 노예사냥꾼 대장에게 돌진한다.

"필로는 주위 녀석을 날려 버려! 부하도 같이!"

"네~에!"

"그아!"

필로에게는 부하 필로리알 1호와 함께 마을 주위에 있는 노예사냥꾼들을 상대하는 임무를 맡긴다.

"이와타니 님!"

"에클레르, 예전 동료였다고 봐 주는 건 용납 못해. 국가의 역적을 해치워!"

"나도 알아!"

에클레르와 병사들이 꾸벅 고개를 끄덕이고 공격태세를 취한다.

"네놈들……. 안이하게 계획을 짜서 온 모양이지만, 안됐군. 여기 녀석들을 유린할 꿍꿍이로 온 거겠지만…… 유린당하는 건 네놈들 쪽이다!"

라프타리아를 지원하기 위해 나도 내달린다.

"칫! 얘들아! 철수하자!"

검을 들고 철수를 명령하는 대장에게, 라프타리아와 키르가 저마다의 무기를 휘두른다.

대장은 검으로 막아내고, 라프타리아와 칼날을 맞대고 힘 싸움을 벌이면서 키르를 걷어차려 했다.

하지만, 키르는 대장이 발차기를 할 걸 예측하고 반 발짝 비켜서서 회피한다.

"으랏차아아아아아!"

"크!"

대장은 라프타리아의 도를 검으로 받아냈다가 라프타리아를 밀쳐내려 했지만 실패했고, 키르의 검이 그 틈을 노리고 갑옷을 스친다.

"빌어먹을! 아인 놈 주제에 건방 떨지 마라아아아아!"

라프타리아와 힘 싸움을 벌이던 검의 날밑에서 펑 하고 폭발이 일어났다.

마법인가! 이런 상황에서 마법을 쓰다니, 재주도 좋은 놈이군.

"아직 안 끝났어요!"

폭발에 아랑곳하지 않고, 라프타리아가 1회전하며 도를 가로로 휘두른다.

"읏차!"

눈썰미 하나는 상당한 수준인 모양이군.

하지만, 넌 중요한 걸 잊고 있어.

"애석하지만, 너는 상대를 잘못 골랐어. 방패 용사가 비호하고 있는 마을을 습격하는 어리석은 짓만 안 했더라면, 오래오래 살 수 있었을 텐데."

그렇다. 내가 있다는 걸 잊고 있는 것이다.

나는 대장의 멱살을 붙잡고 끌어당겼다.

"크……. 이거 놔!"

"누가 놔줄 줄 알고? 피할 생각일랑 하지도 말고, 한번 받아 보라고. 이게 방패 용사의 싸움이다!"

나는 라프타리아와 키르에게 눈짓으로 명령한다.

"갑니다."

도를 일단 칼집에 집어넣은 라프타리아가 필살기를 쓰듯이 발도술을 펼친다.

"순도(瞬刀) · 하일문자(霞一文子)!"

"사람들의 원수를 갚아 주마!"

라프타리아의 스킬에 뒤이어 키르의 검이 명중한다.

"끄아아아아아아아악!"

피보라가 나에게까지 튀지만, 그런 건 알 바 아니다.

이 녀석에게 죗값을 치르게 해 줘야 하니까.

갑옷이 찢어발겨지고 축 늘어져 버린 대장을 떠밀어서, 땅바닥에 내팽개친다.

"히익!"

이쯤 되니 상대를 잘못 골랐다는 걸 이해했는지, 다른 노예사냥꾼들이 겁에 질린 비명을 내질렀다.

라스 실드를 쓴 건 아니지만, 녀석들 눈에는 내가 무슨 괴물이라도 되는 것처럼 보이리라.

"자, 참회의 시간이다……. 다들 순순히 죗값을 치르시지."

그 후로는 일방적인 싸움이었다.

노예사냥꾼들은 대다수가 체포되었다.

라프타리아와 키르가 물리친 대장은 가까스로 숨이 붙어 있었다.

죽인 줄 알았는데, 숨통까지는 끊지 않았던 모양이다.

"안 해치울 거야?"

"네……."

라프타리아와 키르는 녀석을 국가에 넘겨서 벌을 줄 생각인 모양이다.

"그럼 이번엔……."

마을 광장에 줄줄이 묶인 채 나뒹굴고 있는 노예사냥꾼 녀석들을 쳐다본다.

이렇게 많은 녀석들이 모이다니……. 볼 것도 없이 하나같이 쓰레기들이겠지.

"젠장! 이놈들 완전 괴물이잖아!"

"우리가 들은 정보로는, 레벨은 좀 높아도 우리 힘으로 충분히 물리칠 수 있다고 했잖아!"

말단 노예사냥꾼이 원한 어린 말투로 상사들에게 소리치고 있다.

역시 쓰레기답군. 자기가 진 걸 윗사람 탓으로 돌리는 건가.

"다들 안됐네, 용사의 비호라는 건 이런 상황에서도 적용되는 거라고."

"크……."

"이겼어……. 우리가 이겼어!"

우오오오오오오!

그렇게, 키르를 비롯한 마을 노예들은 승리의 함성을 내지르고 있다.

이미아며, 마물을 좋아하는 아이도 마찬가지로 승리의 기쁨을 나누고 있는 모양이다.

마을 출신이든 다른 곳 출신이든, 그런 건 상관없는 모양이다.

모두 마음에 하나씩은 상처를 가진 녀석들이니까.

비열한 노예사냥꾼들에게 승리한 건 좋은 경험이 될 것이다.

"네, 이겼어요……. 그날 그 깃발을…… 이제 정말로 되찾은 거예요."

도를 힘껏 움켜쥐며, 라프타리아가 아련한 눈길로 중얼거리고 있다.

"깃발이라……. 그게 그렇게 갖고 싶어?"

"아뇨, 그런 뜻이 아니라……."

"라프타리아, 저기……."

에클레르가 뭔가 미안해하는 기색으로 라프타리아에게 말을 건다.

"미안하다. 내가 있는데도 이런 일이 생기다니……."

"신경 쓸 것 없어. 그나저나 에클레르, 이 마을에 혹시 깃발 같은 거 있었어?"

"응? 그러고 보니 마을에는 내 아버지로부터 하사받은 깃발이 세워져 있었지."

그렇군. 그 깃발 얘기란 말이지.

"에클레르, 승리에 대한 포상으로 그 깃발을 마을에 세워 줄 수 없을까?"

"나오후미 님?"

"여기로 돌아온 후로 열심히 노력한 결실을 맺은 거니까. 라프타리아, 너희의 마을은 지금부터가 시작이잖아?"

내 말에 라프타리아는 추억에 잠기듯 가만히 눈을 감았다가, 눈을 뜨고 고개를 끄덕인다.

"알았어요. 부탁드릴게요."

뭐, 키르와 다른 녀석들도 깃발에 대해 묘하게 집착을 보이니까.

심심해서 어린이 런치 세트를 만들어 줬을 때도 엄청나게 흥분했었고.

깃발을 소중히 움켜쥐고 있었다.

그런 행동에는 그런 의미가 담겨 있었다는 거군.

"그럼……."

나는 라프타리아 등과의 대화를 중단하고, 땅바닥에 나뒹구는 노예사냥꾼 놈들을 쳐다본다.

"이 녀석들 처우는 어떻게 하지?"

"통례를 따르자면 성으로 연행해서, 죄에 상응하는 벌을 주게 돼 있다."

"흐음……. 그나저나 꽤 여럿이서 조직을 짜고 저지른 행동이었나 보군."

"물론, 상당히 무거운 처벌을 받게 될 거야. 아마 레벨을 리셋당한 후, 강제노동에 종사하게 되겠지."

"처형은 아니고?"

"본래, 주범 격은 그렇게 되지. 하지만……."

에클레르가 주범으로 보이는 전직 병사의 얼굴을 쳐다본다.

"이 녀석들은 메르로마르크 국내에서 상당히 좋은 집안에 속해. 처형하더라도 시간이 걸릴 가능성이 높아."

"강행했다가는 귀족 내의 반발이 생겨나서, 여왕의 지위가 위태로워진다거나 하는 거야?"

내 질문에 에클레르는 고개를 끄덕인다.

왕권제 국가인데도 성가신 문제들이 꽤 있는 모양이군.

그래서 그런가. 전직 병사 패거리는 히죽히죽 웃고 있다.

이 자식…… 지금 자기가 처해 있는 입장을 이해 못하는 건가?

"이 나라는 혈통을 중시하는 경향이 있으니까. 최악의 경우, 여왕의 피를 물려받은 자 중에서 귀족들 입장에서 유리한 쪽에게 나라가 넘어갈 수도 있어. 아무래도 영귀 사건 때문에 국력이 기울어가고 있는 상황이니, 전혀 가능성이 없는 얘기는 아냐."

"말하자면…… 먼 친척 같은 거?"

한마디로, 왕족 중에는 여왕의 두 딸만 있는 게 아니라는 것이리라.

분가며 본가 등 이런저런 왕족들이 있다는 거다. 그중에서 자기에게 유리할 만한 자를 우두머리로 세우고, 혁명을 일으켜서 성을 점거하면 국가의 수뇌부가 바뀌는 거다.

"귀족들은 아마 '운 없게 국가의 혼란 때문에 행방불명됐던 병사가, 간신히 돌아와서, 터무니없는 누명을 쓰고 붙잡혔다.' 라는 식의 명분을 내걸겠지."

"의심의 여지가 없는 유죄인데도 말이지. 귀찮으니까, 저항했다고 치고 없애 버릴까."

이런 녀석들은 살아 있는 것 자체가 해악이다. 틀림없이 훗날에 우리에게 해악을 가할 것이다.

그렇다면 이 세계에서 퇴장시켜 버리는 게 훨씬 더 이득이다.

"이와타니 님이 가진 용사로서의 특권을 이용한다면, 그것도 괜찮을지 모르지. 하지만, 국가의 규칙에는 따라 줬으면 하는 게 내 바람이다."

"처벌이 미뤄지고 미뤄진 끝에 처형이 아니라 강제노동으로 끝나더라도?"

에클레르의 부친이 다스리던 영지 내에서 일어난 사건인데, 그런 식으로는 피해자의 원혼이 잠들지 못할 것이다.

"나도 알아……. 나도 녀석들의 행동은 용서할 수 없는 일이라고 생각해. 하지만……."

"영지에서 죄를 저지른 자에 대한 처우도 그 영지를 맡은 귀족이 결정해도 될 것 같은데 말이지."

"본래는…… 그렇긴 해. 사실 이 녀석들의 부하들은 우리 선에서도 처분을 결정할 수 있어."

"따져 볼 것도 없이 사형이겠군."

여왕에게 알릴 필요도 없다.

"애초에, 왜 이렇게 많은 녀석들이 노예사냥을 온 거지? 그걸 알아내기도 전에 처형하는 건 좀……."

"아아, 그것 말인데……. 마침 잘됐어. 이참에 마을 녀석들한테도 얘기해 줘야겠군. 이봐, 다들 집합!"

나는 손을 들어서 마을 녀석들을 불러 모은다.

그리고 나는 제르토블에서 이 마을이 어떤 취급을 받고 있는지를 설명했다.

"한마디로, 이 녀석들은 값이 뛰고 있는 이 마을 사람들을 사냥해서 제르토블에서 팔아치울 꿍꿍이였다……. 그런 얘기냐?"

에클레르가 아까보더 더 심각한 표정으로 노예사냥꾼들을 쏘아본다.

"그럴 수가……. 그럼 마을 사람들은 못 돌아오는 거야?"

키르가 불안에 찬 얼굴로 내게 애원한다.

"걱정 마. 내가 무슨 수를 써서든 다 사들일 테니까. 문제는 이런 녀석들이 또 올 가능성이 있다는 거야."

이 몸값 급등 현상은 이런 문제점을 불러일으키는 건가.

어떻게든 이 마을 녀석들의 몸값 폭등을 저지해야만 한다.

여러모로 성가신 일들이 늘어났다.

일단 이 녀석들에 대한 강화를 우선시해야겠군.

클래스 업을 시키기에는 아직 레벨이 부족하다.

"형! 형이 콜로세움에 나갈 거라면 우리도 나갈 거야!"

승리에 기세가 오른 건지, 키르를 비롯한 전투 의욕 넘치는 녀석들이 한 발짝 앞으로 나선다.

"으음……. 너희를 참가시키는 것도 괜찮긴 하지만, 위험부담이 있으니까 말이지."

그것도 한 방법이 되긴 하겠지만, 제르토블에 가서 제일 무서운 것은 이 녀석들이 이 마을 출신 노예들이라는 게 발각되는 경우다.

그런 인파 속에서 유괴라도 당하면 찾아내기가 여간 어려운 일이 아니다.

노예문을 이용해 추적할 수도 있지만, 상대도 바보는 아니다. 노예문 개조 정도는 손쉽게 해낼 수 있을 것이다.

화끈하게 한탕 대박을 쳐서, 노예들을 사들이고 싶다.

그만큼 시급한 일이니, 찔끔찔끔 콜로세움에 참가해서 돈을 버는 차원으로는 턱없이 부족할지도 모른다.

이 계획을 실행에 옮기려면 충분한 도박 자금이 필요하다.

처음부터 걸 금액이 많아야 하는 것이다.

물론 용사와 그 부하인 만큼 전승을 거두는 게 전제이긴 하지만, 지나치게 승리만 거두면 배당률이 떨어지기 마련이다.

경마 같은 건 거의 해본 적이 없지만, 우승 후보에게 돈을 걸어 봤자, 다들 그 말에 돈을 걸 테니 큰돈은 벌 수 없다.

이런 건 유명해지기 전에 도박을 해서 한탕 화끈하게 버는 데 의미가 있다.

뭔가 돈이 될 만한 걸 팔면 어떨까……. 그야말로 대량의 황금이라도 있으면 좋을 텐데.

그렇게 생각하면서 노예사냥꾼들을 쳐다보다 보니, 문득 좋은 아이디어가 번뜩였다.

"좋은 방법이 생각났어."

나는 히죽 웃음을 짓는다.

라프타리아는 내 웃음을 보고 뭔가 짐작한 듯 황당하다는 표정으로 말한다.

"나오후미 님, 뭔가 이상한 짓을 하시려는 거죠?"

"그래, 사람들을 좀 데려올게. 한 시간쯤 기다려."

혼자서 포털을 타고 제르토블로 날아간다.

그리고…….

"으음? 방패 용사님, 마을로 돌아가신 것 아니었습니까? 네."

"그래, 볼일이 좀 있어서. 따라와."

그리고 포털의 쿨타임이 종료되고 한 시간 후에, 노예상과 그 부하들을 데리고 마을로 돌아온다.

"나오후미 님? 저기…… 어디에 다녀오셨기에……?"

라프타리아는 노예상을 보고 고개를 갸우뚱거린다.

마을 녀석들은 내가 뭘 하려는 건지 흥미진진한 얼굴로 쳐다보고 있었고, 에클레르와 병사들은 노예상을 보며 미간을 찌푸리고 있다.

"에클레르, 이 녀석들은 아직 국가에 넘기지는 않은 상태지?"

"그건 그렇지만……. 나오후미 님, 뭘 하려는 거지?"

"잔말 말고 구경이나 해. 좋은 처분 방법이 떠올랐거든."

"에클레르 양, 조심하세요. 나오후미 님은 보통, 이럴 때면 뭔가 얼토당토않은 말씀을 하시니까요."

나에 대한 라프타리아의 신뢰는 어디로 간 거람.

뭐, 이럴 때 내가 얼토당토않은 소리를 한다는 건 나도 자각하고 있지만.

혼유약을 팔았던 얘기를 했을 때도, 라프타리아는 기가 차다는 표정을 지었었다.

키즈나까지 득의양양하게 자랑하는 바람에 겉으로는 태연히 듣고 있었지만.

"우리한테 손을 댔다간 어떻게 되는지, 알고는 있는 거냐?"

노예사냥꾼 대장이 위협해 왔다.

이 자식, 자기가 죽을 위험은 없다는 안이한 생각을 하고 있는 모양이군.

우리가 여왕의 입장을 난처하게 만들 만한 일을 할 리가 없다는 식으로, 자신들한테 유리한 쪽으로만 생각하고 있는 것이리라.

"걱정 마. 네놈들 바람대로, 전원 다 살려줄 테니까."

그 말을 듣고 안도하는 말단들. 하지만 대장은 도리어 고개를 갸웃거리고 있다.

제법 머리가 잘 돌아가는데.

"노예상, 이 녀석을 노예로 만들 수 없을까?"

"가능합니다. 네."

"설마 노예로 만들어서 개척에 종사시키거나 다른 노예

사냥꾼들로부터 마을을 지키게 만들려는 건가?"

에클레르도 참, 무슨 물러 터진 소리를 하고 있는 거람.

뭐, 그 방법도 나쁘지는 않지만. 노예문을 이용해서, 내게 거역했다가는 죽을 수도 있을 만큼 엄격한 벌칙을 걸어 둬야겠다.

하지만, 거기에는 치명적인 결점이 있다.

"그랬다가 녀석들이 빈틈을 봐서 패거리를 이용해서 해제시키면 어쩔 건데? 그렇게 어설픈 수단을 쓸 것 같아?"

노예사냥꾼 녀석들도 그런 걸 상상하고 있었는지, 히죽 웃다가 다시 고개를 갸우뚱거린다.

"노예로 만드는 건, 강제로 파티 안에 끌어넣어서, 다음 움직임을 용이하게 하려는 거야."

"뭐, 뭘 하시려는 거예요오?!"

리시아가 쭈뼛거리며 물어 왔다.

있었던 거냐. 너, 아까부터 왜 그렇게 존재감이 없는 거냐.

"이 녀석들을 제르토블로 보낼 거야. 그리고 팔아치우는 거지. 노예로서 말이야."

"그게 무슨――."

에클레르는 말문이 막혔고, 라프타리아는 기가 막힌다는 듯 한숨을 짓는다.

그렇다. 지금의 우리에게 필요한 건 콜로세움에서 일확천금을 노리는 데 필요한 돈이다.

그러니까 그에 필요한 돈을 조달해야 하는데, 돈은 조금이라도 더 보태면 보탤수록 좋다.

물론 노예사냥꾼이 노예가 돼서 팔리면, 녀석들을 구입해서라도 구하기를 원하는 메르로마르크의 귀족이 끼어들겠지. 자칫하면 그대로 도망쳐 버릴 가능성도 없는 건 아니다.

내 의도를 이해한 건지, 노예사냥꾼은 여유를 보인다.

어차피 자기들의 몸값은 얼마 안 나갈 거라 생각하고 있는 게 분명하다.

하지만, 나는 그런 뜨뜻미지근한 형벌로 끝낼 생각은 추호도 없다.

"그리고 노예상. 너, 실트벨트 쪽에 친척 없어?"

"물론 있습니다. 네."

"그래? 그럼 그쪽 친척한테 이 녀석을 팔아넘겨. 상품명은── 방패 용사가 납품한, 세이아엣트령 아인을 사냥했던 노예사냥꾼들이라고 해."

내 말에 노예사냥꾼들의 얼굴에서 핏기가 확 가신다.

반대로 노예상 녀석은, 더할 나위 없을 만큼 밝은 웃음을 가득 머금고 나를 쳐다보았다.

우선은 방패 용사가 직접 납품했다는, 방패 용사를 숭배하고 있는 국가에 있어서는 더없이 높은 값을 받을 수 있는 요소. 다음으로 메르로마르크와 실트벨트 간 우호의 가교 구실을 하던 세이아엣트령 아인들을 대량으로 학살하고, 노예로 만든 악명 높은 범죄자라는 점.

실트벨트 아인들의 눈에는, 과연 이들이 어떻게 비칠까?

증오스럽기 그지없는 악의 화신처럼 보이리라.

그런 자들이 노예가 되어 팔리고, 판매된다면…… 무슨 일이 벌어질까?

스트레스 해소용으로, 라프타리아와 마을 녀석들이 이 나라 귀족들에게서 당한 것 같은 학대에 시달리게 될 것이 불 보듯 뻔하다.

그야말로 목숨으로 죗값을 치르게 되는 셈이다.

"허, 헛소리 마! 우리를 실트벨트에 팔아넘기겠다고?! 그게 용사가 할 짓이냐?!"

노예사냥꾼 대장이 고함친다.

"국가의 병사가 국민을 죽이고 팔아넘기는 것보다는 나은 것 같은데. 노예들이 어떤 지옥을 경험했는지, 너희도 모르고 한 짓은 아니었을 거 아냐?"

"그게 이거랑 무슨 상관이냐! 우리가 그런 꼴을 당해야 할 이유는 전혀 없어!"

"뭐야? 자기들이 당하기는 싫은 짓을 이 녀석들한테 했다는 거냐?"

기가 막혀서 말도 안 나오는군.

병사 역시 전장에서 죽음의 위기와 함께하는 건 마찬가지이련만…… 노예가 되어 고문의 고통 속에서 죽는 건 무서운 거냐. 뭐 이런 멍청한 놈들이 다 있담.

"네놈들에게, 원래 내 세계에서 꽤 좋아했었던 대사를 말해주지. '쏴도 좋은 건, 맞을 각오가 있는 녀석뿐이다.' 라고."

본래는 하드보일드 탐정물의 탐정이 하는 대사였지만.

스스로가 고통받을 각오도 없는 녀석이 남을 괴롭히다니, 무슨 말로도 정당화할 수 없는 일이다.

"헛소리 마! 네놈들 같은 아인 녀석들은 고통 끝에 죽는 것에 의미가 있단 말이다! 고귀한 인간인 우리를 그런 하등한 아인과 같이── 우읍."

시끄러우니까 천을 감아서 입을 틀어막아 버렸다.

어찌 됐건, 공포에 일그러진 이 녀석들 얼굴은 제법 장관이군.

쓰레기나 빗치를 무릎 꿇렸을 때보다는 못하지만, 이 정도 대가를 치르게 하는 건 당연한 일이다.

여기 있는 녀석들은 네놈들 때문에 노예가 됐었다고.

이번에는 네놈들이 노예가 될 차례다.

"에클레르, 너는 고지식한 녀석이라 용납하기 힘들지도 모르지만, 이놈들은 자기들이 지은 죄에 대한 대가를 치러야 해. 그리고 이 녀석들을 팔아서 얻은 돈을 밑천 삼아서, 나는 이 마을 녀석들을 되찾을 거야."

"크윽……."

에클레르는 울분에 차서 신음했지만, 그 이상의 행동에까지 나설 생각은 없는 모양이다.

뭐, 이대로 국가에 넘겨 봤자 가벼운 처벌로 끝날 가능성이 높으니까.

"그리고 말이야……. 에클레르, 이건 하나의 본보기이기도 해. 또 마을에 노예사냥을 하러 온다면 이런 신세가 된다는 본보기."

이렇다 할 처벌이 없으면 잇따라서 몰려들 것이다.

붙잡혀서 처형당할 위험성 정도는 각오하고 여기로 오는 자들도 있으리라.

하지만, 붙잡혀서, 노예 신세가 되어 학대받게 된다면 어떻겠는가?

세상에는 죽음보다도 더 무시무시한 형벌이 있다는 걸 알려주면, 마을에 오려던 노예사냥꾼들도 생각을 고쳐먹을 것이다. 게다가 마을을 지키고 있는 건 방패 용사니까.

"나오후미 님……."

"아무리 기가 막혀 해도 난 안 물러나. 라프타리아, 나는 무슨 수를 써서든 네 동료들을 구해낼 거야."

더러운 돈으로 만든 안식처라고 싫어할지도 모른다.

나도 될 수 있으면 다른 이야기 속 주인공들처럼 정당한 돈으로 구해주고 싶다.

하지만 우리에게는 수단 방법을 가릴 여유가 없는 것이다.

여기서 우물쭈물하고 있는 동안에도, 이 마을 녀석들의

목숨이 사라져 버릴지도 모른다.

나를 믿어 주는 라프타리아를 위해서라도…… 나는 이 자리에 미물러 있을 수는 없단 말이다.

비록 그것이 라프타리아가 원치 않는 길이라고 해도.

"형……."

키르가 머뭇머뭇 내게 말을 건다.

"경멸했냐? 하지만, 너희의 대장은 원래 이런 놈이야. 콜로세움에 나가겠다고 나선 그 마음은 높이 평가해 주지. 하지만, 지금은 참고 스스로를 강화하는 데 전념해. 더러운 일은 전부 나한테 맡기면 돼."

나는 마을 노예들에게서 등을 돌려 한 발짝 내디뎠다.

그래, 더러운 건 전부 내가 떠맡아 주마.

"너희는 위험을 감수할 때가 아냐. 마을을 지키려는 것 아니었어?"

"응……."

어쨌거나, 이 정도 노예를 팔아치우면 제법 돈이 벌릴 것이다.

갑작스러운 말씽이었지만, 오히려 결과적으로는 덕분에 전진할 수 있었군.

나는 시야에 나타나 있는 포털의 쿨타임을 가만히 바라보았다.

12화 백화점

노예화된 노예사냥꾼들을 한 시간마다 포털을 이용해 제르토블의 노예상에게 보내다 보니, 작업이 끝난 것은 이튿날 오후가 되어서였다.

틈틈이 눈을 붙이기는 했지만, 깊이 잠들지 못하다 보니 잔 것 같지가 않다.

"그럼 제르토블의 친척에게 연락을 취하겠습니다. 네!"

첫 번째 노예사냥꾼을 보낼 때 같이 포털을 타고 이동한 노예상은, 신속하게 제르토블의 지인과 접촉을 취했다.

"듣자 하니 호의적으로 받아들여지고 있다는 모양입니다. 네. 저쪽 귀족들로부터도, 용사님이 제공한 노예들에 대한 예약이 쇄도해서, 이미 선행 예약이 실시되고 있다고 합니다."

"호오……."

"그 덕분에, 저희 쪽에서 노예 판매 전에 용사님께 대금을 드릴 수 있게 됐습니다. 네."

말하자면 미리 환산해 주겠다는 거군.

뭐, 이번 경우는, 통신 기능이 있으니 경우가 좀 다를지도 모르지만.

“이렇게 잘 풀리다니, 내가 내 스스로를 칭찬해 주고 싶을 정도인데.”

“당장 오늘 밤에 용사님이 제공해 주신 노예는 실트벨트로 우송할 예정입니다. 네.”

침을 질질 흘리는 굶주린 들개 무리에 고깃덩이를 던져주는 것 같은 느낌이군.

메르로마르크 녀석들도 쓰레기 같은 녀석들이 널려 있지만, 실트벨트라는 나라의 어둠도 만만치 않다.

그 어둠을 이용하는 나도 문제가 있긴 한 것 같지만.

노예상과 그런 얘기를 주고받고 있으려니, 라프타리아는 기가 막힌다는 듯 한숨을 짓고 있다.

하지만 노예사냥꾼 놈들 입장에서는 이건 자신들이 저지른 짓에 대한 죗값을 치르는 거고, 여왕 쪽에도 비밀리에 확인을 취해서 양해를 구했다.

양해 정도가 아니라, 여왕도 내심 내 방안에 찬동하고 있다면서, 아침에 온 메르티가 황당해했었다.

국가의 적을 넘겨준다는 제안에 실트벨트 쪽도 만족하고 있다는 모양이라, 여왕은 녀석들을 교섭 도구로 쓰고 있다는 모양이다.

“어쨌거나, 이제 콜로세움에서 도박하는 데 필요한 밑천은 갖춰졌다고 봐도 되겠군.”

그럼 어제 그랬던 것처럼, 이제부터 라프타리아, 필로,

리시아, 라프짱을 데려가서 앞으로의 방침에 대해 생각해 볼까.

"경위가 어찌 됐건…… 그렇긴 하네요."

"……화끈하게 한탕 할 수 있다면 어느 정도 위험은 각오하고 있어. 참가할 콜로세움의 규칙 같은 세세한 사항도 이해해야 하지 않겠어?"

생사가 걸린, 위험도가 가장 높은 콜로세움에 참가했다가는 꿈자리가 너무 뒤숭숭할 테니까.

그리고 내가 혼자 나가 봤자 이기는 건 불가능하다.

누가 뭐래도 나는 방어밖에 할 수 없는 방패 용사니까.

참고로 변환무쌍류 할망구도 참가시킬까 하고 의논하러 갔었는데, 콜로세움에서는 너무 유명해져서 예전에 출전 금지 처분을 받았다고 했다.

그 할망구의 경력도 수수께끼가 꽤 많단 말이지.

"기본은 토너먼트 방식입니다. 용사님이 출전하시겠다면 팀전을 추천 드리겠습니다. 네."

"하긴, 그렇겠지……."

"그 경우, 참가 인원은 3명, 혹은 5명입니다."

세 명……. 뭐, 나와 라프타리아와 필로가 나가면 되려나?

애초에 리시아를 내보낼 생각은 없었으니, 그렇게 나가는 수밖에 없다.

상황에 따라서는 필로 대신 라프짱을 출전시키는 것도 한 방법이겠군.

다섯 명이라면 라프짱도 넣어서 팀을 꾸릴 수 있지만…… 키르를 데려오는 것도 한 방편일까?

어찌 됐건…… 가능하면 5인조 시합은 피하고 싶군.

라프짱은 그다지 강하지 않고, 키르를 비롯한 노예들은 다소 강해지기는 했어도 아직 미숙하다. 자칫 잘못해서 흉터가 남는 부상이라도 입게 된다면, 라프타리아를 볼 면목이 없다.

"용사님의 부하를 1대1 콜로세움에 내보내는 것도 추천드립니다. 네."

"문제는 그거야. 1대1 콜로세움이라면 배율은 어떻게 되지?"

이세계의 권속기인 도를 가진 라프타리아라면, 콜로세움에 참가해도 거뜬히 승리할 수 있을 것이다.

……뭐지? 토너먼트제 콜로세움에 참가한다니, 어째 유명한 옛날 배틀 만화 같은 전개로 돌아가는 것 같잖아?

"굳이 따지자면, 상금이나 도박의 배당 총액은 팀전 쪽이 더 높습니다. 네."

"그럼 팀전으로 가지. 찔끔찔끔 모으는 건 귀찮아."

내가 출전하면 라프타리아와 필로의 안정성을 높일 수 있다.

변칙적인 규칙의 시합이 아닌 이상……이라는 조건이 붙지만 말이지.

"그럼…… 빠른 시일 내에 개최되는 비밀 콜로세움에 출전 등록을 해 두겠습니다. 네."

"참가하는 데 필요한 자격 같은 건 괜찮을까?"

"그건 저희가 무슨 수를 써서라도 출전 가능하게 만들겠습니다. 네."

제법 든든한 소리를 하는군……. 부정행위만은 하지 말라고 나중에 주의를 줘야겠다.

"규칙은 어떤 식이지? 너무 복잡하거나, 우두머리가 싹 쓸어가는 식이면 미리 빠지는 게 나아."

"3대3, 레벨 계급 없음, 종족 제한 없음. 이상입니다. 네."

"의외로 간단한데."

알기 쉬운 방식이라 다행이다.

이제 남은 건, 노예상은 분명 일부러 언급하지 않은 거겠지만, 승패에 관한 문제다.

노예상은 나에게 콜로세움의 규칙집 같은 전단지를 보여준다.

각국의 문자로 적혀 있고, 그중에는 메르로마르크 공용어도 있다.

승부가 결정되는 경우는, 대전 상대가 사망 혹은 기절, 항복했을 경우라고 적혀 있다.

그리고…….

"마지막 부분이 핵심입니다. 네."

"무기는 각자 지참이라는 부분?"

"네! 다음 콜로세움의 스폰서는 제르토블의 무기상인 길드입지요. 네."

무기상인 길드가 배후에 있는 어둠의 콜로세움이라……. 얼마나 강력한 무기가 등장하는가 하는 게 관건이겠군.

뭐, 어차피 우리는 전설의 방패나 이세계의 권속기를 사용할 수 있으니까, 상대가 무슨 무기를 쓰든 불평할 수는 없겠지.

"원하신다면 현재 개최 중인 어둠의 콜로세움을 관전해 보시는 건 어떻겠습니까? 다소 참고가 될 테니까요. 네. 개최 시간이 노예 경매 시간과 겹칩니다만, 어떻게 하시겠습니까?"

하긴, 일리 있는 말이긴 하다. 어떤 싸움인지 봐 두면 대책을 세우기도 용이해진다.

"그렇다면……. 라프타리아, 오늘 밤 경매에 가서 마을 출신 노예가 있는지 확인 좀 해 줄래?"

키르나 다른 꼬마들을 보내는 방법도 있지만, 녀석들에게는 트라우마가 있으니 노예 경매 장면을 보여주는 건 좋지 않을 것이다.

……그렇게 따지자면 라프타리아도 마찬가지지만.

"네, 알았어요."

"그리고…… 전체적으로 어떤 녀석들이 있었는지, 명단을 만드는 것도 필요할 것 같은데. 라프타리아, 부탁해도 될까?"

나는 라프타리아에게 종이와 펜을 건넨다.

라프타리아의 눈뿐만이 아니라, 노예상의 연줄도 최대한 동원해서 찾는 게 효과적이리라.

"아, 네!"

라프타리아는 내가 지시한 것들을 종이에 적어 나간다.

경매에 나오는 노예들뿐만 아니라, 주최 측에서 보유하고 있는 녀석들도 있을 것이다.

그 녀석들 중에 르롤로나 마을 출신이 있다면, 직접 가서 교섭해 볼 수도 있다.

"후에에에……."

"자, 일단 위험한 콜로세움에 나가는 건 확정됐다고 치고, 라프타리아의 공격력을 점검해 보는 게 좋겠어."

"아, 네."

현재 라프타리아의 도는 마물에서 유래한 것, 그리고 키즈나 쪽 세계에서 복제해 온 것들 중 이쪽에서도 사용 가능한 것들로 구성되어 있다.

그러다 보니 상당히 구멍이 생겨나 있는 상태고, 강화도 불충분하다.

다행히 마룡의 소재에서 출현한 방패는 쓸 수 있지만, 사신(四神)의 소재에서 나온 무기는 능력 부족 때문에 휘두르기 버겁다.

그래서 마룡의 도로 가까스로 버텨내고 있는 상황이다.

글래스 패거리도 애용하던 만능 장비다. 이거 하나만 있어도 그럭저럭 헤쳐 나갈 수 있다는 뜻도 되지만, 기초 능력 향상이나 새로운 스킬 발굴도 소홀히 해서는 안 된다.

애초에…… 아직 강화가 불충분하다는 모양이니까.

"노예상, 혹시 제르토블에서 유명한 무기상이 어딘지 알아?"

"안내해 드릴까요? 네."

"음……. 그래. 부탁하지."

상당히 왁자지껄한 도시니까, 혼자 돌아다니다간 길을 잃을 것 같다.

"그럼 사람을 붙여서 안내를 맡기겠습니다."

우락부락한 남자가 손을 들어서 자원한다.

"좋아. 그럼 가 볼까."

노예상의 심부름꾼이 안내해 준 곳은, 이 도시 최대 규모라는 상점이었다.

백화점 같은 커다란 건물이다.

"으음? 거기 계신 분, 혹시 방패 용사님 아니십니까?"

1층 가게에서 어째 낯이 익은 녀석이 가게를 보고 있는 것을 발견했다.

"알 게 뭐야."

그렇다. 한참 전에 만났었던 액세서리 상인이 손짓해 부르고 있다.

모르는 척 지나가고 싶다.

"여기는 제가 경영하는 가게입니다. 한번 둘러봐 주신다면 더없이 기쁘겠습니다."

어쩐지 '당신이 이어받을 가게란 얘기죠.' 라는 소리처럼 들린다.

여기서 무시했다가는 내가 그걸 인정했다는 취급을 받게 될 것 같다.

한숨을 지으며 액세서리 상인 쪽으로 시선을 돌린다.

"꽤 큰 가게를 경영하고 있나 보군."

"네. 용사님께서는 무엇에 관심이 있으신지?"

"무기와 방어구를 보러 왔어."

"그럼 2층으로 가셔야겠군요. 그런데 1층에 있는 액세서리에는 관심 없으십니까?"

나는 가게 안을 둘러본다.

보란 듯이 반짝반짝 빛나는 액세서리들이 가게 안에 전시되어 있다. 솔직히, 눈부시다.

"관심 없어. 내가 직접 만들면 되니까."

"역시 그러시군요. 그런데 용사님께선 제가 가르쳐드린

기술을 쓰고 계십니까? 솜씨가 무뎌지면, 정작 필요할 때 근사한 물건을 만드실 수 없을 텐데요."

"가끔씩 만들고 있어. 덕분에 여러 번 목숨을 건졌고."

실제로 최근에도 방패의 덮개나 라프타리아의 칼집 같은 걸 만들었었으니까.

단, 키즈나 쪽 세계에서 쓰던 것 정도의 고성능 액세서리를 만들 수 없다는 문제가 있기는 하지만.

라프타리아가 칼집에서 도를 뽑을 때 발동하는 하이퀵도 성능이 열악해져서, 필로가 즐겨 쓰는 정도의 속도로 떨어져 있다.

아무래도 칼집에 쓰인 재료가 이 세계에는 없는 물건인 모양이다.

차라리 다른 규격의 칼집을 만들어야 할까 싶어서 실험 중이다.

그 외에 노예들을 위해서, 마물에서 얻은 소재로 액세서리를 제작해 주고 있다.

요즘에는 마물 뼈를 이용해서 만드는 데에 심취해 있다.

단단하고, 효과도 생각보다 좋다. 부여할 때 열화가 적다는 것도 장점이다.

문제는 부여의 효과가 낮다는 점이다.

"대충 이런 식이야. 좀 무식하게 생기긴 했지만."

제작한 액세서리를 대충 꺼내서 보여준다.

"호오! 본(bone) 액세서리입니까?!"

"……원래 없던 거였어?"

"없는 건 아니지만……. 흐음, 흐음, 저렴한 물건이긴 하지만, 실리를 중시하는 모험가가 쓰기에는 좋아 보이는 효과가 부여되어 있군요."

"싸구려지만, 디자인 연습에는 나쁘지 않은 것 같지 않아?"

"그나저나 용사님께서 영지를 얻으셨다는 소식을 들었습니다만?"

"……가게를 내고 싶으면 와 보지 그래?"

"방금 하신 말씀, 똑똑히 기억해 두겠습니다!"

사악하게 눈을 번뜩이며 액세서리 상인이 소리친다.

나도 인간이니만큼, 그런 소리를 들으니 찜찜한 기분이 드는 건 어쩔 수 없었다.

"발전에 훼방을 놓지는 마. 그리고, 요금은 청구할 테니, 그리 알아 둬."

"물론 알고 있다마다요. 후후후……."

어째 내가 아는 상인들 중에는 사악한 놈들이 많다. 정말로 영지에 오거든, 감금해 버려야겠다.

"네 액세서리 매상은 좀 어때?"

"꽤 호평입니다. 엄청난 대재앙이 일어났으니까 말이죠……. 민간인들도 자기 몸은 자기가 지켜야 한다는 걸 이해한 거겠죠.”

여러모로 금전 복이 있는 녀석이다.

“그리고, 용사님이 퍼뜨리신, 카르밀라 섬에서 난 밀라카 액세서리에도 한 다리 걸치고 있지요.”

아아…… 그 사기꾼 상인한테 귀띔했던 아이템 말이군.

이따금 눈에 띄어서 놀라던 참이었다.

“그럼, 나는 무기를 보러 가지.”

“다음에 만날 날을 기대하겠습니다.”

“맘대로 해.”

“……어둠의 콜로세움에서는 살살해 주십시오. 뭐, 용사님께서 이기실 것 같아서 저희 쪽은 발을 뺐지만 말이죠.”

“——!”

등골이 얼어붙는 것만 같다.

이렇게 짧은 사이에 벌써 알려지다니, 도대체 얼마나 방대한 정보망을 갖고 있는 거냐!

“응원하겠습니다.”

“하아——.”

사악한 상인을 상대하다 보니 지치는군.

“후에에에…… 저 상인 분, 꽤 유명하신 분이에요.”

“역시 그랬군.”

“한번 잘못 찍히면 장사하기 힘들다는 소문을 들었어요…….”

"걱정 마. 미움을 산 건 아니니까."

오히려 가게를 물려받게 될 것 같아서 무서울 지경이다.

그런 잡담을 나누면서 2층으로 올라간다.

"와……. 굉장해~. 번쩍번쩍~."

다양한 무기들이 쇼룸처럼 전시되어 있다.

필로가 반짝이는 것들에 시선을 빼앗겨 있다. 지금은 인간의 모습이지만 원래는 조류형 마물이니까.

……으음, 운철(隕鐵)로 만들어진 검이며 창 등 이런저런 무기들이 늘어서 있다. 아, 저건 만져 볼 수만 있는 미끼 상품인가 보다.

렌이나 모토야스가 복제했었던 게 아마 이거였나 보군.

오? 영귀 무기도 진열되어 있다. 재건을 위해서 소재들을 판매하고 있으니까.

행상 일을 하면서 들은 얘기인데, 영귀에서 나온 소재는 가공이 까다롭다고 한다.

그나저나 메르로마르크에서 파는 것과 별로 다를 게 없어 보이는데도, 가격이 엄청 비싸다.

이런 큰 가게인데도, 그다지 정밀하게 가공되지 않은 무기만 진열돼 있다니.

뭐, 원산지와 수입국의 차이 같은 거겠지.

으음…… 방패들도 살펴보지만, 아저씨네 가게와 별로 다를 게 없는데…….

일단 처음 보는 방패도 있긴 있으니, 한번 만져 볼까.

"아, 이 방패, 좀 들어 봐도 될까?"

"네, 네, 얼마든지요."

점원의 승낙을 얻은 후, 아저씨의 가게에는 없던 방패를 들고 웨폰 카피를 작동시킨다.

스파이크 실드, 프리스비 실드, 주얼 실드, 플라티나 실드…….

그런 식으로 적당히 방패를 복제했다.

"라프타리아, 도는 찾았어?"

"아, 네. 이쪽에 진열돼 있는 것 같아요."

오오, 역시 상업의 나라군.

듣자 하니 동쪽 나라에서 수입해 온 물건이라고 한다.

라프타리아는 가게에 진열되어 있는 도들을 하나씩 쥐어 본다.

뭐, '복제할 거예요.' 라고 했다가는 가게 녀석들한테 무슨 소리를 들을지 몰라서 잠자코 있는데, 어째 물건이라도 훔치는 것 같은 기분이 든다.

"응?"

가게 안에 전시되어 있는 물건 중, 비매품이라고 적혀 있는 무기가 눈에 들어온다.

한 자루 외날검인데…… 영귀의 재료로 만들어진 검이라는 건 척 보면 알 수 있었다.

안력 스킬을 작동시켜서 감정해 볼까.

영귀검 품질……

실패다. 내 안력 스킬로는 완전하게 감정하지 못한다.
이건 백호의 태도 수준의 명품이 분명하군.
"라프타리아, 그러고 보니까 말이지."
"뭔데 그러세요?"
"검은 못 써?"
"아, 네. 애석하게도 검은 못 쓰게 돼 있어요……."
역시 검은 복제 대상에서 제외되는 건가.
이 무기의 경우는, 검의 용사인 이츠키만 복제할 수 있겠군.
……그러고 보면 이츠키는 도를 사용할 수 있으려나?
생각해 보면, 같은 날붙이를 사용한다는 점에서, 라프타리아는 렌과 비슷한 전투 능력을 갖고 있다고도 볼 수 있다.
언젠가 렌과 만나서 신병을 확보하게 되면 여러모로 얘기를 해 봐야겠다.
어찌 됐건, 이 영귀검은 척 봐도 명검이라는 걸 알 수 있었다. 게다가 만지지도 못하도록 전시되어 있다.
머지않아 경매로 거래되는 걸까. 굉장한데. 역시 명장이라는 건 존재하는 모양이다.
뭐, 나중에 메르로마르크로 돌아가거든 무기상 아저씨한

테 얘기라도 해 줘야겠다.

“주인님~.”

필로가 손톱 코너에서 나를 부른다.

“왜 그래?”

“손톱 종류가 되게 많아~.”

“그러게.”

필로가 사용하는 손톱이라면, 인간형일 때와 필로리알 형태일 때 사이즈가 각각 다르다는 점을 고려해야 한다.

최근에는 인간형일 때 사용하는 걸 상정해서 골라도 크기 면에서는 딱히 문제가 없지만…….

“딱히 지금 것보다 나은 손톱은 없는 것 같군.”

이누루트 클로는 잃어버려서 행방이 묘연한 상태다.

그래서 지금은 예비용 카르마 도그 클로를 준 상태다.

그리고 필로 잠옷은 메르티에게 줘 버려서 지금은 없다.

뭐, 방어력보다는 나와 함께 있을 때 발동되는 도핑 효과에 의미가 있는 것뿐이었으니, 지금의 필로에게는 필요 없는 물건이지만.

그리고 손톱 코너에는 카르마 도그 클로와 동등한 수준의 손톱은 없는 것 같다.

은근히 공격력이 높아 보이는 마법은 손톱 같은 것도 있는 것 같지만, 이 정도라면 굳이 현재 사용하는 걸 바꿀 필요까지는 없다.

리시아는 페클 레이피어도 과분한 수준이다.

역시 무기는 이제 주문 제작한 게 아니면 쓰기 힘들 것 같다.

방어구는…… 라프타리아의 방어구를 새로 사 주는 것도 한 방법이긴 하다.

하지만…….

“왜 그러세요?”

“뭐 좀 비싼 방어구라도 사 줄까?”

“그거라면 오히려 나오후미 님 쪽이 사셔야 하는 것 아닌가요?”

“하긴, 뭐…….”

지금 내가 장비하고 있는 건, 여왕에게서 받은 중고 마법은 갑옷이다.

성의 대장장이가 센스를 발휘해서, 아저씨가 만들어 주었던 나의 애용품, 야만인의 갑옷과 비슷하게 세공해 주었다고 한다.

어디까지나 예비용이지만, 어떻게든 나한테 그런 디자인의 갑옷을 입히고 싶은 모양이다.

어찌 됐건 기성품치고는 고성능에 속하는 갑옷이다. 새로 산다고 성능 차는 없다.

리시아는…… 필요 없겠지. 콜로세움에 참가하는 것도 아니니까.

남아 있는 인형옷을 입힐까 고민했지만, 본인은 이제 자신이 좀 붙었는지 중고 흉갑을 차고 있다.

"라프~?"

라프짱은……. 냄비나 차솥, 후드 같은 걸 입히고 싶지만, 여기서 그런 물건은 안 파는 것 같다.

무기와 방어구를 보러 온 거였는데, 어째 헛걸음을 한 꼴이 되고 말았다.

"살 만한 건 없는 것 같으니까 그만 돌아가자."

"벌써 가는 거야~?"

나는 가게 창밖으로 제르토블 시가지를 내다본다.

제르토블에 있는 가게들을 샅샅이 뒤져 보면 괜찮은 물건을 찾을 수 있을지도 모르지만.

이렇게 인구가 많은 도시에는 그런 물건이 돌아다닐지도 모른다.

뭔가와 비슷하다 싶었더니, 이 도시의 분위기는 온라인게임 속 시장을 연상케 했다.

하지만 그렇다고 의미도 없이 어슬렁어슬렁 돌아다니는 것도 좀 그렇고…….

어디서든 정보를 구해야 할 것 같군.

"일단 노예상한테로 돌아가자."

"그래요. 그만 돌아가죠."

"아, 네."

"재미있었어~."

"라프~."

그렇게 해서 우리는 무기 및 방어구 상점을 둘러보고, 노예상의 지하 노예시장으로 돌아갔다.

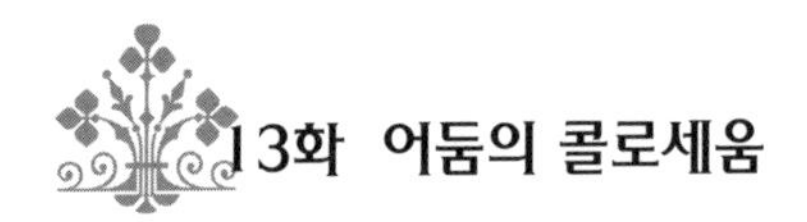

13화 어둠의 콜로세움

그리고 밤이 되고, 나는 노예상의 안내를 받아, 어둠의 콜로세움이 개최되는 대회장으로 갔다.

나 혼자뿐이다. 라프타리아와 라프짱은 노예 경매가 벌어지는 현장으로 보냈다.

리시아는 다른 곳에서 조사. 필로에게는 리시아에 대한 경호를 맡겼다.

낮 동안에는 노예상이 관리하는 콜로세움 쪽도 살짝 살펴봤는데, 그쪽은 야구장 같은 분위기였다.

이쪽은 마시고 즐기는 측면을 강조하고 있는 것 같다.

관객석은…… 지하인데도 비어 가든처럼 좌석이 놓인 구획이 있고, 콜로세움 쪽은 고전 RPG에 나올 것 같은, 높은 벽이 둘러쳐진 투기장 같은 느낌이다.

그 외에도 슬롯이나 포커 테이블도 놓여 있어서, 어둠의 콜로세움이라기보다는 지하 카지노 같은 분위기도 느껴진다.

뭐, 그래도 가장 주요한 콘텐츠는 콜로세움인 듯, 투기장 이미지가 강하긴 하지만.

무슨 시합인지는 잘 모르겠지만, 승부가 펼쳐지고 있다.

으음……. 배당률이 적혀 있군.

투표권 구입은 이미 종료된 듯, 관객들은 시합 관전에만 집중하고 있다.

이번 시합은…… 오? 오오?!

"판다잖아……."

콜로세움에서 싸우고 있는 건 판다 수인이었다.

대전 상대는…… 코끼리 수인인 것 같다. 굉장한 대결이군.

"헷! 덩치만 크고 둔해 빠진 건 여전하군!"

"흥! 그쪽은 뒹굴뒹굴 굴러다니면서 도망만 치고 있잖아."

코끼리 수인 쪽이 약간 우세한 상황인가?

멀리서도 쿵쿵거리고 지축이 울리는 게 느껴진다.

마법 같은 걸 쓰는 걸까? 미세한 마력의 흐름이 느껴진다.

판다 수인 쪽도 마법을 쓰고 있는 듯, 주위가 대나무숲으로 변해 있다.

둔중해 보이는 몸이건만, 돋아난 대나무의 탄력을 이용해서 도약, 대나무숲 속을 종횡무진하고 있다.

코끼리 수인도 짜증스러운 듯 대나무를 후려쳐서 베어 넘긴다.

……열심히 응원하고 있는 녀석들을 살펴본다.

"좋아! 거기다!"

"해치워 버려! 라사즈사 누님!"

"거기야! 에르메로! 아아, 그게 아니라고!"

보아하니 무장한 모험가…… 용병? 그런 녀석들이 제법 많이 보인다.

물론 귀족 같은 녀석들이나 상인 같은 녀석들 쪽이 더 많지만. 내 근처에는 그런 녀석들이 모여 있었다.

술집 쪽도 성황인 것 같고……. 우리는 이런 곳에서 싸우게 되는 건가.

완전 구경거리군. 뭐, 정식 콜로세움도 다를 건 없지만.

그런 생각을 하고 있으려니, 술집 마스터 같은 녀석이 나를 노려본다.

안 마셨다가는 잘못 찍힐 것 같군.

"한 잔 줘."

마신다고 좋을 건 하나도 없다. 어차피 난 취하지도 않으니까.

마스터가 준 술잔을 들고 시합을 관전한다.

그러다 보니, 뒤쪽에서 뭔가 시끌벅적한 소리가 들려왔다.

"꿀꺽…… 꿀꺽! 푸하앗! 자, 자, 빨리 좀 마시라구!"

들떠 보이는 목소리.

"꿀……꺽, 아직 안 끝났어!"

오오-! 하고 주위에서 환호성이 터져 나온다.

시합에 못지않게 분위기가 달아오른 것 같은데?

그쪽을 돌아보니, 원샷을 요구하는 함성과 함께 인파 속에서 박수가 터져 나오고 있다.

"어, 어떠냐! 우욱……."

이윽고, 털썩! 하는 소리가 울려 퍼졌다.

그와 동시에 박수 소리가 터져 나왔다.

"나 참! 약해 빠진 건 여전하잖아! 이 누나를 이길 수 있는 사람 어디 없나 몰라~."

그런, 묘하게 도발적인 목소리가 들려왔다.

"나디아를 당해낼 수 있는 사람이 세상에 어디 있겠어!"

"맞아, 맞아!"

"이것 참, 덕분에 좋은 구경 했다니까!"

"자, 그럼 돈은 알아서 가져갈게. 덤으로 술값도."

그런 대화를 나누면서, 사람들은 패배자를 연행해서 흩어졌다.

시답잖은 내기군. 술 마시기 대결이 뭐가 재미있다는 건지, 원.

그렇게 생각하며 시합을 보고 있으려니, 아까 술 대결을 하던 여자의 목소리가 들려왔다.

"어머나? 처음 보는 얼굴이네. 오늘 처음 왔어? 어째 별로 신이 안 나 보이는걸~."

시선으로만 돌아본다.

거기에는 검은 장발, 그리고 라프타리아에 못지않게 탄력 있는 피부를 가진 단정한 이목구비의 일본풍 미인이 있었다.

나이는 20대 중반 정도일까?

머리카락이나 피부를 보면 글래스를 연상케 하는 면모가 있지만, 이 녀석은 글래스와는 다르다.

글래스의 경우는 얼굴 생김이나 표정에서 성실함이나 우아함이 풍겨 나오지만, 지금 눈앞에 있는 이 여자는 그런 느낌이 들지 않고, 굳이 표현하자면 넉살 좋은 여장부 같은…… 그런 얼굴이었다.

인간……은 아닌 것 같군. 팔과 다리가 검다.

고무를 붙여 놓은 것 같은 검은색이다.

복장도 반라에 가깝게…… 가슴에는 하얀 천을 두르고 있고, 그 위에 조끼를 걸치고 있으며, 허리에는 폴드라고 하나? 자칫 잘못 보면 스모선수가 입는 훈도시 같은 장비를 입고 있다.

등에는 작살을 짊어지고 있다.

나는 말없이 시선을 되돌렸다. 굳이 이런 녀석을 상대할 필요는 없을 테니까.

"어머? 시합을 보고 있었니?"

멋대로 옆자리에 앉아서 말을 건다.

말 걸지 마, 라는 분위기를 감지했는지, 더 이상 끈질기게

물고 늘어지는 기색은 없다.

다만, 뭔가 거만한 웃음을 지으며 턱을 괴고, 느긋하게 말한다.

"……오늘은 사사가 이기겠는걸. 에르는 눈치 못 채고 있는 것 같으니까."

"응?"

대전 상대의 이름은 라사즈사 VS 에르메로.

아마, 사사라는 건 애칭 같은 걸까?

"아아, 몰랐나 봐? 오늘은 라사즈사가 이길 거야."

현재 상황만 봐서는, 아마 이름이 에르메로인 것 같은 코끼리 수인이 있는 힘을 다해 날뛰고 있고, 판다 수인 쪽이 밀리는 것 같은 상황이다.

솔직히, 힘 등을 종합적으로 판단해 보면 코끼리 수인이 이길 것처럼만 보인다.

실제로 배당률도 코끼리 수인 쪽이 더 낮은 상태다.

하지만…….

"하아아아아아아앗! 판다 클로!"

마법을 영창하는 동시에, 판다 수인이 땅바닥에 손톱을 꽂아 넣자…… 땅울림과 함께 거대한 대나무가 돋아나서, 코끼리 수인을 꿰뚫고 지하 콜로세움 천장과 격돌한다.

"크헉!"

잠시 후, 코끼리 수인을 관통한 대나무는 쪼개져 흩어졌다.

쿵 하는 굉음과 함께, 대회장이 뒤흔들린다.

바닥에 고꾸라진 코끼리 수인은 꼼짝도 하지 않고, 주위에는 피웅덩이가 퍼져 나간다.

죽은 건가?

그렇게 생각했을 때, 들것이 들어오고 치료사가 치료하면서 코끼리 수인을 실어 나른다.

그리고 심판이 나타나서 판다 수인의 손을 들었다.

"승자! 라사즈사!"

오오! 하고 관객석에서 커다란 환호성이 터져 나온다.

뭐, 배당률을 보면 판다 수인에게 건 쪽 입장에서는 반가운 결과겠지. 배율이 꽤 짭잘한 모양이니까.

"용케 잘 알아봤군."

곧바로 경기장 정리가 시작되고, 선수는 대기실로 돌아간다.

"이쯤이야 뭐."

분명 마법 영창을 하는 기색이 보이긴 했지만, 코끼리 수인도 충분히 경계했을 것이다.

실제로 코끼리 수인도 큰 기술을 몇 번인가 사용했었다.

"돈은 안 걸었나 보지?"

"그래. 어둠의 콜로세움이 어떤 건지 정찰하러 온 거니까."

아무래도 이 여자…… 콜로세움에 대해 잘 아는 것 같다. 대화 정도는 해 주는 게 좋을 것 같군.

"어머나? 콜로세움에 참가하는 쪽에 관심이 있나 봐?"

"일단은. 도박은 다음 문제고."

돈을 거는 건 어디까지나 우리의 배당률을 확 뛰어오르게 만든 후에나 할 일이다.

"그럼 좀 더 이른 시간에 왔으면 좋았을걸……. 오늘 밤의 메인 매치는 벌써 끝나 버렸는데."

"그래?"

"그래. 저기 지금 조리 중인 마물이 있잖아?"

나는 여자가 가리키는 방향을 쳐다본다.

그러자 거기에서는 공룡 같은 마물이 해체되어 한창 조리되고 있는 중이었다.

조리되어 나온 요리는 귀족들이 우아하게 먹고 있다.

저것도 구경거리인가?

"오늘 밤의 메인 시합에 패해서 죽은 마물이 저기서 조리되고 있는 거야."

"저런 것까지 나오는 거야?"

"그래. 생명의 안전을 보장할 수 없는 위험한 시합이 여기의 명물이니까."

뭐, 그런 자극적인 걸 원하는 녀석이 있으니까 콜로세움 같은 오락이 있는 거겠지.

그런 생각을 하면서 마물을 살펴본다.

보아하니…… 저 마물의 사인은 뭐지?

……흉기 같은 것에 찔린 것처럼은 보이지 않는다.

해체된 후라서 알아보지 못하는 건지도 모르지만, 머리 부분을 살펴보니, 눈알의 흰자위나 피부 상태로 미루어 보아 마법에 의한 것이라 짐작할 수 있다.

강력한 불 마법인가? 뭔가 아닌 것 같은 느낌도 든다.

"그건 그렇고, 너는 무슨 콜로세움에 나가고 싶어? 이 누나가 자세하게 가르쳐줄게."

여자는 활기찬 목소리로 얘기를 계속한다.

약간 짜증 난다.

"아, 술 좀 팍팍 추가해 줘~."

이 여자, 제멋대로 술을 주문했잖아!

내가 앉아 있는 자리 위에 잇따라 술이 놓인다.

"술값은 네가 내야 해."

"글쎄~? 그나저나, 뭐가 궁금해?"

"으음, 여기서 주의해야 할 사항 같은 거. 특히 제일 궁금한 건, 다음에 열리는 큰 대회에 대한 거야."

"그렇구나. 그럼 이 누나가 가르쳐줄게. 다음 대회는 팀전이야. 규칙은 기본적으로 3대3. 레벨 제한 없음. 무기 반입 가능이야."

"거기까지는 알고 있어. 내가 궁금한 건 더 구체적인 주의 사항이나 조심해야 할 점 같은 거야. 뭐, 네 얘기를 곧이곧대로 믿겠다는 건 아니지만."

이런 곳에서 생전 처음 보는 녀석에게 묻는 것이다. 어디까지나 참고 정도다.

이 여자, 멋대로 내 잔에 술을 따르고 있다.

마시기 전에는 안 가르쳐주겠다는 생각이 엿보이는군. 그래서 단숨에 들이켠다.

"어머나……. 글쎄. 제일 조심해야 할 건, 사역되지도 않은, 난폭한 야생 마물을 투입하는 참가자일 거야."

"…………."

그런 행동에 의미가 있긴 한 건가?

야생 마물을 콜로세움에 투입하다니……. 마물문으로 묶지도 않고 투입한다는 얘긴가?

분명 뭔가 감춰진 게 있을 거다. 그게 뭔지를 알아내야 한다.

나는 조리 중인 마물을 쳐다본다. 아마, 저걸 두고 하는 얘기일 것이다.

참가자에게 위협이 될 만한 게 뭐지?

이 세계 녀석들의 일반적인 레벨 상한선은 100이라고 들었다.

콜로세움에 참가하는 녀석들은 다들 어느 정도 고레벨이겠지?

뭐, 공인을 받고 열리는…… 노예상이 관리하고 있는 콜로세움에는 레벨별로 체급 같은 게 있지만, 여기는 레벨 구분이 없는 무차별급뿐이다.

그런…… 레벨 상한선에 달한 녀석들이 위협적으로 여길

만한 요소, 야생 마물…….

나는 과거에 피트리아가 타일런트 드래곤 렉스를 물리치던 광경을 떠올린다.

그건 솔직히 말해서 어느 정도 힘을 가진 괴물이었을까?

내가 분석한 바로는, 당해내지 못할 정도는 아니지만, 그래도 단순히 좀 고전하는 정도로 끝날 수는 없을 것 같다.

일반 모험가들 중에 그 녀석을 물리칠 만한 녀석이 있다면, 굳이 피난을 유도할 필요도 없었다.

"그렇군. 야생 마물에게는 레벨 제한이 없는 만큼, 레벨 100을 넘기는 마물도 존재하니, 그런 녀석을 투입한다는 거지?"

게임을 연상해 보면 이해하기 쉬울지도 모르겠다.

레벨 100이 세 명 참가했는데, 상대방이 레벨 200짜리 마물을 투입한다면 어떻게 될까?

그냥 좀 고전하는 정도가 아니다. 자칫 잘못하면 전멸당한다.

몬스터를 헌팅하는 게임에도 좁은 콜로세움에서 싸우는 게 있는데, 난이도가 꽤 높다.

뭐……. 그렇다고 해도 영귀 수준의 괴물이 있을 것 같지는 않지만.

그건 상대하는 데 어느 정도 레벨이 필요하려나?

용사로서 75 전후인 내가 상대할 수 있을 정도였지만, 그건 실질적으로 용사 보정 덕분에 보통의 4배 전력을 가진 나였기에 버텨냈었던 거였고, 게다가 라프타리아나 필로도 성장 보정과 클래스 업 덕분에 상당한 능력 보정이 붙은 상태라서 선전할 수 있었던 것이다.

내가 없었다면 아마 못 이겼을 것이다. 공성전이나 레이드 사냥의 보스 정도 수준이라고 봐도 무방하리라.

오스트의 협조도 있었고 말이지.

가볍게 짐작해 봐도, 일반 모험가가 영귀에게 정면으로 맞서서 외곽 부분이나마 돌파하는 데 필요한 건…….

일반 모험가의 능력이 어느 정도인지 자세히는 모르지만, 레벨 250 정도는 필요하지 않을까?

물론, 그건 혼자서 맞설 경우고, 여럿이서 맞설 경우에는 좀 더 낮아도 무방할 것이다.

그렇다 해도 높은 건 마찬가지다. 200은 필요하다고 봐야 할 테니까.

하물며 각성하기 전 상태의 리시아보다 살짝 나은 정도인 녀석들이라면 몇 놈이 모여도 당해낼 수 없으리라.

만약 레벨 120 정도의 마물이라 해도, 모험가 한 명…… 아니, 세 명이 붙어도 승리한다는 보장이 없다.

뭐니 뭐니 해도 레벨 차이나 기초 능력이라는 건 무시할 수 없는 요소니까.

마물의 레벨 100과 인간의 레벨 100이 같으면서도 다르다는 건, 라프타리아와 필로를 보면 일목요연하게 알 수 있다.

그런 마당에, 상대가 세 마리를 내보내서 덤벼든다면…… 어떻게 되겠는가?

규칙이 없는 거나 다름없는 어둠의 콜로세움이기에 존재하는 위험요소이리라.

"눈치가 제법인걸~. 어떤 나라 귀족이 오락거리 삼아서, 붙잡은 야생 마물을 투입해 놓고, 이기는지 지는지를 보면서 즐기는 거야."

여자는 활달한 표정으로 쉴 새 없이 술을 마셔댄다.

아까 술 대결을 펼친 사람이라고는 믿기 힘들 정도의 음주 속도다.

"이번에는 한 마리였지만, 다음 대회는 팀전이잖아. 그러니까 이번에는 세 마리가 되는 거지."

이 말을 들은 나는 규칙의 무서움을 실감했다.

그렇다. 상대도 인간 혹은 아인일 거라고 섣불리 지레짐작해서는 안 될 것 같다.

이건 라프타리아나 필로한테도 얘기해 둬야겠다.

……녀석이 또 술을 따랐다. 할 얘기가 더 남아 있는 것이리라.

"그리고 더 얘기하자면, 상황에 따라서는 상대에게 유리한 지형이 준비되는 경우가 있어."

"무슨 뜻이지?"

"날 수 있는 상대를 투입할 때 일방적인 시합이 되지 않도록, 쇠창살을 마련해 놓는다거나 하는 식이야."

운영진이 보기에 시합이 재미없는 전개로 흘러갈 것 같은 때는, 어느 한쪽에 유리한 환경을 만들어준다는 거군.

"당하는 녀석 입장에서는 무지하게 짜증 나겠는데."

"관객의 지원 요소랄까? 자기가 돈을 건 쪽에게 자금 지원을 할 수 있게 돼 있어."

다시 말해 대박을 치기 위해서 고가의 지원을 퍼부어서 시합을 유리하게 만드는 경우도 있다는 얘기군……. 뭐가 이렇게 복잡해?

부정행위 운운할 것도 없다. 애초에 여기서 정정당당한 시합 따위는 존재하지도 않는 것이다.

그 대가로 높은 배당금을 기대할 수 있다는 건가…….

"다음 대회는 무기상인 길드가 스폰서를 하고 있으니, 선수들에게 고가 무기가 지급되는 경우도 있을 거야."

상대가 본디 갖고 있던 무기보다 더 뛰어난 무기로 싸움에 나설 수 있다는 위험성과, 위험한 야생 마물 투입이라는 위험성…….

"아아, 관객이 투사에게 직접 공격하는 건 엄금이니까 그 점은 걱정 안 해도 돼."

"……직접적인 지원마법은?"

"돈이 투입됐을 경우라면 그런 일도 있을 수 있을 거야."

시합 중에는 눈앞에 있는 적에만 집중하면 된다는 식의 안이한 생각은 버리는 게 좋을 것 같군.

그렇게 생각하며, 나는 여자가 따른 술을 들이마신다.

그나저나 도대체 얼마나 먹이려는 거야. 배 속이 따끈따끈 달아오르기 시작했잖아.

"그것도 참가할 시합의 규칙집에 적혀 있으니까 꼼꼼하게 훑어보면 문제 없을 거야."

나는 규칙이 적혀 있는 부분을 훑어본다.

이번 시합에서 허가되는 지원은——

그런 내용이 적혀 있었다.

"술 참 잘 마시네. 덕분에 이 누나도 신이 나는걸."

연거푸 잔을 비우는 나를 보며, 여자의 얼굴에서는 웃음이 가시지 않는다.

"그래, 그래."

"뭐, 조심해야 할 점은 대충 이 정도야."

"알았어."

이제 여기서 볼일은 다 본 것 같군. 나는 그만 돌아가려고 자리에서 일어섰다.

"어머나? 벌써 가는 거야~? 더 마시다 가라구."

"안 마셔. 어쨌거나 좋은 참고가 됐어. 그 보답으로 지금까지 마신 술값은 내가 내 주지."

보아하니 어차피 아무것도 모르는 내게 설명을 해 주는 대가로 술값을 뜯어내려는 생각이었겠지.

그렇다고는 해도, 난 원래 쪼잔한 놈이다. 평소 같았다면 술값을 내 주는 짓 따위는 절대 안 했을 것이다.

하지만, 좋은 참고가 된 것도 사실이다. 훗날을 생각하면, 이럴 때 돈을 써 놓는 것도 투자의 일환이다.

"그러려고 가르쳐준 게 아니었는데 말이야."

"그야 모르는 일이지……. 그럼 마지막으로 하나만 더 묻지."

"무슨 질문인데?"

다음 시합이 시작됐는데, 이 여자가 얘기한 대로 지원이 이루어지고 있는 모양이다.

"아까 그 시합에서 누가 이길지를 어떻게 예상한 거지?"

내가 잘못 짚었던 건 규칙에 대해 잘 모르기 때문이라고 생각했었는데, 그렇게만 보기에는 수수께끼가 너무 많다. 아까 그 시합을 봤을 때에는, 관객이 선수에게 지원마법을 걸어 주는 모습은 찾아볼 수 없었다.

"그건 감이라고나 할까~."

"감이냐……."

뭐, 감을 무시해서는 안 된다는 건 나도 알지만 말이지.

야생의 감 같은 건, 필로를 보면 실감하지 않을 수가 없으니까.

“궁금한 게 있으면 또 이 누나한테 오렴. 매일 밤 여기에 있으니까 무슨 일 생기면 가르쳐줄게.”

뭔가 명랑한 말투로 말한다.

나한테 뭔가 하려는 꿍꿍이는 아닌 건가?

“뭐, 어둠의 콜로세움에 참가하는 건 별로 추천할 만한 일은 아니지만 말이야~.”

마지막 말이, 묘하게 내 불안감을 불러일으켰다…….

14화 링네임

뭐, 주정뱅이 여자의 얘기는 참고 정도로만 하고, 우리는 어둠의 콜로세움에 참가 등록을 마쳤다.

개최는 며칠 뒤.

지금은 필로와 함께 노예상의 가게에 머물면서, 라프타리아가 돌아오기를 기다리고 있다.

리시아는 여전히 조사를 하거나 자료를 살펴보거나 하는 중이다.

노예상이 막무가내로 밀어 넣어 준 덕분에, 아직 우리는 이곳 사람들 사이에서는 무명 용병으로 취급받고 있다.

그나저나…… 우리가 별 탈 없이 등록에 성공한 데에는 아마 액세서리 상인도 한몫 거들고 있겠지.

제르토블의 암흑세계에서는 불가능한 게 없을 테니, 이 정도 일쯤은 당연하다는 듯 벌어지고 있다고 생각해 두는 게 좋을 것 같다.

그리고 주정뱅이 여자와 얘기할 때 보던 시합과는 약간 다르게, 대회는 밤뿐만이 아니라 아침이며 낮이며 밤을 가리지 않고 매일 시합이 치러진다…… 라고 들었다.

워낙 대규모 대회라 참가자 자체가 많은 게 원인이라는 모양이다.

우리가 참가하는 건 하루에 한 번이다…… 라는 것 같지만 말이지.

그러느니 차라리 예선을 벌여서 약한 놈들은 털어내 버리는 게 낫지 않을까 싶었지만, 노예상의 설명에 따르면, 워낙 장기적인 대회라서 상인들이 각 싸움마다 돈을 움직이기를 원하기 때문에 이런 방식이 된 거라고 한다.

일단 후반으로 들어가면 하루에 여러 번씩 싸우게 될 예정이라나.

일본인의 사고방식으로는 이해하기 힘든 규칙이군.

뭐, 처음 단계에서 정체가 들통 나면 성가셔지니까, 대회에 참가할 때는 나는 물론 라프타리아와 필로도 가면, 혹은 민얼굴이나 종족을 감출 수 있는 장비를 착용시킬 예정이다.

"참고로 상위 입상하는 선수에게는 상금과 다양한 상품이 증정됩니다. 네."

"그래 봤자 말이지……."

우승 상금이 두둑한 건 안다. 금화 150닢 정도면 제법 큰 투자를 했다고 봐야 할 것이다.

하지만, 이 시합에서는 그보다 더 큰 금액이 움직이고 있다.

노예상에게는, 우리에게 베팅하는 건 사전 도박 투표가 끝나기 바로 전에 하라고 지시해 두었다.

단번에 대박을 쳐야 하니까 말이지.

우리는 어디까지나 다크호스로 참가해서 우승해야만 하는 것이다.

그 외에, 선수들은 한 번 승리할 때마다 대전료를 받게 된다고 한다.

뭐, 우리 입장에서 보면 그야말로 개미 눈물 정도의 금액이지만.

"알겠습니다. 그럼 대회의 전 시합에 일괄적으로 걸겠습니다."

"각 시합마다 거는 방식도 있는 모양이던데?"

"그쪽 방식으로 돈을 따는 분도 계십니다. 네."

오히려 그쪽이 더 일반적인 도박 방법인 것 같은데.

처음 한 번만 고르는 도박이라면 재미도 덜할 테니까.

내가 돈을 거는 건 어디까지나 대회 전의 사전 평판을 기반으로 거는 도박이다.

"다음 과제는 밑천을 더 마련하는 거겠군."

노예사냥꾼들을 판매한 돈도 밑천으로 쓰겠지만, 그래도 부족할지 모른다.

그리고 우리의 배당률에도 주의를 기울여 둬야 한다.

"합법 콜로세움…… 제르토블에서 열리는 대회 중에는 음식 먹기 대회가 있다고 했었지? 필로를 내보내 보는 건 어떨까?"

"으~응? 필로 뭘 하면 되는데~?"

먹보 필로를 푸드 파이터로 출전시키면 상금을 벌 수 있을지도 모른다.

"상금은 나오지만, 우승 상금은 고작해야 은화 20닢 정도입니다. 네."

"적은 것도 아니지만 많은 것도 아니네……. 필로도 콜로세움에 참가시킬 예정이니까, 얼굴이 팔리는 것도 문제가 있을 테고……."

"그렇다면 필로리알 레이스에 참가시키는 방법도 있습니다. 네."

"필로리알 레이스……. 완전 경마잖아."

이쪽은 좀 현실적인 것 같은데.

경마는 꽤 돈이 될 것 같은 이미지가 있으니, 나쁘지는 않을지도 모른다.

어둠의 콜로세움과 함께 대박을 노려 볼까?

“문제점이 있다면, 큰 상금이 걸린 레이스에 참가하려면 지방 레이스에 몇 번 출전해야 한다는 점과, 시즌이 시즌이다 보니 큰 상금이 걸린 레이스에 나가려면 한 달 정도는 더 기다려야 한다는 점이지요. 네.”

“끄응……. 필로로 한 번 대박을 치면 고려해 볼 가치가 있는 계획이었는데…….”

“도박의 근본적인 특성상, 그건 좀 힘들지 않을까 싶습니다. 네.”

지방의 작은 레이스에 필로를 무명으로 참가시켜서, 몰아서 베팅을 한다고 치자.

단번에 대박을 치려고 돈을 지불하면, 돈을 투입한 만큼 배당률이 나빠지게 되니까……. 필로 외에도 유력한 녀석이 있거나, 원래부터 도박에 참가하는 녀석이 많거나 하지 않는 이상, 계획의 의미가 없어진다.

노예상의 얘기에 따르면, 대부분의 대회들이 그렇듯이, 도박에 참가한 자들이 건 돈을 모아서 도박에 이긴 자에게 분배하는 방식이라고 한다.

우리가 아무리 많은 돈을 걸더라도, 전체적인 도박판이 크지 않으면 버는 금액도 줄어든다.

게다가 얼굴이 알려지면 곤란하니, 정식 대회에 참가해서 돈을 벌 수도 없다.

"하아……. 할 수 없지. 일단 노예 경매에서 진짜 르롤로나 출신 노예가 나오는지를 관찰하는 일 이외에는, 마을로 돌아가서 행상을 하든 수련을 하든 하는 게 좋을 것 같군."

"그런 셈이지요. 네. 그런데 용사님?"

"왜 그래?"

노예상이 참가에 필요한 자료를 작성하다가 묻는다.

"링네임은 어떻게 하시겠습니까?"

"흐음……."

방패 용사 일행이라느니 하는 정직한 이름을 넣었다가는 정체를 숨기는 의미가 없다.

내 이름을 등록하는 것도 마찬가지이리라.

……애초에 액세서리 상인에게 발각당한 단계에서, 이미 상당히 무모한 짓을 하고 있는 셈이 되는지도 모른다. 그래, 이럴 땐 우리의 정체를 짐작할 수 없도록 대충 이름을 지으면 되겠지.

"록밸리 일행이라고 하지, 뭐."

"그건 어디서 따오신 이름인지? 네."

"내 성을 영어로 읽은 것……. 뭐, 이세계에서의 별칭 같은 거야."

그러고 보면 스킬명 같은 건 영어로 된 게 꽤 많으니까…… 라는 생각도 들었지만, 그건 방패가 번역해 준 결과였었지, 참.

라프타리아나 필로가 마법을 영창할 때도, 실제로는 메르로마르크의 언어로 영창하는 거니까.

저도 모르게 그 점을 깜박하곤 한다.

뭐, 록밸리라는 이름을 통해서 내 성인 '이와타니(岩谷)'를 유추해내는 건 좀 어렵지 않을까?

렌이나 이츠키, 모토야스 같은 이세계인이 아닌 이상 알 수 없을 것이다.

그나저나…… 이 세계에서 그 말의 의미가 어떤 뜻인지 알 수가 없다는 게 무섭군.

노예상이 고개를 갸웃거리는 걸 보면, 발음 면에서 뭔가 이상하게 들리는 건지도 모른다.

록베리라는 식으로 들리면 다른 뜻으로 번역된다거나 말이지.

그때, 라프타리아와 라프짱이 한숨 섞인 표정으로 어둠의 경매로부터 돌아왔다.

"어땠어?"

"……찾았어요."

"……그렇군."

진짜가 있었다는 건가.

"가격은 어느 정도까지 뛰어 있었지?"

내 물음에 라프타리아는 고개를 푹 숙이면서.

"금화…… 95닢에 낙찰됐어요."

……도대체 어느 정도나 폭등한 건지 감도 안 잡히는군.

이딴 거품 따위는 빨리 붕괴돼 버리면 좋겠지만, 지금은 이 상황을 감수하고 헤쳐나가는 수밖에 없다.

"지금은 일단 마을로 돌아가서 콜로세움이 개최될 때까지 수련하는 수밖에 없겠지."

"네……. 기필코 이기도록 해요!"

라프타리아는 굳은 결의가 깃든 눈으로 나를 쳐다보았다.

그렇다. 라프타리아의 고향을 되찾기 위해서는, 싸우는 것 이외에 다른 선택지는 남지 않은 것이다.

"라프타리아, 시합 중에는 가명으로 부르는 게 좋을 것 같은데, 네 생각은 어떻지?"

"아, 알았어요. 그럼 어떤 이름으로 할까요?"

"흠……. 내 가명은 록이라고 하면 되겠지."

이것만 가지고 방패 용사라는 걸 알아볼 자는 없겠지.

라프타리아와 필로는 어쩌면 좋으려나.

"라프~?"

뭔가 좀 꼬아서 지어야 할 텐데. 라프짱 2호라는 식으로 했다가는 화를 낼 것 같다.

"뭔가 무례한 생각을 하고 계시는 거 맞죠?"

"으음……. 그럼 라프타리아는 *시가라키, 필로는 닭꼬치

---

* 시가라키(シガラキ) : 일본 시가현 고카시 시가라키정. 시가라키야키(信楽焼き)라는 도자기의 산지로, 특히 너구리 모양의 장식물이 유명하다.

로 하지."

"싫어~!"

필로가 이의를 제기했다. 뭐 어때서 그래, 외우기 쉽고 좋잖아.

"나오후미 님, 그건 좀 너무한 것 아닌가요? 봐요. 필로도 싫어하잖아요."

끄응. 라프타리아가 그렇게 얘기한다면 어쩔 수 없지.

"그럼 라프타리아는……."

"잠깐만요. 제 이름도 이상한 거였어요?"

불만이 있는 건 필로 쪽 이름뿐이었나 보다.

"글쎄. 필로 이름은…… 허밍이라고 하면 되겠지."

키즈나 쪽 세계에서는 허밍 페어리라는 마물이었으니까.

이 세계에서 그 유래를 아는 사람은 아무도 없다.

"나오후미 님? 제 말 듣고 계세요?"

"시합 중에도 필로는 평소대로 나를 주인님이라고 불러. 라프타리아를 부를 때는 언니라고 불러."

"네~에."

주인님이라는 건 불특정한 인물을 가리키는 말이라 이름을 들킬 일이 없으니까.

"나오후미 님!"

지금 나는 라프타리아의 동향 녀석들을 한시라도 빨리 사들여야 하니까, 무슨 일이 있더라도, 절대로 여기서 물러날 수는 없다.

마을로 돌아가서 모두가 만반의 준비를 갖춘 건, 콜로세움 개막 하루 전이었다.

필로도 마을 녀석들과 놀다 보니 이 마을을 지키고 싶은 대상으로 인식했는지, 싸움에 적극적으로 임하기 시작했다. 라프타리아도 마룡의 소재를 먹였을 때 출현한 도를 충분히 단련한 모양이었다.

현재, 우리는 제르토블에 있는 어둠의 콜로세움 대회장 대기실에서 대기하고 있다.

지금부터는 매일 싸움을 벌이게 된다. 우승할 때까지는 말이다.

제르토블의 콜로세움은 원래부터 비밀주의가 심하다. 선수의 경력을 보면 사칭한 내용들로 가득할 뿐이다. 그래서 유명 선수는 배당금이 적다고 한다.

일확천금을 노리는 신인 따위는 제아무리 돈 많은 귀족들도 눈길조차 주지 않는다고 한다.

뭐, 패배해도 공돈을 벌 수 있으니 밑져야 본전이라고 생각하는 호방한 녀석들은 어느 세계에나 있는 법이리라.

"첫 싸움이야. 너무 주목을 끌지 않도록 조심해야 해."

노예상의 얘기에 따르면, 개회식은 오늘 낮에 열렸고, 대진표도 발표됐다고 한다.

시드권이라는 부러운 권리를 가진 자들은 후반부터 출전하게 된다는 모양이다.

우리는 1회전부터 참전해야 하니, 이런 점에서도 억울함이 느껴지는 건 어쩔 수 없었다.

뭐, 소환된 지 며칠 만에 음모에 휘말려 무일푼 신세가 되고, 오명까지 뒤집어썼던 상황에 비하면 이건 아무것도 아니지만.

시합 시간이 다가오고 있다.

오늘 전투는 저녁 무렵……. 대회 개시가 점심 무렵이었으니, 어느 정도 시간이 경과한 셈이다.

이번 대전 상대는…… 토파크 패밀리라는, 어째 좀 마피아 같은 팀이다.

배당률은 이미 확정돼 있지만…… 여기서 화끈하게 '사실 나는 방패 용사다!' 라는 식의 짓을 했다가는 적대 팀에 대한 지원이 폭증할 것 같다.

상대가 명품 무기며 방어구를 제공받고, 나아가 지속적이면서 대대적인 지원마법까지 받아 가며 덤벼든다면 고생이 이만저만이 아닐 것이다.

최악의 경우, 주최 측으로부터 이상한 핸디캡을 부여받을 가능성도 있다.

최대한 이목을 끌지 않고, 그러면서도 굉장한 일행이라는 이미지를 구축하고 싶다.

그렇다면, 상대방이 지원을 받을 틈을 주지 않으면서도 일격에 해치우는 게 좋을까?

아니면 고전하는 것처럼 굴면서 운 좋게 승리한 듯 보이게 만드는 방법도 있다.

……어느 쪽이든 상대의 실력을 직접 보고 나서 결정할 일이다.

"일단 필로, 네가 앞장서. 필로는 후방 지원……. 관객에게 환각을 걸 수 있다면 걸어 줘."

"필로가 싸우는 거야~?"

"그래."

"관객들을 속여서 어떡하실 건데요?"

"이목을 끌지 않기 위해서야. 으음…… 관객들 눈에 우리가 고전하는 것처럼 보이도록 만들 수 있다면, 그렇게 해 주는 게 좋겠어."

"불가능한 건 아니지만…… 그건 안 하는 편이 낫지 않을까요?"

끄응……. 규칙 위반은 아니지만, 주최 측에게 저지당하기라도 하면 곤란해진다.

할 수 없다.

"그럼 라프타리아, 내가 상대를 공격하는 것처럼 보이게 만드는 것 정도는 해 줘. 내가 방패 용사라는 걸 들키고 싶지 않으니까."

"그럼 스킬 같은 건 어떡하실 건데요?"

"……나는 가능하면 봉인하는 게 낫겠지. 라프타리아 쪽은 다들 창작기(創作技)라고 생각할 거야."

지금까지는 닥치는 대로 마음껏 써댔으니까. 좀 불안하다.

그렇다 해도, 승리하는 데 훼방이 들어오지 않도록 하려면 내 정체를 들키지 않는 게 좋다.

"슬슬 시간이 된 것 같군. 자, 라프타리아, 필로, 다들 최대한 얼굴을 숨겨. 가명을 쓰는 걸 잊지 말고."

필로에게는 눈 주위를 가리는 가면을 씌우고, 머리에는 반다나를 매 주었다.

라프타리아는 종족을 들키지 않도록 얼굴과 귀를 가리는 투구를 쓰고 있다. 물론 꼬리도 미리 숨겨 두었다.

나도 얼굴을 들키지 않도록 철가면을 쓰고 있다.

데에—앙 하고 징을 치는 것 같은 소리가 울려 퍼지고, 우리는 대기실에서 투기장으로 발걸음을 옮겼다.

환호성이 울려 퍼지고, 내가 견학 왔을 때보다 훨씬 많은 관객들이 대회장을 빼곡하게 메우고 있다.

어둠의 콜로세움이건만 무슨 관객이 이렇게 많은지…….

아, 관객들 중 대부분은 몰래 보러 온 귀족들인지, 하나같이 가면을 쓰고 있다.

이거 제법 소름 끼치는 광경인데. 이 녀석들을 모조리 죽여 버리면, 여러 나라들이 곤경에 처하게 될 것 같다.

그런 생각을 하고 있으려니, 반대쪽 입구에서 자신만만해 보이는 다부진 골격의 용병 셋이 나타났다.

"그럼 지금부터 록밸리 일행 대 토파크 패밀리의 대결을 개시하겠습니다아아아아아아!"

사회자가 절규에 가까운 외침으로 객석의 분위기를 띄운다.

"핫, 여자랑 꼬마가 섞여 있잖아. 완전 구경거리 아냐?"

"이봐, 이봐, 이 남자 앞에서 이 여자와 꼬마에게 잔혹한 짓을 해 주면 관객들도 좋아하지 않겠어?"

"그거 그럴싸한데. 그럼, 우선 남자 놈부터 걸레짝으로 만들어 주자고."

뭐 이런 천박한 놈들이 다 있담. 입술을 핥는 건 잔챙이들이나 하는 짓이라고.

……뭐랄까, 행상 중에 마주치는 도적들과 막상막하군.

"싸울 수 있겠어?"

"응!"

나에 대한 관객의 지원은 없을 거라 생각해 두는 게 좋으리라.

뭐, 이번이 첫 시합이고, 주목을 받는 시합도 아니니까 신경 쓸 필요는…… 없겠지.

관객들도 함성을 지르고는 있지만, 그 시선은 방금 이 녀석들이 얘기한 참상에 대한 기대로 가득한 것 같고 말이다.

하지만 반대로 누가 봐도 약해 보이는 여자아이들을 데리고 승리하면, 그것도 그것대로 달아오를지도 모른다.

어느 정도 인기를 획득하면, 우리도 관객들의 지원을 받을 수 있을지도 모른다.

"그러어어어어어어엄! 경기 시자아아아아아아아악!"

다시 커다란 징 소리가 울려 퍼지고 시합이 시작된다.

――그와 동시에, 토파크 패밀리 근처로 모닝스타 등의 장비가 날아들었다. 생긴 걸로 미루어 보아, 상당한 명품인 모양이다.

아마, 그걸로 날 농락하기를 기대한 누군가가 투자한 것이리라.

"쯔바이트…… 아우라."

내가 가만히 필로에게 지원마법을 걸어 준다.

그리고 필로를 뒤에서 안아 들어 어깨 위에 얹는다.

필로도 내가 뭘 하려는지 눈치챘는지, 내 어깨에 올라탄 채로 손톱을 앞으로 내뻗는다.

필로를 어깨에 태운 데에는 의미가 있었다.

나에게는 '업었을 시 능력 상승(중)'이라는 편리한 기능이 있는 것이다.

이건 누군가가 내게 업혀 있을 때는, 업힌 사람의 능력을 한동안 종합적으로 향상시켜 주는 기능이다.

지금의 필로는 인간형이라 그렇게까지 무겁지도 않으니,

우리의 움직임이 둔해질 일도 없다.

"주인님, 어떻게 하면 돼~?"

"글쎄다. 우리 패를 너무 많이 보여주는 건 안 좋을 것 같으니까."

너무 강하면 이목을 끌게 마련이다.

이번 시합은, 그래, 그게 제일 좋겠군.

노예상에게서 들은 얘기에 따르면, 상대도 그렇게 유명한 녀석들은 아닌 모양이니 굳이 연출 같은 걸 할 필요도 없다.

응, 멋들어진 대사도 생각났다.

"좋아, 있는 힘껏, 재빨리 해치워!"

"알았어~!"

필로는 하이퀵을 준비하려는 듯 의식을 집중한다.

"뭐야, 그 포즈는? 놀이라도 시작하려는 거냐?"

"이거 완전 껌이잖아. 하하하하하!"

"오늘 밤은 술맛이 끝내주겠는데! 게다가 여자도 데리고 놀 수 있으니까!"

토파크 패밀리는 일제히 무기를 들고 우리 쪽으로 달려왔다.

명품으로 보이는 모닝스타가 날아들고, 나는 방패로 그것을 막아낸다.

쿵 하는 일격. 그 직후에 모닝스타 끝이 화르륵 타오르더니, 이내 커다란 업화를 이룬다.

그런 효과까지 있는 건가……. 확실히 좋은 무기이긴 하군.

나는 망토로 불길을 쳐냈지만, 그 순간 내 발밑에 불기둥이 솟구쳐 올랐다.

뭐, 내 방어력이 높아서인지, 불기둥은 곧 흩어져 버렸지만.

"앗 뜨거워!"

필로가 불길에 덴 모양이군.

내가 버티고 있는 곳에서 팔다리가 약간 삐져나와 있었던 모양이다.

불기둥 자체는 존재하고 있지만, 나는 전혀 데이지 않았다.

망토를 펄럭인다. 그러자 남아 있던 불기둥이 순간적으로 흩어졌지만, 이내 다시 출현한다.

잔류 효과까지 있는 건가……. 은근히 뛰어난 무기인데.

"하하하하! 이거 끝내주는데!"

불기둥에 휩싸인 나로부터 약간 거리를 벌린 용병이, 추가타를 날리려는 듯 모닝스타를 붕붕 돌리더니, 가로 방향으로 쓸듯이 휘두른다.

나는 모닝스타의 궤적에 맞춰 왼손을 뻗고, 척 하고 받아내서 사슬을 움켜쥐었다.

"뭐야?!"

"아, 형님! 이 자식! 받아라!"

"하아아아아아아아앗!"

토파크 패밀리는 저항하는 내게 몰려들어서, 각자가 지급받은 무기를 휘두른다.

오오! 적절하게 잘 모여들었는데!

"허밍, 다 됐어?"

"응, 준비 완료~!"

"좋아!"

나는 사슬을 잡아당겨서 용병을 끌어들인 후, 필로를…… 있는 힘껏 투척했다.

"고~!"

필로는 내가 투척하는 순간에 맞춰서 하이퀵을 기동한 후, 스파이럴 스트라이크를 써서, 몰려드는 토파크 패밀리에게 돌진했다.

"""우와아아아아아아아아아아아아아아아아아아아악?!"""

탓 하고, 필로는 멋들어지게 착지한다.

뭔가 필살기를 쓴 것처럼 제법 멋있군. 등에 달린 날개도 우아하게 보인다.

관객들도 숨을 죽이고 있는 것 같다.

한 박자 늦게, 처참하게 난도질당한 토파크 패밀리가 땅바닥에 내팽개쳐진다.

지원마법인 쯔바이트 아우라를 받은 데다, 내 어깨에 올라탄 상태에서, 하이퀵과 스파이럴 스트라이크까지 써서 공격한 것이다.

아무리 능력이 3할이나 떨어져 있는 상태라고 해도, 이런 일격을 받고 버텨낼 수 있을까?

"응? 고작 이 정도로 끝이냐? 너희, 레벨이 너무 낮은 거 아냐? 콜로세움을 우습게 보지 말라고."

나는 잔인한 웃음을 머금고, 널브러져 있는 적의 안면을 짓밟으며 소리 높여 말했다.

그 동작이 마음에 들었는지, 말문이 막혀 있던 관객들 사이에서 갈채가 쏟아졌다.

불기둥을 일으키는 재미있는 모닝스타는 내 손에 있다.

그렇다. 일순간에 승부가 갈린 건 어디까지나 대전 상대의 수련 부족 때문이었다고 어필하는 것이다.

물론 이 어둠의 콜로세움에 참가하는 자들은 다들 고레벨이겠지만, 어느 정도를 고레벨이라고 할지는 대회에 따라 다르다.

무차별급이라면 그 규정도 애매하다.

"마, 말도 안 돼."

적들 중 하나가 신음하듯이 뇌까렸다.

"……입 닥치게 만들어."

"네~에! 에잇!"

"으윽?!"

필로가 짓밟아 버리자, 토파크 패밀리는 모조리 혼절했다.

시합의 흐름 자체는 생각보다 더 간단하군.

"스, 승자! 록밸리 일해애애애애애애애애애앵!"

사회자도 상대가 전투 불능 상태라는 걸 이해했는지, 우리의 승리를 선언한다.

알고는 있었지만, 상대를 죽이거나 실신시켜야 한다는 건 꽤 성가시군.

장외로 나가면 패배라거나 하는 것도 있으면 그게 제일 좋겠지만, 이 대회에 그런 규정은 없다.

“후우.”

라프타리아가 후방에서 마법 영창을 중지하고 가만히 속삭인다.

“주문하신 대로, 나오후미 님이 마지막 일격을 날린 걸로 보이게 했어요.”

“수고했어. 고마워.”

이러면 내가 방패 용사일지 모른다는 의혹도 어느 정도 얼버무릴 수 있다.

나는 곧바로 승리를 선언하듯 손을 흔들고, 태연자약한 표정으로 토파크 패밀리의 무기를 주워서 대기실로 돌아왔다.

“저기…… 나오후미 님? 그 무기를 어쩌시려는 거예요?”

“응? 가져가도 되는 건가 싶어서.”

뭐라고 하는 사람도 없었고, 어차피 목숨을 걸고 싸우는 콜로세움이다.

상대방의 무기를 빼앗아서는 안 된다는 규정도 없다.

상대에게 무기를 지원해 줬던 상인 같은 녀석도, 분통에 찬 표정이긴 했지만 여유는 있어 보였다고.

"그 무기 잘 써야 해!"

분통에 찬 표정이었지만, 분명 나한테 그렇게 소리쳤었다.

우리가 이 무기를 사용해서 승리하면, 자기 가게나 상회가 돈을 벌 수 있을 거라고 생각하는 건지도 모르겠다.

하지만, 나는 방패 말고는 쓸 수 없고, 라프타리아도 도 이외에는 사용 불가다.

그렇다면 필로가 써야겠지만, 필로는 손톱을 즐겨 쓰니까.

어쨌든 일단 필로한테 물어봐야겠다.

"필로. 너, 이 무기 한번 써 볼래?"

"으~응?"

관심 없는 모양이다. 애초에 필로가 무식하게 휘둘러댄다고 해서 제대로 다룰 수 있다는 보장도 없다.

"좋아. 그럼 필로, 다음 시합이 시작되거든 이번에는 이 무기를 상대한테 내던져."

"알았어~!"

필로의 괴력을 이용해서 던지면 다소는 위력을 발휘할 것이다.

뒷일은 알 바 아니다.

그런 다음에는 마을에서 쓰거나 팔아치워 버리면 된다.

빼앗은 상대의 무기를 한 번쯤 써 주면, 무기를 빼앗긴 상회 녀석들 입장에서도 선전이 되니까 응원해 줄지도 모르니까.

오오, 내가 생각해도 굿 아이디어다.

어쨌든, 계속 대회장에 있어 봤자 별 의미가 없다.

다음 시합에 나올 녀석들도 대기실에 있는 것 같으니, 관전을 하거나 냉큼 돌아가서 쉬는 게 낫겠군.

첫 시합이니만큼 대전료는 그야말로 푼돈 수준이군.

필로는 내가 준 모닝스타를 새로운 장난감으로 착각했는지, 붕붕 휘두르며 놀고 있다.

"짤랑짤랑~."

이 모습만 보자면 훈훈한 광경이겠지만, 들고 있는 무기가 워낙 살벌해서 말이지.

"위험하니까 조심해. 특히 끝 부분이 뭔가에 부딪히면 안 돼."

"네~에."

결국, 필로는 모닝스타를 마을로 가져가서 마을 녀석들이랑 같이 장난감 삼아 노는 데 썼다.

부딪힌 곳에 불기둥이 생겨나는 재미있는 무기니까.

꼬마 놈들은 이 무기로 캠프파이어를 하려고 든다.

불나지 않게 조심하라고 주의를 주느라 고생이었다.

이튿날, 두 번째 시합이다.

"이번 대전 상대는……."

대전 상대의 이름 같은 걸 굳이 확인할 필요는 없겠지. 어차피 전승으로 우승하는 게 목적이니까.

그렇게 생각하면서 징 소리와 함께 투기장으로 들어간다.

……대전 상대를 확인한 우리는 경계 태세를 취했다.

우리에 갇혀 있는 그리폰 세 마리.

"쿠에에에에에에에!"

엄청난 전투 의지를 보이고 있다. 위험한 야생 마물이란 저런 걸 두고 하는 말이었군.

그리폰과 싸워 본 적은 없지만…….

그리폰 · 엘리트.

내 시야에 그리폰의 마물명이 나타난다. 보아하니 그리폰의 상위 개체인 모양이다.

일반 모험가가 물리치는 데 필요한 레벨이 어느 정도인지는 모르지만, 은근히 흥미를 끄는 대전 카드인 듯, 어제보다 관전객들이 많다.

……성가신 상대와 맞닥뜨리게 됐군.

그 술주정뱅이 여자가 주의를 주었던, 바로 그 대결을 벌이게 됐다.

"우……."

필로가 경계하기 시작했다.

그러고 보니 필로리알은 그리폰과도 사이가 나쁘다고 들었었다.

또한 그리폰은 말을 적시한다고 판타지 소설에서 읽은 기억이 난다.

그런 걸 보면, 탈것으로서의 자존심이 충돌하는 것이리라.

필로리알은 드래곤과도 사이가 나쁘고, 싫어하는 녀석들이 참 많군.

뭐, 의욕을 보이는 건 좋은 일이지만.

"허밍, 힘 조절 가능하겠어?"

"우……."

안 될 것 같군. 보아하니 온 힘을 다해서 싸울 작정이다.

"그럼 허밍, 시합이 시작되면 내가 준 모닝스타를 내던져. 무슨 일이 있어도 필로리알로 변신하면 안 돼."

신조(神鳥)라고 불리던 필로의 모습을 보면, 우리가 방패 용사 일행이라는 걸 알아채는 관객들이나 귀족들도 나타날 것이다. 그리고 인간으로 변신하는 마물이 나타나면 지나치게 관심을 끌 게 뻔하다.

그렇게 되기 전에, 최대한 이목을 끌지 않으면서 적을 물리쳐야 할 텐데.

어쩔 수 없다. 은근히 강해서 남들 모르는 사이에 어느샌가 상위 라운드까지 진출한 다크호스라는 설정은 버리는 수밖에.

하지만, 내가 용사라는 건 가능한 한 감추고 싶다.

용사와 무명의 강자는 짊어져야 하는 부담의 크기가 너무도 다르다.

"알았어~."

이제 어쩌지?

"라…… 시가라키, 저 녀석들을 물리칠 수 있겠어?"

"해 볼게요."

"그럼, 대결, 개시이이이이이이이이이!"

징 소리와 함께 그리폰들을 가두고 있던 우리 입구가 열린다.

"크에에에에에에에!"

기세 좋게 우리에서 뛰쳐나온 그리폰들은, 우리를 노려보면서 엄청난 속도로 접근해 온다.

당장에라도 덤벼들 것 같은 기세다.

관중석에서는 가면 쓴 귀족들이 숙덕숙덕 수군거리면서 호기심 어린 눈길로 우리를 쳐다보고 있다.

아마, 지난번 시합에서 이 녀석들이 상대방을 잔혹하게 죽였다거나, 그런 거겠지.

그리폰들의 발톱에 핏자국이 묻어 있는 걸 보면 짐작이 간다.

"단번에 끝낼게요."

"그래. 저놈들을 지원하는 녀석들이 생기면 성가셔지니까."

라프타리아가 도의 칼자루로 손을 가져간다.

"——쯔바이트 아우라."

이번에도 작은 목소리로 라프타리아에게 지원마법을 걸

었다.

라프타리아가 내달렸다.

저주의 영향을 받고 있다고는 해도, 레벨 보정 덕분에 충분히 빠르게 움직일 수 있다.

집중하면 집중할수록, 주위의 움직임이 느리게 느껴진다.

그건 대전 상대인 그리폰 엘리트들도 마찬가지이리라.

"에에에에에에에에에에잇!"

필로가 온 힘을 다해서 그리폰 엘리트를 향해서 모닝스타를 투척한다.

"크에에에에?!"

의표를 찔렸는지, 그리폰 엘리트는 날갯짓을 해서 피하려 한다.

한 마리는 모닝스타가 날개에 명중하는 바람에, 불기둥에 휩싸여 타올랐다.

"하아아아앗!"

그리고 발도한 라프타리아의 속도는 멈출 줄을 모른다.

"순도 · 하일문자! 돌도기(突刀技) · 심살(心殺) 1식, 2식!"

선두에 나서 있던 리더 격 그리폰 엘리트에게 일격을 날리고, 후방에 있는 약간 작은 녀석들에게 재빨리 도를 휘두른다.

키즈나의 혈화선(血花線)에 비할 정도는 아니지만, 상당히 빠른 속도로 베었다고 생각한다.

빙글빙글 도를 돌려서 도에 묻은 피를 털어내고, 칼집에 집어넣는다.

"죄송해요. 애석하지만 속도가 부족한 것 같아요."

리더 격 그리폰 엘리트는 가슴 중심이 쩍 하니 찢어발겨져 있고, 후방에 있는 두 마리는 피보라를 흩뿌리며 고꾸라진다.

너무 요란하게 싸웠나?

뭐, 라프타리아의 스킬은 내 스킬처럼 노골적으로 이상하게 보이지 않는다는 게 장점이다. 물론 스킬처럼 보이는 구석도 있긴 하지만, 얼핏 보면 그저 재빨리 칼부림을 한 정도로만 보인다.

나처럼 공중에 방패를 출현시킨다거나 하는 거라면 단박에 내가 용사라는 걸 들킬 텐데.

아니, 혹시 그것도 마법 같은 거라고 생각하려나? 으음, 아직도 기준을 잘 모르겠다.

관중들도 사회자도, 하나같이 말문이 막혀 있다.

"스, 승리! 록밸리이이이이이이이이 일해애애애애애애애애앵!"

절규하는 사회자. 객석 쪽은 한 박자 늦게 갈채를 보낸다.

너무나도 싱겁게 승부가 나는 바람에, 미처 대응하지 못하는 것 같은 느낌이다.

"역시 아직 제 컨디션이 아니네요. 저 정도 상대를 일격에 처치하는 데 스킬까지 써야 하다니."

"그래?"

"짤랑짤랑~!"

필로가 애용품인 모닝스타를 주워서 돌아온다.

관중석을 향해 대충 손을 흔들어 주며 대기실로 돌아왔다.

"이목이 쏠리는 건 피하려고 했는데, 그건 어려울 것 같아."

"그러게 말이에요. 죄송해요."

"내가 명령한 거니까 네가 미안해할 것 없어."

어쩔 수 없다고 생각해 두는 수밖에 없다. 너무 무식하게 싸우는 것 같기도 하지만, 라프타리아나 필로가 부상을 당하는 일은 더 피하고 싶다.

"필로는 마을로 돌아갈래?"

"응! 그러고 보니까 리시아 언니는?"

"콜로세움에 대한 조사를 맡겨 두고 있어."

리시아는 라프짱과 함께 강호 팀에 대한 정보 등을 수집하고 있다.

얼마나 분석할 수 있으려나.

어찌 됐건 워낙 박식한 녀석이니 뭔가 도움이 될지도 모른다.

"바이바~이! 필로 얌전하게 있을 테니까 걱정 마~."

요즘 들어 마음에 들어 하는 장난감인 모닝스타를 철컹철컹 휘두르면서, 얌전하게 있을 거라고? 얌전한 아이가 불기둥 같은 걸 만들 리가 없잖아. 불장난 못지않게 위험한 짓이다.

"그래, 그래. 그거 너무 많이 갖고 놀지 마."

"네~에."

포털을 이용해서 필로만 마을로 돌려보낸다.

핏 하고 내 눈앞에서 필로가 사라진다.

"그럼 라프타리아, 오늘 밤도 부탁할게."

"네. 우울한 시간이 되겠네요."

"그러게."

돈이 없어서 마을의 생존자들을 구입할 수 없다. 팔려가는 모습을 보고만 있는 것도 괴로운 일이지만, 그렇다고 누구에게 팔려갔는지 조사해 두지 않으면, 돈이 생기더라도 구입할 수 없게 되고 만다.

"뭐, 의미 없는 행동은 절대 아냐. 힘들겠지만 애 좀 써 줘."

"저도 알아요. 그럼 나오후미 님도 힘내세요."

"그래."

내 쪽도 리시아와 마찬가지로 콜로세움 시합을 관전하는 일이 남아 있다.

라프짱의 응원을 받으면 좀 기운이 날 것 같다.

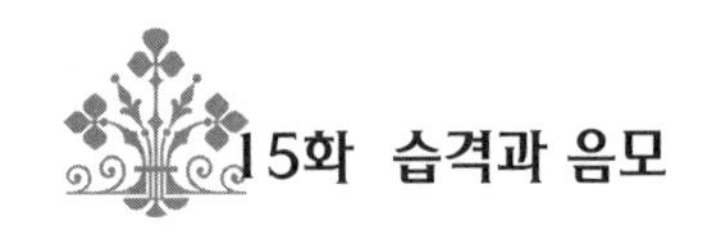

15화 습격과 음모

무슨 단골이 되거나 한 건 아니지만, 주정뱅이 여자와 만났던 술집 쪽으로 간다.

제법 왁자지껄하다. 아직 시합이 이어지고 있는 모양인지, 관객들의 의식은 술보다는 콜로세움 쪽으로 향하고 있는 것 같긴 하지만.

그리고 술집 안은, 시합에 승리한 용병들이 모여서 서로 정보를 교환하고 있는 분위기다.

"어머~?"

아무 자리에나 대충 앉아서 술을 주문하자, 요전에 만났던 술주정뱅이 여자가 종종걸음으로 내게 다가왔다.

칫! 완전히 찍힌 모양이군!

"완전히 승승장구하고 있던걸. 이 누나도 시합 다 봤다구."

"용케 알아봤군."

누군지 알아보지 못하도록 일부러 철가면 같은 성가신 것까지 썼는데, 그걸 알아보다니.

"그야 몸집이나 발걸음 같은 걸 보면 다 알아볼 수 있으니까."

그러고 보면 애니메이션이나 만화에서는 가면만 쓰면 가

족도 못 알아보지만, 실제로는 단박에 알아볼 수 있을 것 같기도 하다. 그걸 못 알아본다는 건 애초에 그다지 긴밀한 관계가 아니라는 뜻이라고 볼 수도 있다.

내 공작은 아무 의미도 없었던 건가?

“그러고 보니 아직 자기소개를 안 했었지? 내 이름은 나디아야~.”

“………….”

본명을 가르쳐줬다가는 신분이 들통 날 것 같다.

어쩌지? 뭐, 링네임으로 얘기해 두자.

“난 록이야.”

“그래, 록이라고 부를게. 그나저나 록은 이제 대회에 적응은 좀 됐어?”

“생각했던 것보다는 싸울 만해.”

자기 실력을 감추고 싸우는 건 의외로 어려운 일이다. 결국 반쯤은 들통 난 거나 다름없다.

이츠키는 그런 플레이를 좋아한다던데, 도통 이해가 안 간단 말이야.

진짜 실력을 들켰다가는 정말로 귀찮아질 게 분명하기에 감추고 있었던 거니, 감출 필요가 없다면 지금 당장에라도 필로를 시켜서 확 뒤집어 버리고 싶다.

“다들 주목하고 있어. 그 그리폰들을 순식간에 처치해 버렸으니까~.”

"역시 주목받는 카드였나 보군……."

맞아, 하고 나디아는 지난번과 마찬가지로 대량의 술을 주문해서 마시면서 얘기한다.

이 여자, 이 정도면 완전 술에 환장한 수준이잖아.

"푸핫!"

그리고 이 술주정뱅이 여자, 나디아는 다가오는 용병들을 손짓으로 가볍게 쫓아낸다.

내가 시합 내용 때문에 주목을 받았다고 했으니, 나한테 질문 같은 걸 하려고 접근하던 녀석들일지도 모른다.

"그런 록에게 이 누나가 대회의 주의사항 두 가지를 설명해 줘도 될까?"

"뭐지?"

주의사항이 더 있는 건가?

"뭐, 흔히 생기는 문제라기보다는, 대회 참가자라면 항상 조심해야 할 상식을 얘기하는 거야."

"그래."

"정식으로 열리는 콜로세움에서는 지나치게 많으면 문제가 되고, 경우에 따라서는 실격이 되기도 하는 건데 말이야~."

"도대체 무슨 얘기를 하려는 건데?"

그때, 나디아가 술잔에 술을 따라서 나에게 내민다.

마시라고? 하아……. 할 수 없지.

나는 나디아가 건넨 술잔 안에 든 술을 단숨에 들이켠다.

과실주인가 보군. 게다가 안에 과실 알갱이까지 들어 있다.

술과 과일이 어우러져 제법 감미로운 맛이다. 전에도 어디선가 마셔 본 적이 있었던 것 같다.

"후우……. 그래서? 그 주의사항이라는 게 대체 뭐지?"

나는 다 마신 술잔을 테이블에 내려놓는다.

"으~응……. 그게 말이지~."

쓸데없이 뜸만 들이고, 얘기할 기색은 전혀 보이지 않는다.

"록은 술을 참 잘 마시네."

"나한테는 물이나 다름없으니까. 술에 취해 본 적이 없을 정도로."

나디아라는 여자가 눈을 크게 부릅떴다. 놀란 모양이다.

대체 무슨 상황이지?

"그렇단 말이지……. 그럼 얘기해 줄게. 백문이 불여일견이라고, 일단 여기서 나가서 밤바람이나 쐬면서 산책이라도 할까?"

"시합은 어쩌고?"

"지금부터 한동안은 어차피 곧 패배할 아이들밖에 안 나오니까. 어제 확인했으니까 문제없어."

으음……. 요전에 나디아는 감으로 승자를 정확히 예측하기도 했었으니까.

어쩌면 틀린 말은 없을지도 모르지만…….

아까부터 묘하게 번뜩거리는 눈으로 쳐다보는 용병 녀석

들이 거슬리는 것도 사실이다.

이럴 땐 존재감이 덜한 리시아에게 조사를 맡기고, 나는 일찌감치 돌아가는 것도 괜찮을 것 같다.

내 나름대로 정체를 숨기고는 있는데 말이지.

자리에서 일어나는 나디아를 따라서, 나는 콜로세움을 떠났다.

밤의 제르토블 시내는 잠들지 않는 도시라는 표현이 딱 들어맞을 만큼 활기에 차 있다.

음란한 가게도 꽤 많이 늘어서 있는 것 같군.

간판만 보아도 인간과 아인 등 다양한 종류의 가게가…… 있는 모양이다.

술집들도 풍부하고, 그 술집들 안에서는 떠들썩한 목소리가 들려온다.

그리고 나디아는 밤바람을 쐬겠다면서, 뒷골목의 수로를 따라 걷고 있다.

제르토블은 수로를 통해 바다와 이어져 있다. 따라서 배를 타고 올 수도 있다.

그 영향인지, 밤바람이 어렴풋이 소금기를 머금고 있는 것 같기도 하다.

얼기설기 얽힌 뒷골목의 수로는 베네치아 같은 분위기를 느끼게 한다.

느긋하게 산책을 즐기기에는 괜찮은 곳인지도 모른다.

"그건 그렇고 록, 아까 하던 얘기 말인데."

"그래."

"일단 그 얘기는 나중에 하기로 하고, 1회전 때부터 일어나고 있는 이상한 일에 대해서 눈치 못 챘어?"

"응?"

나는 리시아가 조사한 1회전 승패표를 떠올린다.

우리의 승리에밖에 관심이 없었기에 별 신경 안 쓰고 있었는데, 뭔가 문제라도 있었나?

으음……. 그러고 보니 우리 시합 시간이 좀 앞당겨졌었지.

앞 시합이 그렇게 빨리 끝난 건가 싶을 정도였다.

그리고 아까도 시간 조정 같은 걸 하고 있었다.

오늘의 승패표를 찾아서 살펴보았다.

"어째 부전승이 많은데."

참가 의사만 표명해 놓고 정작 당일에는 안 온다거나 하는 일도 있는 것 아닐까?

아니면 시간 규정이 너무 허술해서 그런가?

당한 쪽은 정말 짜증 나는 일이겠군. 시간 관리를 도대체 어떻게 하는 거람.

그런 평화적인 이유를 떠올려 보지만, 뇌리에는 이미 해답이 나와 있다.

"맞아. 그 이유가 뭔지 알겠어?"

"…………."

이 의미심장한 발언에, 내 등에서 끈적끈적한 식은땀이 흐른다.

그때, 챙 하는 소리와 함께 질 나빠 보이는 남자들이 뒷골목에서 나타나 우리를 포위했다.

큭……. 함정에 빠진 건가?

상황으로 보아 이쪽은 나 하나. 공격을 버텨내고 사람들 많은 곳으로 도망치면 따돌릴 수 있으려나?

아니, 반격 효과가 있는 방패를 쓰면 쫓아내는 정도는 가능할 것이다.

이 망할 계집이! 나를 함정에 빠트리다니, 주제도 모르고 감히 그런 짓을――.

"어머나, 이 정도로 이 누나를 막을 수 있다고 생각하는 거니?"

"시끄러워! 닭이 인삼을 들고 오는 꼴이잖아! 당연히 요리해 먹어야지!"

성격 더러워 보이는 녀석들의 리더 같은 놈…… 술집에서 본 것 같군.

용병 나부랭이이려나? 보아하니 어느 정도 실력은 있는 것 같다.

"나디아! 그리고 록밸리! 우리를 위해서 죽어 줘야겠다!"

남자의 고함과 함께, 주위 녀석들이 이쪽으로 덮쳐든다.

나는 방패를 앞으로 내뻗어서 막아내지만…….

"어머나, 성질 급한 아이도 싫지는 않지만, 이건 장난이 좀 지나친걸."

나디아가 그렇게 뇌까리고, 등에 짊어지고 있던 작살을 겨눈 채 마법을 영창한다.

『힘의 근원인 내가 명한다. 다시금 이치를 깨우쳐, 벼락이여, 내 앞에 있는 자를 꿰뚫어라!』

"알 드라이파 체인라이트닝!"

나디아의 작살 끝에서 눈이 얼얼할 정도의 고출력 번개가 수도 없이 뿜어져 나와서, 성질 더러운 남자들을 꿰뚫는다!

"끄아아아아아아아아아아아아아아아아아아!"

"커어어어억——."

빠르다. 싸움에 상당히 숙달된 움직임이다.

빠직빠직 번쩍이는 번개는 마치 의지를 지닌 것처럼, 그 자리에 있던 모든 녀석들을 쓸어버렸다.

"고작 이 정도 녀석들밖에 안 온 거야? 이거 좀 시시한걸~."

남자들은 한참 동안이나 몸이 꺾인 채 경련하고 있었다.

그러다가 이내 흰자위를 까뒤집고 고꾸라진다. 이 증상, 전에 본 적이 있었어!

나디아와 처음 만났을 때 콜로세움에서 조리되고 있던 마물과 같은 증상이다!

"아직…… 안 끝났어!"

"어마?"

녀석들 중에 비교적 부상 정도가 약했던 녀석이 일어나서 재빨리 나디아에게 덮쳐든다.

나는 완전히 무시하는 거냐?

뭐, 굳이 도와줄 이유도 없고, 나디아의 움직임으로 보아 딱히 도와줄 필요도 없을 것 같다.

나디아는 재빨리 작살을 회전시켜서, 덮쳐드는 남자의 품에 힘껏 꽂아 넣고, 힘차게 한 발짝 앞으로 내딛는다.

"크헉!"

쿵 하는 충격과 함께, 남자는 어두운 뒷골목 저편으로 나가떨어졌다.

이윽고 벽에 충돌하는 소리가 울려 퍼지고—— 정적이 찾아왔다.

"대충 이 정도면 되려나~."

손쉬운 승리였다는 듯 작살을 빙글빙글 돌리고는, 다시 등에 짊어진다.

"이제 더 말 안 해도 알겠지?"

"……그래."

부전승의 이유는 상대 선수에 대한 습격이었나.

그 결과, 상대는 전투 불능…… 아니, 재기 불능 상태가 되거나, 아예 죽은 녀석까지 있을지도 모른다.

오히려 반격당하는 경우도 있을지 모르지만, 이런 식으로 덮쳐 오는 녀석도 많다는 건가.

거액의 돈이 얽혀 있는 대회이고, 게다가 비밀리에 열리는 불법 대회니까.

아아, 사전에 승자 예측 도박을 하는 건, 시합조차 일어나지 않고 패배하는 녀석이 나오기 때문인가.

그런 거였군. 선수가 기권해도 돈은 벌 수 있도록, 사전에 베팅하는 제도를 도입한 것이다.

이런 식이면 이 대회를 두고 열리는 도박의 신뢰도가 곤두박질쳐야 하는 것 아닌가? 용케도 이런 곳에 돈을 거는군.

"록의 전투 방식도 나쁘지는 않지만, 절대로 당해낼 수 없다는 생각이 들도록 압도적인 실력을 보여주는 것도 한 방법이지 않을까?"

"안 그러면 이런 성가신 녀석들의 표적이 된다는 거야?"

"돈이 얽힌 일이니만큼, 전~부 다 포기하는 건 아니지만 말이지."

그나저나…… 묘하게 강한데, 이 여자. 그냥 평범한 술주정뱅이가 아니었던 건가?

"수단 방법을 가리지 않고, 온갖 술수를 동원해서 덤벼드니까 조심하는 게 좋을 거야. 그런 곳에서 멍하니 넋 놓고 있는 건, 날 공격해 달라고 하는 거나 다름없으니까. 이 누나 앞이라고 해도 말이야."

나디아는 어째선지 내 손을 잡는다.

"그 논리로 따지면, 너도 승리를 위해서는 수단 방법을 가리지 않는다는 얘기잖아."

"그래. 록한테도 한 번 썼었구."

뭐라고? 이 자식, 무슨 짓을 한 거지?

녀석들에게 공격 마법을 쓰면서 나까지 감전시키려고 했었나?

애석하지만, 유탄에 맞는 것 정도는 간지럽지도 않단 말이지.

아니면 술에 독극물이라도 탔던 건가?

하지만 나는 독극물 감정 기능을 갖고 있으니, 알아채지 못할 리가 없다.

사실, 방패의 기능이 있는 덕분에, 나를 암살하는 건 불가능에 가깝다.

이 녀석은 그런 상황에서 나한테 무슨 짓을 한 거란 말인가.

그렇게 생각하고 있으려니, 나디아는 어째선지 내 손을 자기 가슴으로 가져간다.

가슴은 이 정도면 제법 큰 편 아닐까? 보아하니, 라프타리아보다 더 큰 것 같다.

그러고 보면 여자 가슴을 만져보는 건 이번이 처음인지도 모르겠다.

"이 누나의 가슴이라구~."

……이 여자, 바보 아냐? 살짝 의식할 뻔했는데, 오히려

흥이 다 깼잖아.

니는 붙잡혔던 손을 있는 힘껏 뿌리친다.

"어머나?"

"그래서? 나한테 무슨 짓을 한 건데?"

"글쎄~. 오늘 한 짓에 대한 사과의 의미로, 이 누나가 사랑 고백을 해 줄게!"

"계속 헛소리할 거면 그만 돌아가지."

"록은 참 고지식하네~."

주정뱅이 여자는 활달하게 깔깔 웃어젖히고 말한다.

해괴한 짓은 작작 좀 해 줬으면 좋겠는데…….

"아까 록한테 준 술에 루코르 열매를 탔었어."

"아아……. 뭐야. 고작 그거였어?"

"암살에도 쓰이는 열매라구. 특히 술집에서는."

하긴, 원래는 물에 희석해서 마시는 거라는 모양이니까.

행상 일을 하다 보면 이런저런 마을에서 신분 증명이라도 하듯 내오는 과일이다.

그렇군. 나에게 있어 독이 되지 않는 것에는 방패도 반응하지 않는 모양이다.

그나저나 루코르 열매를 그런 식으로 사용하는 방법도 있었다는 거냐.

그렇다면 비소보다도 훨씬 더 암살에 적합한 과일 아닌가?

내 몸에는 전혀 안 통하는 것 같지만 말이지.

나디아는 재빨리 나에게 달라붙어서 귓가에 가볍게 입을 맞춘다.

"뭐 하는 짓이야!"

성적인 어필이라도 하려는 거냐? 작작 좀 하라고!

나디아는 타박타박 걸어가서 몇 발짝 떨어진 곳에서 이쪽을 뒤돌아보며, 활달한 표정이라 해야 할지, 아니면 나를 걱정하고 있는 건지, 그것도 아니면 기대하고 있는 건지 알 수 없는 눈동자에 미소를 머금고 말했다.

"될 수 있으면 콜로세움에서 마주치지 않기를 기도할게."

그렇게 말하고, 나디아는 제르토블의 뒷거리로 또각또각 구두 소리를 내며 사라져 간다.

"될 수 있으면 어디쯤에서 포기하고……."

그런 말을 남긴 채…….

도대체 뭐 하는 녀석이야?

내게 독을 먹이려 드는가 하면, 어둠의 콜로세움의 위험성을 실전 속에서 가르쳐주고, 걱정해주는 건지 유혹하는 건지 알 수 없는 태도로 떠나갔잖아.

그것도 모자라서, 포기하라는 소리까지 하고.

미안하지만 나는 포기할 생각은 털끝만큼도 없다고.

나는 뒷골목에서 나와, 라프타리아 등과 합류하기 위해서 노예시장으로 돌아갔다.

"동향 녀석은 있었어?"

라프타리아가 나를 맞이해 주었다.

"오늘은 없었어요."

"그래? 다행이군."

리시아가 호위를 위해 딸려 보냈던 노예상의 부하와 함께 돌아온다.

"후에에에…… 무서웠어요오."

"라프~!"

"관계자처럼 보이면 위험하다고 들었어. 이기기 위해서라면 수단 방법을 안 가리는 녀석들이라는 모양이니까."

"후에에에!"

그 후, 안전성을 고려해서 포털을 이용해 마을로 귀환했다.

냄새로 아는 건지 다른 뭔가가 있는 건지는 모르지만, 필로가 곧바로 다가온다.

"주인님, 어서 와~."

"그래. 날도 어두워졌는데 꼬마들은 자고 있어?"

"응. 필로가 자장가 불러 줬더니, 더는 못 먹겠대."

전형적인 잠꼬대를 하는군.

"그나저나, 라프타리아 쪽은 별 탈 없었어? 콜로세움 참가자는 공격의 표적이 된다던데."

"네? 아아, 그게 그래서 그랬던 거였나요? 제 몸을 보호하기 위해서 베어 버렸는데……."

이미 대처한 모양이다.

반격해서 물리쳤다면, 내일은 부전승이겠군.

그나저나 베어 버렸다니……. 라프타리아는 대체 어떤 길로 향하고 있는 거지?

"죽인 거야?"

"그런 살벌한 말씀을……. 2, 3일쯤 못 움직일 정도로 따끔한 맛을 보여준 것뿐이에요."

그건 그것대로 살벌한 것 같은데.

어찌 됐건 라프타리아도 듬직하게 성장했군.

"나오후미 님 쪽은 어떠셨어요?"

"내 쪽은, 으음…… 술집에서 알게 된 녀석에게, 앞에서 계속 이기려면 습격을 조심하라는 주의를 들었어. 그것 말고 다른 수확은 딱히 없었어. 리시아, 네 쪽은 어땠지?"

"아, 네! 어둠의 콜로세움 시합에 대한 자료를 간신히 열람할 수 있었어요!"

"호오……."

그렇다면 대회에서 항상 승리를 거두는 주목 선수나, 조심해야 할 상대 같은 걸 체크할 수 있겠군.

"많은 선수들이 있는 것 같지만, 이번 대회에서는 특히 더 조심해야 할 만한 선수가 있었어요. 만약에 만나게 된다면 고전은 피할 수 없을 거예요."

"이길 수 없을 거라고는 안 하는군."

"아, 네……."

리시아는 지금까지 내가 해 온 싸움을 두 눈으로 똑똑히 봐 왔으니까.

어둠의 콜로세움 대회도, 인간의 어두운 면이 엿보이기는 하지만, 영귀처럼 무시무시한 녀석과 비교하자면 귀여운 축에 속한다.

게다가 키즈나나 글래스 패거리에 비하면 실력도 그리 강하게 느껴지지 않는다.

우리는 지금까지 그런 녀석들과 싸워 온 것이다. 잔챙이들 따위 무서울 것 없다.

"그래서? 그게 누구지?"

"네. 조심해야 할 참가자는, 팀전인데도 혼자서 참가한 사람인데, 거의 단골이라고 해도 좋을 만큼 우승, 혹은 상위로 입상한 사람이에요. 그 사람 말고도 비슷한 사람이 한 명 더 있는데, 이번에는 참가하지 않았어요."

팀전에 혼자 덤벼들다니 완전 용사가 따로 없잖아.

칠성용사가 몰래 어둠의 콜로세움에 참가하고 있다거나 하는 건가?

가능성이 아주 없는 얘기는 아니다. 그리고 그건 행방불명 상태인 세 용사들한테도 해당되는 얘기고.

"그래서? 그게 누구지?"

"네. 나디아라는 링네임을 쓰는 분이라고 해요."

……뭐? 그럼 그 술주정뱅이 여자잖아?
뭐 그런 일이 다 있어.
그런 생각도 들었지만…… 그 마법 실력이나, 일격밖에 못 봤지만, 그 움직임을 보면 이해가 안 가는 것도 아니다.
우연이라고는 해도, 그런 녀석과 안면을 트게 된 건가.
"왜 그러세요?"
"아니, 아무것도 아냐."
……어찌 됐건 싸우게 된다면 조심해야 할 필요가 있겠군.

16화 나디아

어찌 됐건 우리는, 시합 수가 상대적으로 줄어든 덕분에 하루에 2전을 치르도록 변경된 콜로세움에서 연일 승리를 거두어 나갔다.
아니나 다를까, 습격을 당한 다음 날은 부전승이었다.
어쩌면 아예 상대가 습격해 오기를 기다리는 게 좋을지도 모르겠다는 생각까지 했을 정도다.
본래 대전자나 그 배후에 있는 자들은 온갖 수단을 동원해서 대전 상대를 방해한다는 모양이지만, 내 배후에는 제르토블의 어둠에 깊이 관여되어 있는 노예상과 액세서리 상인이 있는 것이다.

액세서리 상인은, 키즈나 쪽 세계에서 손에 넣은 재료에 대한 미끼를 던졌더니 덥석 물었다.

워낙 돈 냄새에 민감한 녀석이다. 요령껏 잘 이용해서, 드롭 기능을 재현하는 도구와 파도에 의한 소환을 재현한 도구의 양산을 도모하고 싶다.

그리고 노예상과 액세서리 상인…… 이 두 개의 조직 덕분에, 음습하고도 간접적인 피해는 미연에 방지할 수 있었다.

또한 노예상이 입수한 정보에 따르면, 우리가 나디아와 관련이 있어서 다들 몸을 사리고 있다는 수상한 소문이 돌고 있다고 한다.

이쯤 되니 우리에 대한 평판도 상당히 상승해서, 주목받는 플레이어가 되고 말았다.

기본적으로 시합 시작과 동시에 결판을 내 버리니까.

필로가 요즘 장난감 삼아 놀고 있는 모닝스타를 토파크 패밀리에게 지원해 줬었던 녀석은, 이제는 매일 우리를 응원하고 있다.

요전에는 다른 무기가 날아들기도 했다. 이것 역시 필로가 투척용으로 사용하고 있다.

우리는 그런 식으로 승리를 거듭해 나갔다.

이제 대부분의 대전자는 탈락하고, 남은 대전 카드도 상당히 줄어들어서, 어느덧 준결승이다.

"내일 대결 상대는 누구지?"

"이 시합이 내일 가장 주목받는 카드입니다. 네."

노예상은 땀을 훔치며, 우리가 내일 싸우게 될 상대가 적힌 종이를 건네주었다.

거기에는…… 나디아의 이름이 적혀 있었다. 보아하니 시드권자였던 모양이군.

기어이 그 여자와 맞붙게 된 건가.

"리시아 양이 말씀하신 분이네요."

"그래."

"으~응? 내일 싸울 사람~?"

필로가 호기심 가득한 얼굴로, 내가 들고 있는 종이를 응시하고 있다.

"번개 마법을 사용하지만 마법사는 아냐. 근접전까지 가능한, 엄청나게 강한 녀석이야. 팀전에 혼자 참가해서 싸우고 있을 정도니까."

"도대체 얼마나 강한 걸까요."

뭐……. 지금까지 우리가 겪어 온 전투 상황도 별반 다르지는 않았지만.

기본적으로, 전투 개시! 와 동시에 적을 물리쳐 왔다.

이런 식으로 연승을 거둬 왔으니, 우리도 유명해지는 게 당연하겠지.

"이 녀석을 이기면 남는 건 결승뿐이야. 마을 녀석들을 구입할 자금 마련이 조금만 더 있으면 가능해진다고!"

"네! 그런데…… 번개라니……."

"후에에에……."

"뭐, 리시아도 지금까지 애 많이 썼어. 라프짱이랑 같이 응원해 줘."

"라프~."

라프짱이 리시아의 어깨에 올라타고 힘차게 운다.

그래. 우리는 결국 승리해 나가는 수밖에 없는 것이다.

이튿날, 우리는 환호성이 울려 퍼지는 어둠의 콜로세움 대기실에서 싸움을 준비하고 있었다.

다음 대전 상대는 팀전에 혼자 참가해서 연전연승을 거둬 온, 괴물이라는 명성이 자자한 녀석이다.

뭐, 그래 봤자 영귀는 고사하고 쿄보다도 약할 테니, 별로 대수로울 건 없지만.

그렇다 해도, 약간의 방심이 목숨을 앗아갈 수도 있다는 것 또한 사실이다.

오늘 이기면, 내일이면 가장 중요한 시합인 결승전을 벌이게 된다. 사전에 광고도 하고 있다나 뭐라나.

일정이 완전히 난장판이잖아.

"주인님~, 아직 안 가~?"

"그래. 그럼, 이제 슬슬 가 볼까."

"네, 그리고 내일 이기면 마을 아이들을 되찾을 수 있어요."

오늘의 대전 상대는 조심해야 할 녀석이다.

뭔가 꿍꿍이가 있을지도 모른다. 다양한 가능성을 염두에 둬야 한다.

예를 들어, 처음부터 승리할 녀석이 정해져 있다는 식의 암묵의 규칙 같은 게 있다면 어떻게 되겠는가?

내 배후에 있는 녀석들도 그럭저럭 큰 권력을 갖고 있기에, 지금까지는 이렇다 할 방해는 받지 않았었다.

하지만, 시합 중에 어떤 방해가 들어올지 알 수 없는 일이다.

그래…… 이를테면, 그 강력한 나디아가 의식마법 클래스 지원마법의 도움을 받게 된다면?

충분히 가능성이 있는 얘기다.

"최대한 만전을 기해야 해! 재빨리…… 해치우는 거야!"

"네!"

"필로 열심히 할게~."

우리는 자극을 갈망하는 귀족들이 가득 들어찬 투기장으로 뛰쳐나갔다.

와아아아아아아!

그런 요란한 함성이 인다.

나디아는 이미 투기장 안에서 기다리고 있었다.

"어머나, 이 누나의 충고를 안 듣고 나타났구나."

"애석하지만 나도 여기서 승리해야 한다는 목적이 있어서 말이지."

대결 전에, 나디아는 내게 다가와서 악수 신청이라도 하듯 손을 내민다.

"뭐, 알았어. 이 누나도 있는 힘껏 싸울 테니까 덤벼 보렴."

"아무리 상대가 너라고 해도, 난 지지 않을 자신이 있지만 말이지."

그러자, 나디아는 악수를 나누는 동시에 살짝 포옹을 하며 내 귓가에 속삭인다.

"……그 목적이라는 거, 혹시 르롤로나 마을 출신 노예를 구입하는 거 말이야?"

어?! 이 여자, 내 목적을 완전히 파악하고 있잖아.

어디서 누설된 건지 모르겠다.

어쨌든 이 여자는 우리의 목적을 파악하고 있다는 얘기다.

"일확천금을 노리기에는 좋은 수단이지. 그치만 이 누나는 안 져줄 거야."

내가 노예를 사서, 그 노예들을 더 비싸게 되팔 꿍꿍이라고 착각하고 있는 모양이군.

굳이 정정할 필요도 없다.

결국, 우리가 라프타리아의 동향 녀석들을 되찾으려면 돈이 필요하다는 건 변함없으니까.

"그건 내가 할 소리야."

내가 대꾸하는 동시에, 나디아는 끄덕 고개를 주억거리고 거리를 벌린다.

“그럼 로오오옥배애애앨리이이이이이이 일행 대 나아아아아아아아디이이이이이이이이이아아아아아의 시합을 개시하겠습니다!”

사회자가 엄청난 샤우팅을 토해낸다.

매번 드는 생각이지만, 저러다간 성대가 남아나지 않을 것 같다.

“그럼 정정당당하게에에에에! 준결승전…… 개시이이이이이!”

데에에에엥! 평소보다도 더 커다란 징 소리가 울려 퍼졌다.

“그럼 이 누나가 먼저 시작할게!”

나디아는 마법을 영창하려고 작살을 든 손을 앞으로 내뻗는다.

“그렇게는 안 될걸~!”

“네!”

그 순간에 라프타리아와 필로가 미리 의논한 대로 선제공격을 시도한다.

두 사람이 동시에 고속으로 거리를 좁히고, 라프타리아는 머리 위로부터 내리 휘두르고, 필로는 코앞으로 파고들어서 손톱을 가로로 후려친다.

“이런~.”

나디아는 다 꿰뚫어 보고 있었다는 듯 몇 발짝 물러서서, 라프타리아와 필로의 공격을 종이 한 장 차이로…… 이걸 피해낸 거냐?!

"아직 안 끝났어요!"

"토옷~!"

라프타리아는 검을 되돌려서 위로 베어 올리며 내지르고, 필로는 허리를 푹 숙여서 파고들듯이 손톱을 휘두른다.

"칼 쓰는 솜씨가 제대로인걸. 하지만 이 언니를 맞힐 수는 없을 거야."

작살로 라프타리아의 도를 옆으로 흘려보내고, 필로의 공격은 작살을 축 삼아서 몸을 띄워 회피, 나디아 본인도 한 바퀴를 빙글 돌아서 필로의 등을 타고 넘는다.

"이럴 수가……."

"오오~!"

라프타리아는 말문이 막히고, 필로는 감탄 어린 목소리를 토해낸다.

이 정도 공방을 주고받으니, 상대가 상당히 숙련된 용병임을 알 수 있었다.

유명해진 데에는 그만한 이유가 있다는 건가!

완전히 간파당한 게 분명하다. 그렇게 생각할 수밖에 없는 움직임이다.

"굉장해굉장해! 주인님! 허밍은 그걸 할래~."

"알았어!"
필로가 재빨리 내 어깨에 올라타고 하이킥을 준비한다.
그사이에 라프타리아가 잇달아 나디아를 공격한다.
"하아아아아아아앗!"
하지만, 나디아 녀석은 라프타리아가 휘두르는 도의 움직임을 다 꿰뚫어 보고 있다는 듯, 아슬아슬하게 회피해 낸다.
"아직 도를 다루는 데 익숙하지 않은 모양이네. 도의 움직임이 너무 직선적이고, 검이랑 같은 방식이잖아? 그래서는 도가 불쌍하지 않겠니?"
도대체 얼마나 강력한 녀석인 거냐.
젠장, 정면으로 돌파하기에는 스테이터스가 부족하다는 건가……?
할 수 없다. 나는 필로를 어깨에 얹은 채, 작은 목소리로 지원마법인 쯔바이트 아우라 영창에 들어간다.
『힘의 근원인 방패 용사가 명한다. 다시금 전승을 깨우쳐, 저자의 모든 것을 지탱하라!』
"쯔바이트 아우라!"
지원마법으로 라프타리아의 능력을 향상시키고, 라프타리아가 공세를 벌이는 틈에 필로에게로 지원마법을 걸어서 단번에 결판을 낸다.
그렇게…… 생각했었다. 내가 영창을 완성시켜서 라프타리아에게 마법을 건 순간…… 나디아가 나를 쳐다보는가 싶더니, 마법을…… 영창했다.

『힘의 근원인 내가 명한다. 다시금 전승을 깨우쳐, 저자를 지탱하는 힘을 흩어 놓으라!』

"안티 쯔바이트 아우라!"

"뭐야?!"

나는 라프타리아에게 걸려고 했던 쯔바이트 아우라가 지워지는 걸 이해할 수 있었다.

그렇다. 나 자신이 구축하고 발동했던 마법이 라프타리아에게 전해졌음에도 불구하고 산산조각 나 버리고 만 것이다.

아니, 잠깐!

드라이파 클래스라면 방해할 수 있다고 들었었지만, 쯔바이트 클래스를 그 짧은 영창으로 저지하다니, 뭐 이렇게 말도 안 되는 기술을 가진 놈이 다 있어?!

나디아는 내가 영창한 쯔바이트 아우라를 무효화했다.

그 사실을 이해하기까지, 나에게는 몇 초 동안의 시간 지연이 생겨났다.

라프타리아도 내 지원을 전제로 공격하려던 참이었으므로, 크게 헛손질을 한다.

"어——."

"빈틈 발견!"

나디아는 작살을 쥐고 자세를 한껏 낮춘 후, 라프타리아에게 내지른다. 얼마 전에 습격해 온 용병들을 물리칠 때 그랬던 것처럼, 묵직하게 힘을 담아서.

"끄윽! 우…… 으윽……."

충격과 함께 라프타리아가 나가떨어져서 투기장 벽에 격돌한다.

투기장 벽이 깨져 나가는 소리가 울려 퍼졌다.

"라…… 시가라키!"

위험했다. 지원마법을 무효화시킬 정도의 기량을 가진 녀석에게 본명을 들키면, 어떤 공격을 가해 올지 짐작도 안 간다.

"괘, 괜찮아요."

라프타리아는 작살에 찔린 어깨를 손으로 감싼 채 비틀비틀 일어선다.

"크……."

나디아는 이 틈을 놓치지 않겠다는 듯 마법 영창에 들어간 상태다.

"짤랑짤랑 던질까?"

"하지 마. 지금 그 무기를 저 녀석이 재활용하면 감당이 안 돼."

녀석이 작살 하나만 쓰는데도 이렇게까지 궁지에 내몰렸다.

자칫 잘못해서 그 모닝스타를 빼앗겼다가는 오히려 우리를 궁지로 몰아넣는 결과가 될 수도 있다.

지금 해야 할 일은 라프타리아가 전투를 계속할 수 있게 하는 것이다.

나는 품속에서 회복용 치료약을 꺼내서 라프타리아에게 달려가, 회복마법과 함께 상처를 치료한다.

바로 옆까지 가서 회복마법을 거는 건 나디아도 저지하지 못하는 모양이다.

"고마워요. 나오── 록 님."

"그래. 그나저나 저 여자 완전 괴물 아냐?!"

능력이 저하되어 있다고는 해도 일반 모험가들보다 훨씬 강하련만, 라프타리아와 필로의 공격을 가볍게 받아넘기다니, 어떻게 그렇게 강할 수가 있는 거냐.

라프타리아와 필로의 일격으로 끝날 거라고 생각했는데.

스테이터스를 확인해 보니, 희미해져서 확인할 수 없는 게 몇 개 있었다.

투기장 내에 뭔가 마법이 걸려 있다는 걸, 기척을 통해 막연하게나마 느낄 수 있었다.

나디아가 건 것인가, 아니면 관객이 돈을 써서 걸게 한 건지, 주최 측이 암약하는 건지.

……내가 앞으로 나서서 제압하는 수밖에 없을 것 같군.

"허밍 갈까~?"

하이퀵과 스파이럴 스트라이크 준비를 마친 필로가 내게 묻는다.

"그래. 보아하니 봐주면서 싸울 여유는 없는 것 같아."

가능하면 끝까지 신분을 숨긴 채 승리하고 싶지만, 그런 식으로 싸워서 승리할 수 있을 만큼 만만한 상대가 아니다.

"시가라키, 내가 방패를 동원해서 녀석을 억누를게. 그 후에 허밍과 같이 공격해. 알겠지?"

"아, 알았어요."

회복마법 덕분에 라프타리아도 전투를 계속할 수 있게 됐다.

이 난국을 이겨내지 못하면 죽도 밥도 안 된다. 해 보는 수밖에 없다.

나는 천천히 나디아 쪽으로 걸어 나간다.

"어머나? 포메이션을 바꾸려나 보네. 드디어 록이 나서는 거야?"

"그래. 비장의 카드는 마지막에 나서는 법이지만, 특별히 내가 직접 너를 상대해 주지."

지금까지는 내가 나서기 전에 필로나 라프타리아가 해치워 왔지만, 그 전법이 안 통한다면 내가 나서는 수밖에 없다.

"그럼, 이제 슬슬 이 누나의 마법도 완성됐으니까…… 한 번 받아내 볼래?"

"……간다!"

나는 필로를 업은 채로 내달린다.

저주 때문에 능력이 저하되어 있기는 하지만, 그래도 다소는 빨라졌다.

세계의 시간 흐름이 느릿하게 느껴지고, 나는 그 속에서 나디아를 향해 내달렸다.

나디아도 상당히 재빨라서, 작살을 내게 겨누고 마법을 영창한다.

이 여자가 어떤 강력한 마법을 쓰려는 건지는 모르지만, 내가 모조리 막아내 주고 말겠다!

"정면으로 맞으면 안 될걸? 죽을 테니까!"

『힘의 근원인 내가 명한다. 다시금 진리를 깨우쳐, 천뢰(天雷)여, 내 앞에 있는 자를 없애 버려라!』

"드라이파 선더 버스트!"

달려드는 나를 향해 나디아가 내쏜…… 무지막지하게 굵은 번개가 퍼부어진다.

그 굉음과 빛 때문에 귀와 눈이 멀어 버릴 것 같다는 생각이 들 만큼, 고도로 압축된 마법의 일격이었다.

의식마법 중에 『징벌』이라는, 벼락을 퍼붓는 마법이 있다.

삼용교 교황이 내게 기습적으로 퍼부었던 마법이다.

그보다 강하면 강했지 절대 약하지는 않은 마법을, 나디아는 혼자서 내게 내쏜 것이다.

뭐야, 이 괴물은.

왜 영귀와 싸울 때 도와주러 오지 않은 거냐고 설교하고 싶어질 만큼 강한 녀석이잖아!

어쨌거나, 나는 필로를 보호하듯 안고 방패와 망토로 보호하면서 멈추지 않고 내달린다.

나디아가 내쏜 마법이 빠직빠직 내게 적중했다.

번개는 역시 속도가 생명이니까. 눈으로 인식했을 때는 이미 코앞까지 닥쳐와 있었다.

내가 아닌 다른 녀석이었다면 그냥 좀 그을리는 정도로는 넘어가지 못했을 정도의 위력이다.

"받아라! 우리의 진짜 연대 공격을!"

전기가 오르는 걸 느끼면서, 나는 방패로 번개를 튕겨내고 필로를 있는 힘껏 내던졌다.

"이, 이럴 수가아아아아아아! 나디아의 필살기를 정면으로 막아내고 반격했습니다아아아아아아아!"

사회자가 절규에 가까운 소리를 내지르고, 환호성이 터져 나온다.

알 게 뭐야! 지금은 눈앞에 있는 적을 처치하는 게 먼저라고!

"타아아아아아앗!"

필로가 한껏 모아 두었던 마력을 가득 담아, 나디아에게 날아가며 하이퀵과 스파이럴 스트라이크를 사용한다.

"어머나! 대단한걸. 이 누나의 필살기였는데!"

나디아는 자기가 내쏘았던 번개에 대한 아쉬움보다는, 고속으로 접근해 오는 필로를 보며, 초조한 건지, 아니면 기뻐하고 있는 건지 모를 목소리로 소리친다.

설마 필로의 공격도 다 꿰뚫어 보고 있는 건가?

"시합 중에 본 그 아이의 고속 이동 유지시간은 3초. 그

사이에 강력한 일격을 날리는 거지?"

"토오~옷!"

"그렇다면——."

내 필살기와 다름없는 필로 투척을 예지……까지는 아니겠군. 마법을 영창하는 틈을 노릴 거라는 걸 예상하고 있었던 것이리라.

나디아는 작살을 움켜쥐고, 또 하나의 마법을 영창하고 있었다.

마치…… 공격용으로 출현시켜서 날렸던 뇌운을 재이용이라도 하겠다는 듯이.

영창은 놀라우리만치 짧다. 이런 식으로 응용할 수도 있는 거냐!

『힘의 근원인 내가 명한다. 다시금 진리를 깨우쳐, 벼락이여, 나를 지키고 지탱하는 힘이 되어라!』

"드라이파 라이트닝 스피드!"

마법이란 참 심오하군.

굉음과 함께 나디아 자신에게 벼락이 떨어졌지만, 그 마법은 지원마법처럼 나디아의 몸에 엉겨 붙었다.

나디아는 필로의 돌진을 정면으로 받아내는 대신, 큰 궤적을 그리는, 그러면서도 재빠른 회피기동에 들어간다.

궤도는 어느 정도 수정할 수 있지만, 그래 봤자 나디아에게 명중하기 전에 하이킥이 풀려 버린다. 스파이럴 스트라이크만 걸린 상태에서는 치명타를 입히기 힘들 것이다.

"뀨우우우우우!"

나디아에게 돌진한 필로가 비명에 가까운 소리를 내질렀다.

전기를 띤 나디아로부터, 빠직하고 정전기 같은 번개가 필로에게 튄 것이었다.

저런……. 필살기답게 회전하고는 있지만, 필로 본인도 감전된 상태이니 상당히 아플 것 같다.

"간다~."

하지만, 필로도 아직 포기하지 않는다.

그럼 내가 할 일은 하나.

"에어스트 실드! 세컨드 실드! 드리트 실드!"

나디아가 회피하지 못하도록 등 뒤, 발밑, 측면에 방패를 출현시켜서 도주로를 틀어막는다.

전기에 의한 공격으로부터 필로를 보호하는 동시에, 나디아의 움직임을 봉쇄해서 공격을 적중시킬 수 있다.

"어머나, 재미있는 걸 할 줄 아네. 이 누나도 놀랐지 뭐야."

"비장의 카드니까."

남은 도주로는 옆과 위뿐. 필로의 공격이 적중할 수 있도록, 가능하면 옆으로 움직이는 걸 방해하고 싶다.

그런 내 바람이 이루어졌는지, 나디아는 옆으로 몸을 날리려고 살짝 몸을 움츠린다.

"어림없지! 실드 프리즌!"

최후의 마무리와도 같이, 방패 감옥을 옆에 설치해서 도주로를 틀어막는다!

어떠냐! 라르크까지 궁지에 몰아넣었던 방패에 의한 방해 콤비네이션!

방해뿐만 아니라 이런 재주도 부릴 수 있다고!

이제 필로가 스파이럴 스트라이크를 적중시키고, 라프타리아가 공격하기만 하면 된다.

“어머나, 굉장한걸. 그치만——.”

나디아는 탁 하고 작살을 바닥에 꽂고는, 그 작살을 축으로 삼아 재빨리 공중제비를 돌아서, 등 뒤에 전개해 두었던 방패 뒤로 넘어가 버린다.

“와앗~?!”

돌격하던 필로가 내 방패와 충돌해서, 으드득으드득 소리와 함께 위력이 감소한다.

크…… 하지만 아직 체인 실드가 남아 있다고!

“체——.”

영창을 마치기도 전에, 별안간 주위의 공기 같은 무언가가 내게 엉겨 붙는다.

공기저항…… 팔 하나 움직이는 데도 중압감이 느껴진다.

무슨 일이 벌어진 거야?

그렇게 생각하며 주위를 둘러보니, 마치 바닷속처럼 투기장 안의 바닥에서 보글보글 거품이 올라오고 있다.

숨은 쉴 수 있는 것 같은데, 이건 대체 뭐야?!

"어머나~. 보아하니 이 누나의 공격이 너무나도 빨라서, 속도를 늦추려고 필드 변화 마법이 걸린 모양이네."

뭐라고?! 하필 이럴 때, 이런 성가신 짓을!

이 콜로세움은 관객이 돈을 써서 출전자를 지원할 수 있게 돼 있다. 이것도 그 일환인가.

"게다가~ 이 누나가 제일 좋아하는, 공간을 바닷속처럼 만드는 합창마법 『대해원(大海原)』이라~. 이러면 더더욱 질 수 없겠는걸."

"그럴 수가――."

결정타를 날리려고 나를 앞질러서 도를 휘두르려던 라프타리아가 경악에 찬 목소리를 토해낸다.

"젠장! 체인――."

"안됐네. 한발 늦었어."

내가 만들어낸 방패를 자기가 방패로 이용하는 믿기지 않는 상황 속에서, 나디아는 라프타리아를 작살로 쳐내고, 물 흐르는 듯한 움직임으로 라프타리아의 도를 막아내서 날을 맞대고 힘 싸움을 벌인다.

완전히 싸움에 도가 튼 녀석이잖아!

비장의 패인 스킬까지 전개해서 도주로를 봉쇄했건만, 이 녀석은 재빠르게 그에 대처했다.

원래 스테이터스가 높은 건지, 아니면 관중의 방해가 있는 건지는 모르지만, 지금까지 싸운 상대들 중에서 기술적으로는 가장 뛰어나지 않을까.

"우…… 아파…… 그치만!"

내 방패에 충돌하고, 게다가 나디아의 몸에 깃든 전기에 감전된 상황에서도, 필로는 태세를 가다듬고 다시 덤벼든다.

몸 상태가 말이 아니다.

"아직 안 끝났어! 체인 실드!"

나도 잠자코 후방에서 구경만 하고 있을 수는 없다.

그 와중에, 투기장 안이 물속과 같은 상태가 되어서인지, 나디아가 내쏜 번개가 광범위하게 확산되고 있다.

무효화시킬 수 있으면 좋으련만, 아무래도 그건 불가능한 듯, 나디아의 공격은 우리 전체에게 덮쳐들고 있는 것이다.

어마어마한 위력의 번개가!

나는 멀쩡하지만, 라프타리아와 필로는 상황이 다르다.

그래도, 일단 내가 이 여자를 제압하기만 하면 라프타리아와 필로가 일방적으로 공격할 수 있다!

"잡았다!"

나는 사슬로 이어진 방패로 나디아를 옥죄고, 그 몸을 움켜잡아서 움직임을 봉쇄한다.

"어머나! 록은 참 대담한걸~."

"헛소리 마!"

나디아는 제압당한 상태에서도, 필로를 향해 손을 내뻗고 재빨리 마법을 영창한다.

"쯔바이트 선더볼트!"

"누가 그냥 내버려둘 줄 알고? E플로트 실드! 체인지 실드!"

번개가 확산되어 성가시기 그지없긴 하지만, 그렇다고 못 싸울 건 없다.

나는 E플로트 실드를 출현시켜서, 의식을 이용해 방패를 이동시켜서 필로를 보호한다.

거기에 체인지 실드를 써서, 전기 계통을 흡수할 수 있는 금속성 방패인 아이언 실드로 바꾼다.

"어머나."

나디아가 내쏜 방패는 방패에 충돌해서, 방패 자체가 감전되는 데 그쳤다.

"저를 잊으시면 곤란하죠!"

체인 실드로 나디아를 옥죄기 위해서 후퇴했던 라프타리아가 도를 크게 휘두른다.

"활발한 아이네. 그치만 여기저기 빈틈투성이야."

"어? 아?!"

내 손아귀에 붙잡혀 있는 와중인데도 불구하고, 나디아는 자유자재로 움직이는 팔을 이용해서 작살을 휘둘러 라프타리아의 다리를 건다. 자세를 바로잡으려는 라프타리아의 힘을 이용해서 가볍게 떠밀자, 라프타리아는 내 눈앞에서 엉덩방아를 찧었다.

젠장, 물속 같은 투기장이 우리 입장에서는 나쁜 방향으로만 작용하고 있잖아.

"자, 그럼 다음은 록 차례겠네."

게다가 체인 실드의 효과 시간은 이미 끝나 버렸다. 오직 내 힘만으로 억누르고 있는 상태다.

"할 수 있으면 해 보시지!"

저주를 받은 상태라고는 해도, 나 자신의 방어력은 변하지 않았다.

어지간한 마법에는 거의 타격을 입지 않는다.

"드라이파 선더가드!"

나디아는 자신의 몸에 빠직빠직 번개를 쏟아붓는다.

술사 자신을 보호하는 반격 마법인 모양이다. 이런 때 도움이 되는 마법이겠군.

하지만 나는 이 정도에는 끄떡도 않는다.

"어머나? 이 누나에 대한 대처법을 마련해 온 거니?"

"글쎄다."

딱히 대책 같은 게 있는 건 아니다. 나 자신의 방어력으로 견뎌낼 수 있을 거라고 판단한 것뿐이다.

"그런데 록은 이 누나를 공격하지는 않는 거야?"

나디아도 내가 맨손으로 덤벼드는 것에 의문을 느끼고 있는 모양이다.

애석하지만, 공격하고 싶어도 못 한다고.

그리고 나디아에 대한 지원인지, 투기장에서 마력의 흐름이 느껴진다.

물속 같은 공간의 상공에, 다시 뇌운이 출현했다.

물속인데도 구름이 있는 이상한 광경. 이세계에서만 느낄 수 있는 독자적인 감각이군.

나디아에 대한 지원이 왜 이렇게 많은 거야?!

"우우…… 빠직빠직하는 것 때문에 튕겨 나와~."

게다가 나디아가 사용한 선더 가드의 출력이 너무 높아서 라프타리아와 필로가 제대로 공격도 못하고 있잖아. E플로트 실드를 체인지 실드로 바꿔서 전기를 빼내려고 해도, 주위에 있는 번개가 너무 많아서 빼낼 수가 없다!

"우우…… 이 누나도 이번에는 좀…… 힘드네."

나디아를 쳐다보니, 싱글싱글 웃으면서도 초조한 기색을 보이고 있다.

자기가 쏜 번개에 대미지를 입고 있는 건지, 아니면 라프타리아와 필로의 공격에 타격을 입은 건지는 모르겠다.

"싸우기가 영 까다로운걸~."

퍽퍽 작살로 내 등을 힘주어 찌르고 있지만 박히는 기색은 전혀 없고, 소리만 울려 퍼질 뿐이다.

변환무쌍류 할망구 같은 방어 비례 공격은 습득하지 못하고 있다는 게 불행 중 다행이군.

그걸로 공격해 왔다면 나도 무사할 수는 없었을 것이다.

"갑니다!"

"히밍도!"

라프타리아와 필로는 번개의 벽 앞에서 맥없이 서 있기만 하는 게 아니라, 기술을 준비하고 있었다.

약간 거리가 있으니까. 원거리 공격 마법이나 스킬이 좋을 것이다.

"풍도(風刀) · 진공!"

라프타리아는 자세를 낮추어 자세를 잡았다가, 도를 휘둘러 바람 칼날을 나디아에게 내쏜다.

"드라이파 윈드샷!"

필로 쪽은 고도로 압축된 바람 덩어리를 발사한 모양이다.

고밀도의 번개 벽이 있으니까. 둘이서 머리를 짜낸 것이리라.

퍽 하고 라프타리아의 스킬이 벽을 격파하고 필로의 마법이 그 뒤를 따른다.

"좋아! 잘했어! 어택 서포트!"

오른손에 가시를 생성해서 나디아를 찌른다.

나 자신의 공격은 아무런 효과도 못 미치지만, 어택 서포트의 효과는 다음 공격의 위력을 두 배로 불려 준다.

과연 버틸 수 있을까?

"어머나?"

나디아는 스킬을 요격하려고 작살을 휘두르고 있다.

아무리 이 녀석이라도 두 가지 마법을 동시에 쓸 수는 없는 모양이군.

하지만, 라프타리아와 필로의 공격은 어설픈 마법과는 차원이 다르단 말씀이지.

"어쩔 수 없겠는걸."

나디아는 작살을…… 부러뜨렸다?!

그러자 작살이 내포하고 있던 힘…… 마법 같은 것이 쏟아져 나왔다.

작살을 중심으로 마력 폭발이 일어난 걸 느낄 수 있었다.

게임 같은 것에서 본 적이 있었다. 단 한 번, 무기를 희생시켜서 사용하는, 필살기 같은 공격.

그 대가로, 소지하고 있는 무기는 파괴돼서 두 번 다시 쓸 수 없게 된다.

그런 부류의 무기가 이 세계에 존재했던 건가!

"잘못 맞으면 위험할 텐데~."

나디아는 라프타리아와 필로가 내쏜 스킬을 향해 부러진 작살을 투척한다.

라프타리아와 필로의 공격이 작살과 충돌한다.

그 순간, 작살이 눈부신 빛을 내뿜으며 폭발했다.

"꺄!"

"와~!"

라프타리아와 필로가 폭발에 나가떨어진다.

나디아 쪽은 지원마법으로 보이는 방어막이 출현한 덕분에 나가떨어지지 않은 상태다. 같이 있던 나도 마찬가지다.

뭐야! 뭐 이렇게 지원하는 녀석들이 많아!

아까부터 다들 나디아 쪽만 지원해 주고 있잖아!

"뭐 이런 끈질긴 놈이 다 있어?!"

"어머나."

"아직 안 끝났어요!"

"응! 토옷~!"

라프타리아와 필로가 흙먼지로부터 뛰쳐나와서 무기를 휘두른다.

"어머나! 그런 근성, 마음에 들어!"

나디아는 부러진 작살의 반쪽…… 번개 마법을 쓰느라 부서진 부분으로 라프타리아의 도를 막아낸다.

"크윽……."

라프타리아는 감전되는 걸 감수하면서 견뎌냈고, 필로가 그 틈을 찌른다.

몸을 비틀어서 회피하려는 나디아의 피부에 필로의 손톱이 박혀 든다.

"어머나……. 대단한걸."

하지만, 번개의 형태를 유지하고 있던 작살이 순간적으로 형태를 바꾸어 필로를 채어서 뿌리쳐 버린다.

"꺄악! 우…… 거의 다 됐었는데-!"

"그럼 나머지 하나도 처리해 볼까?"

나디아는 힘 싸움을 벌이고 있던 라프타리아에게, 부러진 작살의 나머지 반쪽을…… 푹 하고 가슴에 꽂아 넣는다.

무슨 장난이라도 하듯 태연자약하게 무시무시한 짓을 저지른 것이다.

"어? 아……?! 꺄아아아아아아아악!"

라프타리아는 내 눈앞에서, 수류탄에라도 얻어맞은 듯이 펑 하는 작은 폭발에 휩싸여서 나가떨어진다.

하지만, 라프타리아는 날렵하게 낙법을 취하고 도를 앞으로 뻗었다.

"역시 이 정도로 이길 수 있을 만큼 만만한 상대는 아니었나 보네. 큰 쪽은 먼저 폭발해 버렸으니까. 아무리 이 누나라도 코앞에서 터졌으니 좀 위험하기도 했구."

게다가 기가 막히게도 나디아는 내 망토를 방패 삼아서 폭발의 충격을 견뎌냈다.

"크윽…… 어떻게 이렇게 강할 수가……."

내 말이 그 말이다. 혼자서 싸우는데도 이렇게 강하다니, 이거 완전 괴물 아냐?

이제 와서, 뒤늦게나마 라프타리아 쪽으로 지원 물품인 듯한 로프가 날아들었다.

"이건……? 그런 거였군요! 필…… 허밍! 이걸 몸에 감으세요! 그러면 번개를 무효화시킬 수 있어요!"

"와~, 굉장해~!"

라프타리아와 필로는 날아든 로프를 감는다.

"록. 이 누나는 계속 이렇게 착 달라붙어 있는 건 별로 안 좋아해. 좀 더 밀고 당기기를 해야 하지 않겠어?"

"시끄러워! 그런 짓을 할 여유 없다고!"

다행히, 너한테는 이제 무기가 없는 것 같으니까.

이 틈을 놓칠 생각은 추호도 없다.

"어마, 안됐네. 그럼 이 누나가 하는 수밖에."

나디아는 라프타리아와 필로가 로프를 감는 틈을 타서 다시 마법을 영창한다.

빌어먹을! 내 힘으로 방해할 수 있는 방법은 없는 건가?

이 녀석은 나한테는 이렇다 할 공격도 하지 않고, 공격해 온다고 해도 내 반격 따위는 어차피 미미한 수준이다.

마룡 방패의 반격 효과인 C폭탄이라는 공격도, 나디아에게는 별 효과가 없는 것 같고 말이지.

선더가드는 공격이 아닌 반격으로 분류되는 건지, 방패의 반격효과가 작동하지 않는다.

반격에 대해 다시 반격할 수 있다면 고생할 일도 없을 텐데.

나디아도 이제는 자신의 움직임을 방해하는 내 쪽을 표적으로 삼은 건가.

보나 마나 마법에 의한 범위 공격이겠지.

그렇다면 주위에 방패를 출현시켜서 카운터로 일제사격

을 해 줄까?

나디아는 우렁차게 마법을 영창하기 시작했다.

“에어스트 실드! 세컨드 실드! 드리트 실드! 실드 프리즌! 체인지 실드!”

『힘의 근원인 내가 명한다. 다시금 진리를 깨우쳐, 벼락이여, 내 앞에 있는 자들을 감전시켜라!』

“드라이파 패럴라이즈 선더!”

뭐야?! 공격성이 낮은 상태이상 계통 마법?!

완전히 잘못 짚었잖아!

반격을 기대하고 변화시킨 것이었건만, 방패들은 아무런 반응도 보이지 않는다.

“큭.”

강력한 마비 마법 때문에, 나디아를 억누르고 있던 팔에서 약간 힘이 빠진다.

“어머, 대단한걸. 보통 사람들이었다면 감전돼서 전혀 못 움직이게 될 정도인데 말이야.”

그렇게 말하면서, 나디아는 내가 보인 미세한 빈틈을 찔러서, 내 속박을 벗어나 거리를 벌린다.

“튼튼하지 않으면 살아남을 수가 없었으니까.”

상태이상 내성을 습득해 둔 게 다행이었다.

어둠의 콜로세움이니만큼 무슨 일이 일어나도 이상할 게 없다고 생각은 했었지만…… 이건 정말 버거운데.

능력치 차이와 무관하게, 나디아라는 여자 자체의 전투력이 엄청난 수준이다.

저주가 없었더라면 이길 수 있었겠지만, 능력치만 믿고 막무가내로 밀어붙여서는 이길 수 없을 것이다.

만약에 능력치가 동등하거나 낮은 수준의 상대라면 절대 당해낼 수 없으리라.

하지만, 아무리 그래도 이렇게까지 고전하는 건 좀 이상하다. 단순히 전투력 때문만은 아닐 것이다.

뭔가…… 우리에게는 능력 저하 마법이 걸려 있고, 나디아에게는 능력을 상승시키는 지원마법이라도 걸려 있는 것 아닐까?

스테이터스를 보니, 어쩐지 수상한 감각이 느껴진다.

……라스 실드로 불살라 버릴까?

그런 생각이 문득 뇌리를 스친다.

하지만, 능력 저하에 대한 우려 때문만이 아니라도, 그 방패에 의지하는 건 가능한 한 피하고 싶다.

다행히 라프타리아와 필로는 전투 속행이 가능한 상태다.

게다가 관중석에서 번개를 무효화시켜주는 로프를 던져준 상태이기도 하고.

내가 다시 달려들어서 억누르면 이번에야말로 끝장을 낼 수 있을 것이다.

그렇게 생각했을 때, 또 한 자루의 작살이 나디아를 향해 날아든다.

젠장…… 절묘한 타이밍에 지원이 들어올 줄이야!

“이 누나를 이렇게까지 궁지에 몰아넣는 상대도 참 오랜만에 만나는걸. 그럼, 이 누나도…… 이제 전력을 다해서 상대해 줄까?”

나디아가 반쯤 자세를 숙이고 태세를 가다듬자, 주위 관객들이 환호성을 내지른다.

뭔가 재미있는 일이 일어날 거라고 기대하고 있는 모양이다.

“나디아 선수! 드디어 진짜 실력을 발휘하기 위해 수인화(獸人化)하려는 것 같습니다. 여러분! 나디아 선수의 진짜 실력을 기대하십시오오오오오오오오!”

수인화?!

수인이란 아인들 중에서 짐승에 가까운 인종을 가리키는 말이다.

그리고 아인들 중에는 임의로 수인화할 수 있는 종족이 존재한다는 얘기를, 요전에 노예상에게서 들은 적이 있었다.

또한 수인화 능력을 가진 녀석은 변신 후에 능력이 확 뛰어오른다고 한다.

다시 말해 지금까지 나디아는 진짜 실력을 발휘하지 않은 채 싸우고 있었다는 뜻이다.

장난 아닌데…….

나디아 주위로 마력이 모여들고, 안개 같은 게 피어올라서 윤곽이 희미해진다.

검은 실루엣이라고 표현해야 할까? 꿀럭꿀럭 소리를 내며, 나디아의 전신이 부풀어 오른다. 변신을 저지할까 하는 생각도 하긴 했지만, 그 움직임이 너무나 빠르다.

내가 접근했을 때는 이미 변신이 끝난 후겠지.

이윽고 나디아는 전신을 변화시켰다.

그 모습은, 검은색과 흰색이 선명한 대비를 이루는 무늬.

유선형 얼굴과, 물속을 이동하는 데 필요한, 물고기치고는 힘이 좋아 보이는, 두 갈래로 갈라진 꼬리.

광택이 도는, 얼핏 보면 고무처럼 보이는 피부.

등에는 상어 같은 지느러미가 있지만, 외모에서는 상어 같은 공포는 느껴지지 않는다.

뭐, 외국 호러 영화에서는 꽤 자주 사용되는 소재이기도 하지만, 그런 상어에 비하면 훨씬 작다.

공포물보다는 소년과 우정을 나누는 생물에 가까워 보인다.

"어?"

라프타리아가 어안이 벙벙한 표정으로 되까렸지만, 지금은 그러고 있을 때가 아니다. 찬찬히 관찰해서 대처해야 한다.

일본의 수족관에서는 드높은 인기를 구가하는 중요 동물 중 하나.

수인인 만큼, 원래 토대가 되는 동물과는 다르게 두 팔과 두 다리가 달려 있군.

그렇다……. 내가 아는 동물 중에 가장 가까운 걸 고르자면, 고래목 참돌고래과 범고래속…… 한 마디로 범고래다.

이 세계에 온 후로 수많은 수인들을 봐 왔지만, 변신하는 범고래는 처음 본다.

상당한 중량급의 체구에 둔중해 보이는 몸집이지만…… 아마 아니겠지.

크기는 필로리알 형태의 필로와 비슷하다.

한마디로 상당히 크다.

"그럼…… 간다!"

이렇게 강한 데다 번개까지 쏘는 걸 보면 뇌수(雷獸) 수인이나 *누에 수인일 거라고 상상했었다.

아니면 드래곤이라든가? 호랑이의 이미지도 연상되는군.

그런데 실제로는 수생류 수인이었다니.

하지만, 그보다 중요한 건, 녀석이 지금까지 진짜 힘을 숨기고 있었다는 점이다.

지금부터는 조금 전까지보다 전체적으로 능력이 향상됐다고 봐도 좋을 것이다.

그 증거로, 꼬리를 살짝 흔들기만 했을 뿐인데도, 물속과 유사한 공간 전체가 종횡무진으로 뒤흔들리고 있다.

역시 겉모양에 현혹됐다가는 쓴맛을 보게 되는 법이군.

---

* 누에(ヌエ) : 머리는 원숭이, 몸통은 너구리, 사지는 호랑이, 꼬리는 뱀으로 이루어져 있다고 전해지는, 일본의 전설 속 요괴.

가속을 붙여서 우리에게 일격을 날리거나 할 생각이겠지.

아까는 마법을 주무기로 쓰는 것 같았지만, 수인 형태일 때는 힘으로 밀어붙이는 건가?

어지간해서는 변신하지 않는 걸 보면, 상대방이 마법에 대응하는 도구를 갖고 있을 경우에만 변신해서 공격하는 전략이리라.

"저…… 저기……."

라프타리아는 종횡무진하는 나디아를 멍하니 쳐다보고 있었다.

"넋 놓고 있을 시간 없어! 죽기 싫으면 정신 똑바로 차려!"

단숨에 해치우기는 힘든 상대니까!

"라…… 시가라키! 간다!"

내가 신호를 보냈지만, 라프타리아는 여전히 넋이 나간 상태인 데다, 어째선지 전투태세까지 완전히 풀고 있다.

"언니!"

필로도 주의를 주었지만 듣는 둥 마는 둥이다.

"그럼 간다!"

나디아가 작살을 움켜쥐고, 가속을 붙여서 똑바로 돌격해 온다.

나는 라프타리아를 보호하기 위해 앞으로 나서서 방패를 다중 전개하고, 더불어 유성방패를 사용하려고――

"——사디나 언니?"

17화 연극

엉?

라프타리아가…… 나디아를 향해 그렇게 말했다.

그러자 나디아 쪽도, 엄청난 속도로 접근해 오다가 우리 눈앞에서 뚝 멈춰 섰다.

"어머……?"

관객들도 나디아가 움직임을 멈춘 걸 보고 수군수군 술렁거리기 시작한다.

잠깐, 사디나라고 불리는 인물은 마을에서 어부 일을 하던 녀석이라고 하지 않았었나?

엄청나게 강하고, 어부이고…… 수인…….

수생류 수인이라고 했었으니까, 확실히 부합하는 구석이 많긴 하다.

설마 나디아가 그 사디나라는 녀석이라고?!

아니, 아니, 그런 우연이——.

"역시 사디나 언니 맞죠? 왜 이런 곳에 계신 거예요?!"

라프타리아는 장비를 느슨하게 풀어서, 감추고 있던 귀와

꼬리를 보여준다.

“저기…… 너무 많이 커서 이 언니가 좀 놀라기는 했지만, 혹시 라프타리아니?”

“네, 맞아요. 사디나 언니.”

그런 우연이…… 존재했나 보다.

그나저나, 이건 어쩌면 행운 아닐까?

한마디로 라프타리아의 동향 출신이 지금 바로 눈앞에 있다는 거니까 말이지.

나디아, 곧 사디나는 나를 찬찬히 응시한 후, 뭔가 생각에 잠긴 듯이 고개를 갸웃거린다.

그리고 뭔가 명랑한 웃음을 짓는가 싶더니,

“이 누나도 깜짝 놀랐네. 그럼 얘기를 하고 싶으니까, 싸우는 척을 좀 해 줄래?”

“알았어.”

“그런데, 왜 이런 시합에 참가한 거야?”

사디나는 나와 힘겨루기를 벌이는 시늉을 하다가, 표적을 바꾸어 작살로 밀어붙인다.

더불어 라프타리아와 필로가 접근전을 벌이듯 칼부림을 하면서, 튕겨 나가는 것 같은 연출을 한다.

“마을 아이들을 구입하기 위해서 빠른 시일 내에 큰돈을 만들어야 했으니까요. 지금, 저희는 마을이 있었던 곳을 영지로 얻었어요.”

라프타리아가 속닥속닥 사디나에게 설명한다.

내 입장에서는 주위의 시선이 무지하게 신경 쓰이는데.

조금 전까지 요란하게 난장판을 벌이고 있다가, 갑자기 시시한 공방만 주고받고 있으니까.

"그 경위를 설명하자면 얘기가 길어질 것 같네. 라프타리아도 이렇게 훌륭하게 크고……."

감동에 눈물이 핑 도는 것 같은데…… 주위 시선 좀 신경 쓰라고.

"어찌 됐건 아까 그 번개 같은 걸 좀 써. 라프타리아, 필로, 너희도 필살기 같은 화려한 기술을 쏴. 나도 요란한 스킬로 공격할 테니까."

"알았어요."

"알았어~."

사디나는 시각적 효과에 치중한 뇌격을 광범위하게 발사했다.

뇌격은 스타디움 벽에까지 영향을 미치고, 굉음이 울려 퍼진다.

그 요란하기만 하고 위력은 보잘것없는 공격에, 나는 죽을상을 해 가며 방패를 전개해서 막아내고, 라프타리아와 필로의 공격을 기다린다.

라프타리아와 필로도 마찬가지로 화려한 기술을 연발했다.

실제로는 환영마법으로 연출하고 있는 것에 불과하다.

그사이에 대화를 진행시킨다.

"그나저나 왜 처음부터 수인 형태로 싸우지 않은 거야?"

처음부터 그 모습이었더라면 라프타리아도 한눈에 알아봤을 텐데……. 라프타리아도 사디나가 아인 모습으로 변신할 수 있다는 걸 모르고 있는 것 같았는데, 상대가 사디나라는 걸 알아봤더라면 이런 성가신 상황이 벌어지지도 않았을 것이다.

"어머나? 록도 사돈 남 말 할 처지가 아닐 텐데? 내 입장에서, 아인의 모습으로 지내는 건 잠행의 의미도 겸하고 있는걸."

……이해가 가지 않는 바도 아니다. 지금의 우리는 투구 등으로 얼굴을 가리고 있다.

사디나에게 아인의 모습은 평소 모습이 아니라는 건가.

도대체 센스가 어떻게 돼먹은 거냐고 따지고 싶은 기분이다.

나중에 자세하게 캐물어 봐야겠다.

"그럼 이제 어쩔 거야?"

생각을 되돌린다.

사디나가 적이 아니라면, 대화를 통해 이 싸움을 마칠 수도 있을 것이다.

"우리는 고액의 돈을 걸었어. 그러니까 너는 틈을 봐서 일부러 패배해."

"그치만 그럴 수도 없어서 말이야~. 이 누나도 돈이 필요해서 꽤 공을 들였는걸."

"술 때문에?"

"아니, 아니. 마을 아이들을 사고 있었거든. 상인들을 구슬려서 말이야."

사디나의 얘기를 짤막하게 들어 본다……. 듣자 하니, 르롤로나 마을 출신 노예들의 가격 폭등에는 사디나도 한몫하고 있었던 모양이다.

사디나는 마을 사람들 몇 명을 구입해서 제르토블 어딘가에서 보호하고 있다고 한다.

처음에 르롤로나 마을 출신 노예를 빨리 찾아내기 위해서 현상금을 걸었던 건, 사디나의 의뢰를 받은 암시장 상인이었다는 것이다.

하지만, 그 현상금이 역효과를 일으켜, 르롤로나 마을 출신 노예의 값이 폭등하고 말았다.

그리고 사디나 본인은 가격이 폭등한 노예들을 구입할 자금을 변통하기 위해서, 다른 암시장 무기상에게 부탁해서 어둠의 콜로세움에 참가, 이런저런 짓들을 저질러 왔다는 거다.

애초에 메르로마르크에서 노예를 찾아서 샀으면 될 거 아냐.

하지만 생각해 보면 내가 삼용교 세력을 해치울 때까지 아인은 천한 취급을 받았었으니, 그것도 어렵기는 했겠지.

그러니까 쉽게 돈을 벌 수 있는 제르토블에서 주문하는

편이 빨랐던 것이리라.

그래서 일의 일환으로 맡은 게 이 대회였고, 사디나는 결승에서, 결승의 대전 상대인 다크호스에게 패배해서 그 녀석에게 건 사람들이 떼돈을 벌도록 얘기가 되어 있었다고 한다.

노예를 구입하느라 빚까지 졌다나…….

그럼 이 녀석이 보호하고 있는 마을 녀석들은 실질적으로는 노예나 다름없는 거잖아.

"이걸 어쩌면 좋을지 몰라. 자칫 잘못했다가는 이 누나한테는 현상금이 걸리고, 모두 다시 팔려 나가고 말 텐데."

"빚은 어느 정도나 되지?"

사디나는 자신이 진 빚의 합계 금액을 내게 가르쳐준다.

큭…… 더럽게 많잖아. 하지만, 우리의 우승 상금과 비슷한 정도다.

그때까지 지급을 미루기만 한다면…… 어떻게든 해결할 수 있을지도 모른다.

내 생각을 알아챈 건지, 사디나는 한껏 거리를 벌리고 고개를 끄덕였다.

좋아, 그럼 여기부터는 연극이다.

"체인 실드!"

사슬이 뻗고, 산개해 있던 방패들이 체인 실드에 의해 이어져 빙글빙글 회전한다.

방패는 곧바로 사디나를 결박해서, 빈틈이 생긴 것처럼 보이게 만든다.

만약에 사디나가 진짜로 싸웠다면, 충분히 파괴하거나 회피해 버릴 수 있었을 것이다.

"시가라키! 허밍! 필살기를 쓰자!"

나는 가능한 한 큰 목소리로 그렇게 말했다.

라프타리아와 필로도 이해한 듯, 고개를 끄덕이고 마력 등의 힘을 긁어모은다.

사디나 쪽은 결박을 풀려 애쓰지만 풀지 못하는 연기를 시작했다.

철컹철컹하는 커다란 소리가 울려 퍼진다.

"하하하……. 그 사슬은 특별한 녀석이라 말이지. 내 허가가 없으면 풀리지 않게 돼 있다 이거야."

그렇게 호들갑스럽게 해설을 넣으면서, 라프타리아 등이 힘을 모을 시간을 번다.

관객석은 상당히 달아오른 분위기다.

이런 식으로 관객들의 만족도를 최고도까지 끌어올리는 거다.

사디나는 싱글싱글 웃고 있다.

웃지 마. 그러다 들키면 어쩌려고 그러는 거냐.

"이따위 구속이, 이 누나한테 통할 거라고 생각하면 오산이라구!"

"크큭큭, 어디 한번 저항해 보시지!"

그런 문답을 적당히 섞어 가다 보니, 드디어 라프타리아와 필로의 마법이 완성되었다.

동시에 사디나가 자신을 결박하던 사슬을 완력으로 찢어발긴다.

나는 그 타이밍에 맞추어 소리친다.

"뭐야?!"

만약 이게 실제 상황이었더라면, 나는 아마 혀를 찼을 것이다.

나도 참 낯짝이 두꺼운 녀석이구나 싶다.

하지만, 객석은 제법 분위기가 달아올라 있고, 우렁찬 환호성이 울려 퍼졌다.

"하지만 이미 늦었다. 간다!"

"네!"

"응!"

그리고 발동한 것은 커다란 회오리.

필로에게 연기라는 걸 이해할 만한 지능이 있는 걸까?

그런 걱정도 했었지만, 필로는 지금까지 썼던 쯔바이트 토네이도와는 비교도 되지 않을 만큼 거대한 회오리바람을 발생시켰다.

얼핏 보면, 단순히 지금까지 써 오던 마법의 초강화판처럼만 보인다.

그리고 그 마법에 맞추어, 라프타리아는 가짜 기술을 쓴다.

"환영도(幻影刀)!"

직후, 대량의 도가 나타나서, 소용돌이에 맞추어 회전을 시작했다.

그 칼날들이 모조리 사디나 쪽으로 날아든다.

도가 빨려들듯이 사디나에게 명중했다.

"끄으으으으으으으윽……!"

사디나의 연기도 대단한데.

사슬 결박은 풀었지만 명중당하고 말았다는 식의 연기를 펼치고 있다.

그것도 아파 보이는 목소리로.

정말 아픈 것 아닐까 하는 생각도 들었지만, 라프타리아가 동향 사람에게 부상을 입힐 리는 없을 것이다.

그렇게 해서 수십 초 동안, 회오리와 도는 공격을 되풀이하다가…… 멈추었다.

"…………."

사디나는 넋 나간 표정을 연기하며 서 있다.

이윽고, 쿵 하는 커다란 소리와 함께 뒤로 쓰러졌다.

그 광경은 관객들이 상상하던 것과는 달랐던 듯, 침묵이 이 자리를 지배한다.

"……이건 도저히 이길 수가 없겠는걸. 항복이야."

정신력과 기술을 모두 쏟아붓고도, 체력도 한계를 넘은

시늉을 하며, 사디나는 항복했다.

18화 시범경기

한 박자 늦게 환호성이 터져 나온다.

"이겼군."

꼭두각시놀음 같은 결과로 끝났지만, 우리에게는 아직도 처리해야 할 일들이 많이 남아 있다.

우선은 사디나의 고용주인 상인에 대한 교섭을 해야 하겠군.

안 그러면 우리가 상금을 손에 넣기도 전에, 빚에 대한 대가로 라프타리아의 고향 출신 노예들이 팔려나갈지도 모르니까.

어느 쪽이건…… 다음 시합은 형식적인 것이나 다름없을 것이다.

이 정도로 강한 녀석이 더 나오리라고는 생각하고 싶지도 않다.

"이것 참…… 이 누나도 깜짝 놀랐다니까~."

사디나는 우리에게 진심이 전혀 안 느껴지는 찬사를 보냈다.

뭐, 원래 승부조작을 하기로 되어 있는 대회였으니, 상황을 이 정도 비트는 것쯤은 괜찮겠지.

그렇게 생각했었지만, 대회의 운영진 쪽에서는 아무래도 이런 전개가 마음에 들지 않는 모양이다.

사회자에게 전령이 와서 뭔가를 건네줬고, 사회자는 그것을 소리 내어 읽는다.

"에…… 대회장을 찾아 주신 여러분의 흥분, 저희 운영진은 진지하게 받아들이고 있습니다. 그래서 또 다른 오락거리를 제공하기 위해, 여러분의 설문조사를 받고자 합니다."

사회자도 어리둥절한 표정으로 읽고 있군.

의도는 어렴풋이 짐작이 가지만, 반대할 이유도 딱히 없겠지.

관객들이 수군수군 술렁거린다.

반칙패 운운하는 소리를 안 하는 건, 애초부터 규칙 따위 없는 거나 다름없는 어둠의 콜로세움이기 때문이겠지.

그렇기에, 추가로 오락거리를 제공한다는 형태로 뭔가 수작을 부리려는 것이리라.

경기장 밖에서 우리에게 해코지하는 건, 노예상과 액세서리 상인의 입김이 있는 이상 불가능하다.

그렇다면, 이 자리에서 처분해 버릴 꿍꿍이를 꾸미겠지.

"이번 대회를 주최한 책임자께서 찾아오신다고 합니다."

그렇게 말하자, 콜로세움 위…… 귀빈석으로 되어 있는 곳에 퉁퉁한 체격의 상인들이 나타나고, 그 대표자로 보이는 녀석이 갈채를 기다리듯 양손을 펼쳐든다.

"관객 여러분. 이번 대회의 주최자인 우리가, 여기서 또 다른 오락거리를 제공해 드릴까 하는 생각에, 이렇게 나섰습니다."

관객들에게 다 들리도록 느릿느릿하고 커다란 목소리로 선언한다.

시합도 다 끝난 마당에 뭘 어쩌자는 거야?

하지만, 이 분위기는 낯이 익었다.

우리에게 있어 더없이 불리한 일이 일어날 것임을 감지할 수 있었다.

애초에, 처음부터 우승자가 정해져 있다거나 하는 점들이 비위에 거슬린다.

그러면서 우리에게 뭔가 장난질을 치려고 한다……. 삼용교 놈들의 수작을 연상케 한다.

귀빈석 뒤쪽에 뭔가 현수막 같은 게 내걸린다.

"지금부터 이번 대회에 참가한 투사들에게 또 다른 대결을 시키는 시범경기를 여는 게 어떻겠느냐! 하는 것입니다!"

"뭐가 어째?!"

내가 이의를 제기하듯 언성을 높인다.

그건 라프타리아와 필로, 사디나도 마찬가지인 듯, 경악에 말문이 막혀 있다.

"어머나……."

젠장! 계획이 틀어지니까 이렇게 오락을 가장해서 위해를 가하려는 건가.

우리의 억울한 표정과는 딴판으로, 관객들은 긍정적으로 박수를 치고 있다.

난감한데. 여기서 우리가 거부하면 부전패라느니 뭐니 하는 소리를 지껄일 게 분명하다.

"대전 상대느으으으으으으으은!"

상인이 손가락을 튕기자, 투기장 선수 입장용 입구에서 세 선수가 모습을 나타냈다……?

응? 뭐지? 그냥 자연스럽게 걸어오고 있는…… 건가?

가면을 쓴 등신대 인형…… 마네킹에 옷을 입힌 것 같은 녀석을 둘 거느린, 광대 같은 차림을 한 녀석이 나왔다.

가면 때문에 정체를 전혀 짐작할 수 없다.

"록……. 살~짝 위험하겠는걸?"

"뭐지?"

"저 애, 요즘 이런 대회를 휘젓고 다니는 인기 플레이어야. 엄청나게 강해. 이번 대회에는 출전하지 않았다고 알고 있었는데……."

대회에 참가도 안 한 녀석을 여기에 끌고 나왔다고? 매수인가? 리시아가 경계하라고 얘기했었던 기억이 난다.

어찌 됐건, 이렇게 강한 사디나가 있으니까 이길 수 있지 않을까?

"그렇습니다! 머더어어어어 피에로입니다아아아아아아!"

미친 광대? 무지하게 기분 나쁜 링네임이군.

물론, 내가 아는 언어로 번역되고 있는 거겠지만 말이지.

관객들 사이에서 터질 듯한 박수가 터져 나온다.

"이번 시범경기는 록밸리 일행&나디아 VS 머더 피에로입니다! 설문조사 집계 시간은 3분! 시합 개시 후에 10분 후까지 돈을 걸 수 있습니다! 어떻습니까?"

관객들은 수군수군 숙덕거리고 있지만, 마치 피에 굶주린 녀석들처럼 호기심 가득한 눈길로 우리를 쳐다보고 있다.

……알 만하다. 설문조사 결과가 '반대' 의견으로 모아지는 건 기대하지 않는 게 좋겠군.

"또 하나! 록밸리 일행 VS 나디아의 싸움에 거셨던 돈을 바로 환불해 드리겠습니다! 여러분. 한 번 걸었던 돈으로 다시 한 번 대박을 노려 보시는 건 어떠십니까? 그럼 찬성인지 반대인지, 찬성하시는 분은 손을 들어 주십시오!"

상인이 그렇게 말하자, 대회장에 있던 관객들의 반 이상이 손을 든다.

크…… 완전히 선동에 놀아나고 있군.

"애초에 이렇게 규칙을 뒤엎는 걸 용납해도 되는 거야?"

"록. 상인 뒤에 있는 문자를 찬찬~히 확인해 봐……."

"뭐야? 뭐라고 적혀 있는데?"

여러 문자로 적혀 있어서, 내가 알고 있는 문자인 메르로마르크 문자를 찾아내는 데에 시간이 걸렸다.

"특례에 따라, 머더 피에로가 승리할 경우에는 나디아에게 거셨던 금액을 시합 개최 전의 배당률로 보장하겠습니다, 라고 적혀 있어. 나한테 걸었던 사람 입장에서 보자면 아직 손해를 보지 않은 셈이니까 찬성하겠지. 반면에, 시합 개시 전에 록 쪽에 걸었던 사람이 얼마나 있었을 것 같아?"

우……. 하긴 한 방에 대박을 건질 생각에, 계속 무명인 것처럼 처신해 왔으니까.

우리와 노예상, 액세서리 상인 말고는 아무도 안 걸었을 가능성도 있다.

"어이, 잠깐! 이건 좀 아니잖아! 아무리 어둠의 콜로세움이라고 해도, 이런 변칙적인 규칙을 인정해도 되는 거야?!"

"그래서 설문조사를 실시해서, 찬성 쪽으로 기운 거잖아."

운영진도 운영진이지만, 관객들도 문제다!

말도 안 되는 논리에 이렇게 즉흥적으로 찬성하다니!

뭐, 상인의 감성으로 보자면 이해가 안 가는 건 아니다.

운영진이 풀어 놓은 자객인 사디나가 생각지도 못한 곳에서 패퇴하고 말았으니까.

어떻게든 그 손해를 메우고 싶으리라.

하지만, 권력을 이용해서 대전 상대를 방해하는 건 힘든 상황이다.

그런 마당에서 상황을 뒤집자면, 관객들의 찬성표를 얻어서 막무가내로 시합을 끌고 가는 수밖에 없을 것이다.

하지만, 그 이상의 방해는 힘들겠지.

사회자가 다른 곳을 보고 있는 걸 보면, 우리에게 더 이상 불리한 지시를 할 것 같지는 않다.

지나치게 얼토당토않은 짓을 했다가는 관객들의 의심을 살 테니까.

실제로 설문조사 운운하는 것에 고개를 갸웃거리는 녀석도 있다.

방식이 지나치게 억지스러운 것이다.

더 이상 억지스러운 운영을 했다가는 꼬리를 밟히고 만다.

한마디로 여기서 이기면 우리의 승리가 확정된다는 얘기!

"좋아! 이 틈에 회복마법을 걸어 주지."

시합이 시작되기 전에 최대한 체력 회복과 부상 치료를 해 두는 게 좋을 테니까.

나는 라프타리아와 필로에게 회복마법을 걸어 주려 했다.

"쯔바이트 힐."

하지만…….

뭐지? 사디나에게 마법을 방해받았을 때와 마찬가지로 회복마법이 불발에 그치고 만 걸 느낄 수 있었다.

"록, 이건 중요한 얘기니까 잘 들어."

"뭔데?"

"투기장 안에서, 운영진이 우리 마법을 완전히 방해하고 있어.”

“그럼, 내가 걸려고 했던 지원마법을 방해한 건 네가 아니었던 거야?”

“아니, 그때는 내가 한 거였어. 하지만, 지금은 달라. 수십 명이나 되는 마법사들을 동원해서 완전히 방해하려고 하고 있어. 투기장 내 곳곳에서 방해마법이 지속적으로 전개되고 있는걸.”

이런 성가시기 짝이 없는 방해공작을……. 할 수 없다. 마법을 쓸 수 없다면, 미리 준비해 둔 치료약을 바르면 그만이다.

시합 개시 시간까지 2분은 더 남아 있다.

그때까지, 지금 할 수 있는 일을 해 두는 수밖에 없다.

애초에 사디나가 이렇게 강하지 않은가. 우리가 손을 잡으면 수월하게 이길 수 있을 것이다.

“그리고 말이야, 록.”

“뭔데?”

“이 누나와 싸우는 동안에도 어렴풋이 느꼈을 테지만, 운영진은 록 일행이 눈치채지 못하도록 조용하게, 그러면서도 지속적으로 약화 마법을 걸고 있었어. 그리고 이 누나한테는 강화 마법이 걸려 있었구.”

“뭐라고?!”

“다시 말하자면, 운영진과 적대하게 된 이 누나한테, 아까 같은 힘을 기대하면 안 돼."

젠장! 성가신 일들이 뭐 이렇게 연속으로 일어나는 거냐!

우리는 부상 회복까지도 방해받아서, 최저한의 치료밖에 하지 못한 상태.

게다가 사디나에게 걸려 있던 강화 마법은 약화 마법으로 바뀌어 있다.

여기서 언성을 높여서 항의하면 뭔가 좀 달라질까?

……십중팔구, 변명하지 말라면서 귀담아듣지도 않으리라.

여기는 어둠의 콜로세움이니까.

애초에 이런 곳에서 일확천금을 노린 것부터가 잘못이었나?

배당률에 눈이 어두워서 참가했던 게 후회되기 시작했다.

그뿐만 아니라, 상대에게는 강화마법까지 걸리는 것이다.

……이 3분 동안의 휴식 시간은 분명 강화마법을 걸기 위한 시간이라고 봐도 좋으리라.

우리는 아까보다 더 몸이 무거워진 것 같은 기분이 들기도 한다.

"록도 제법 강한 거 아냐? 이 누나, 아까 상대했을 때 깜짝 놀랐는걸."

"그야 뭐."

파도와 맞서 싸우는 사성 용사라고. 본래는 일반인과는 차원이 다른 전력을 갖고 있었다.

빌어먹을……. 저주 때문에 능력이 저하되지만 않았더라

면, 약화 마법 따위에는 끄떡도 없었을 텐데!

잠깐……. 그러고 보니 키즈나 쪽 세계에서, 이럴 때 도움이 될 만한 방패를 손에 넣었잖아.

백호 소재에서 나온 방패였지 아마? 거기에 분명 원호 무효라는 전용효과가 있지 않았었나?

영귀와 같은 수호수 분류에 들어가는 방패니까 쓸 수 있을 것이다.

약화도 원호 마법에 속한다면, 이럴 때 도움이 될지도 모른다.

그렇게 생각하고 방패를 뒤져 보다가 멈춘다…….

강화 소재가 부족해서 어중간해질 것 같다. 강화해서 시험 삼아 스테이터스를 확인했다.

아……. 무지하게 어중간하잖아. 강화가 부족해서 완전 강화를 마친 마룡 방패보다 성능 면에서 한참 뒤떨어진다.

이래서야, 약화된 마룡 방패보다도 못하잖아…….

"라…… 시가라키."

"왜 그러세요?"

"백호 소재에서 나온 무기라면 약화 마법을 무시할 수 있을지도 몰라."

이번에는 라프타리아가 스테이터스를 체크한다.

"도를 휘두르는 데 필요한 스테이터스가 부족하고, 원호 무효 효과도 없어요."

어쩔 수 없지. 이번에는 지금까지 쓰던 무기로 싸우는 수밖에 없다.

"어찌 됐건~."

사디나는 관객과 운영진 쪽으로 시선을 돌렸다가, 이 와중에도 느긋한 태도로 작살을 휘두르며 내게 말한다.

"싸워 나가는 수밖에 없겠네."

"그래."

"맞아요. 이 난관을 뚫고, 마을 사람들을 되찾는 거예요!"

"안 질 거야~."

라프타리아와 필로도 동의한다.

그리고 그와 거의 동시에, 설문조사 집계가 끝나고 시범 경기가 열리기로 결정되었다.

마법 사용은 실질적으로 불가능. 우리에게는 강력한 약화 마법이 걸리고, 적에게는 강화 마법이 걸린 상태.

이런 상황에서 이기라는 게 도대체 말이 되는 소리냐!

지저분한 대회라는 건 알고 있었지만, 그래도 정도라는 게 있는 것 아닌가.

노예상과 액세서리 상인에게 명령해서 나중에 밟아 버릴까?

……밟아 버릴 수 있겠지? 용사의 권력까지 사용하면, 이런 녀석들쯤 처치할 수 있으리라.

어찌 됐건, 지금은 승리하는 것에 집중하자.

지고 나서 불평해 봤자 패배자의 변명처럼만 보일 테니까.

설문조사 결과가 나오기도 전에 등을 돌려서 자리를 뜬 운영진 상인의 거동이 마음에 걸린다.

빨리 시합을 끝내야 한다. 보나 마나 또 더러운 짓을 할 게 틀림없다.

"그럼 지금부터어어어어어어! 대겨어어어어어어얼! 개시이이이이이이이이이이이!"

징 소리가 울려 퍼지고, 머더 피에로라는 웃기는 놈과의 싸움이 시작되었다.

지금은 신속하게 이 인형사……인가? 어쨌든 이 녀석을 해치우는 게 선결 과제다.

전방에 있는 두 대의 인형이 철컥철컥 소리를 내며 우리를 향해 재빨리 걸어오는데, 그 모습이 괴기스럽기 짝이 없다.

"가자! 후방에 있는 본체를 노려!"

"네!"

"간다~!"

마법 사용이 불가능한 상황이니만큼, 사디나는 마법을 영창하지 않고 수인의 모습으로 라프타리아와 필로의 뒤를 따른다.

빠르기는 하지만…… 역시 동작이 무겁군.

라프타리아와 필로보다도 조금 뒤처지는 속도다.

앞서 돌진하는 라프타리아와 필로를 보며, 역시 지금은 사디나에게 지원마법이 걸리지 않은 상태라는 걸 실감한다.

아니, 지금은 그게 문제가 아니라, 이 인형 같은 두 대를 저지하는 게 내 임무다!

"핫!"

선두로 치고 나가서, 각각 검과 도끼를 휘두르는 두 인형의 공격을 막아낸다.

쩍 하고 충격이 몰아쳤다.

하지만, 내 방어력을 돌파할 수 있을 정도는 아닌 것 같군.

"…………."

"…………."

철컥철컥 움직이는 게, 영 괴기스러운 놈들이군.

머더 피에로 쪽은 손에 든 실몽당이를 통해서 인형을 조종하고 있는 것 같다.

"딱히 원한은 없지만, 이 말도 안 되는 시합을 최대한 빨리 끝내고 싶으니까, 좀 참으세요!"

"이길 거야!"

"이 누나의 뒤치다꺼리, 참 힘들지? 하지만 사정이 있어서 이러는 거니까, 좀 참아 줘!"

내가 명령하기도 전에 라프타리아와 필로, 사디나가 저마다의 무기를 휘두르며 덮쳐든다.

상대도 강하다는 모양이지만…… 그래 봤자 우리에게는 통하지 않을 것이다.

어떤 장해물이 도사리고 있더라도, 우리는 그것들을 모두

깨부수고 왔어!

여기서 질 수는 없단 말이다!

"……스파이더 네트."

"이런──."

"에~?"

"어머?"

머더 피에로를 공격하던 라프타리아와 필로, 사디나의 무기가 머더 피에로 앞에서 부자연스럽게 멈춰 선다.

도, 도대체 이게 무슨 일이야?!

"무, 무기에…… 실이?!"

"아, 안 떨어져."

"이거 성가신걸."

라프타리아 등의 무기에 엉겨 붙은 실이 느닷없이 스르륵 모습을 드러낸다.

그리고 여러 겹으로, 마치 살아 있는 것처럼, 라프타리아 등에게도 엉겨 붙는다.

구속 공격? 거미줄 같은 공격이 존재하는 거냐!

유력한 가능성은, 수인 중에서 벌레의 특성을 가진 녀석.

아니면 본성은 마물인 녀석이 필로처럼 인간화되어 있을 가능성이다.

머더 피에로가 털실을 앞으로 내뻗는다.

"바인드 와이어."

뀨우우욱 하는 소리와 함께, 내가 붙잡고 있던 인형으로부터 나를 향해서 실이 뻗어 온다.

"젠장! 이 자식, 놓지 못해?!"

엉겨 붙으려는 힘을 힘껏 잡아당기니, 실 자체는 손쉽게 잡아당길 수 있었다.

하지만, 끊어지지를 않는다!

원래 나 자신의 공격력이 미미하니 어쩔 수 없는 일이라고 생각해 버릴 수도 있지만, 아무리 그렇다 해도, 부자연스러울 만큼의 유연성을 갖고 있다.

도대체 뭐냔 말이다!

"큭! 이게!"

"싫어~!"

"라…… 시가라키, 허밍! 무기를 손에서 놔!"

필로와 사디나는 각자가 소지하고 있던 무기를 손에서 놓을 수 있지만, 권속기를 갖고 있는 라프타리아는 도에서 손을 뗄 수 없다.

"시가라키!"

"저도 알아요! 그치만…… 에에잇! 순도 · 하일문자!"

라프타리아는 온 힘을 다해 스킬을 써서 실을 끊으려 했지만, 불꽃만 튈 뿐이다.

말도 안 돼! 라프타리아의 스킬에 맞고도 안 끊어지다니 도대체 어떤 재료로 만들어진 거냐!

아니면 혹시 그런 건가? 능력 차가 치명적인 수준으로 벌어져서 못 끊는 거라든가?

기왕 이렇게 된 거, 아예 라스 실드로 불살라 버리는 것도 한 방책일지 모른다.

나는 엉겨 붙는 실을 완력으로 이겨내고, 방패에 손을 얹는다.

방해로 인해 변화 불가능.

내 시야에 문자가 나타났다.

뭐라고?

"안 통해."

실이 수십 겹으로 방패에 휘감겨서, 이제 아예 방패인지 실뭉당이인지 분간이 안 갈 지경이다.

"체인지 실 와이어……."

"큭…… 이건 대체……."

엄청나게 강한 녀석이라는 얘기는 들었지만, 아무리 그래도 이건 좀 이상한 거 아냐?!

용사를 상대로 싸우는 거라고는 믿기 힘든 공격이잖아!

"파이어 패럴라이즈 와이어."

내 주위에 있던 실이 타오르며 내게 뻗어 온다.

젠장! 뜨겁지는 않지만, 사령탑인 나를 먼저 처치하려는 꿍꿍이인 게 분명하다!

"나…… 록 님!"

"빨리 도를 거둬들여! 다른 한쪽을 메인으로 써!"

"아, 알았어요!"

움직임을 완전히 봉쇄당하기 전에 거리를 벌려!

그나저나…… 이걸 어쩌지?

응. 유성방패로 튕겨낼 수 있을 것 같다!

"유성……."

"스킬 실."

실이 내 목에 휘감긴다. 숨은 전혀 안 막힌다.

하지만…….

"뭐, 뭐야——."

스킬을 영창하려 하지만 어째선지 스킬을 영창하는 부분만 목소리가 안 나온다!

"어, 어떻게 된 거야?!"

이건 이상해도 너무 이상하잖아!

이 머더 피에로, 스킬을 방해할 수 있다니, 그런 마법이 세상에 어디 있어?!

상태이상에 대해서도 내성을 가진 나를 상태이상에 빠트리다니……. 설치형 공격일 가능성이 높다.

게임에 따라 차이는 있지만, 설치형 공격이라면 내성과 무관하게 상태이상을 일으킬 수 있다.

그런 요소가 존재하지 않는다는 보장이 없고, 실제로 지금 당하고 있기도 하다.

"테에에에에잇!"

필로가 실 사이를 누비고 나가서 맨손으로 머더 피에로에게 덮쳐든다.

상대방은 맨손이라고 얕본 건지, 아니면 나와 라프타리아에게 정신이 팔려 있었던 건지, 여러 겹으로 실을 둘러치고만 있을 뿐, 필로에 대한 대비는 허술해 보였다.

"토옷~!"

펑 하고 필로가 필로리알 형태로 변신하고는, 드높이 도약해서 실을 뛰어넘어 있는 힘껏 발길질을 날렸다.

머더 피에로는 놀란 듯 필로 쪽을 돌아보고 순간적으로 다수의 실을 흩뿌린다.

"아직 더 남았다구!"

필로리알 형태의 필로가 거구라서 방심한 건지, 실의 밀도가 낮다.

필로는 마법 방해를 받고 있는 상황임에도, 피트리아에게 직접 전수받은 가속 상태로 들어가서 실 사이를 헤치고 나아가, 공격 순간에만 필로리알 형태로 변신해서 발차기를 날렸다.

"윽!"

머더 피에로는 필로의 공격을 받고 멀리 나가떨어진다.

하지만, 실은 마치 충격을 흘려보내듯 펼쳐졌다가 머더 피에로를 감싸고, 순간적으로 고치를 만들었다가 풀어져서, 머더 피에로를 멀쩡하게 바닥에 내려놓는다.

풀어진 실은 다시 뭉쳐져서, 고치처럼 변해 투기장 구석으로 굴러간다.

"아직 안 끝났어요!"

거기에 라프타리아가 몰아붙이듯이 도를 휘두른다.

"영도(靈刀) · 혼단(魂斷)!"

"……소용없어."

"과연 그럴까요?"

라프타리아의 도가 실 사이를 뚫고 나가 머더 피에로를 벤다.

"——?!"

치직 하고, 노이즈 같은 소리가 머더 피에로로부터 들려왔다.

뭐지, 저 소리는?

……뭔지는 몰라도 계속 싸우는 수밖에 없다.

라프타리아의 도 중에는 물리적인 것이 아닌, 유령 같은 실체가 없는 상대를 벨 수 있는 무기가 있다.

"그럼…… 다음은 이거."

"마인드 라인."

이번에는 라프타리아의 공격을 막아내겠다는 듯, 슥 하고 실이 생성된다.
실 틈새를 비집고 나가던 라프타리아의 도에 실이 엉겨 붙는다.
"더 남았어~!"
필로도 쫓아가서 발차기를 날리려 하지만, 필드 한가득 실이 전개되어 있어서…… 아니다!
조금 전까지 내 근처에 있었던 인형이 어느 틈엔가 필로 앞에 나타나 있었다!
젠장! 난 지금 제대로 움직이지도 못하는 상태라고!
"다음—— 이쪽 차례. 니들 샷!"
이번에는 실에서 바늘이?! 실이 달려 있다.
하나같이 마치 재봉하는 모습을 보는 것 같은 공격들이잖아!
"록! 괜찮아?!"
사디나가 내 곁으로 와서 말을 건넨다.
무기도 없고 마법도 못 쓰는 상황이라, 싸울 도리가 없는…… 건가?
그나저나 시합이 일방적인 전개로 흘러가면 밀리는 쪽에 금전 원조나 무기 같은 걸 던져 주는 거 아니었어?!
그렇게 생각하며 살펴보니, 관중이 던진 무기를 머더 피에로가 실로 착착 잡아내고 있다.
투기장이 거미집에 뒤덮여서 나에게까지 무기가 도달하지 못한다.

마법 지원 쪽은 대충 봐서는 판단하기 힘들지만, 운영진이 방해하는 거라고 봐도 되겠군.

젠장……. 이러다간 라프타리아와 필로가 당할지도 모른다.

나 자신도 실에 끌려가기 직전이다.

게다가 내 사지에 휘감겨서 억지로 걷게 만들려 하고 있다.

방향으로 보아…… 머더 피에로 녀석, 나를 라프타리아의 공격에 대한 방패로 삼을 꿍꿍이인 모양이다.

사디나 정도면 손꼽히는 강자일 거라고 생각했는데, 뛰는 놈 위에 나는 놈이 있는 법이군.

뭐, 그건 어디까지나 체감적인 느낌이고, 약화 마법 등의 영향이 없고 마법 사용이 가능했더라면 손쉽게 이길 수 있었을는지도 모르지만.

"언니! 응…… 응……."

필로가 인간형으로 돌아와서 한껏 뒷걸음질을 치고는, 몇 번인가 목을 푼다.

그리고…… 어째선지 노래를 시작했다.

"이 마당에 갑자기 웬 노래야?!"

그렇게 주의를 줬더니, 필로는 내 쪽을 보고 손짓으로 신호를 보냈다.

으음…… 머리 모양이나 무기를 든 포즈로 미루어 보아, 키즈나를 말하는 건가?

그리고 노래……. 그렇다면 키즈나 쪽 세계에서 습득한

기술이란 얘긴가?

허밍 페어리였을 때 그런 능력을 갖고 있었다는 건 알고 있었는데, 이쪽에서도 할 수 있었던 건가!

그러고 보니 아이들에게 자장가를 불러줬더니 바로 잠들었다는 얘기를 한 적이 있었지!

팟팟 하고, 필로 주위에 뻗어 있던 실에 충격이 몰아친다.

이윽고 실에서 불길이 일고, 실은 머더 피에로의 실감개 속으로 되돌아갔다.

역시 이 실은 마법적인 공격에 약한 모양이군.

"파이어 송~."

필로는 그저 노래를 하고 있을 뿐이건만, 곡은 주위에 가득 울려 퍼졌다.

이거, 마법이 아닌 건가? 그럼 운영진도 방해할 길이 없겠군.

그리고 필로는 크게 숨을 들이쉬었다가, 필로리알의 형태로 변신하고, 날개를 확성기 같은 형태로 만들어 입에 대고 고함쳤다.

"에어 블록 보이스!"

쿵 하는 소리와 함께, 필로의 입에서 충격파 같은 무언가가 머더 피에로를 향해 날아가는 모습이 내 눈에 들어왔다.

무시무시한 비밀병기를 갖고 있었군.

쿄를 상대할 때 이걸 썼으면 좋았을 거 아냐!

뭐, 그때는 일반 마법을 쓰는 게 더 효과가 좋았던 건지도 모르지만.

"허밍! 고마워요!"

라프타리아가 다른 한 자루의 도를 꺼냈다가 없앴다가 하면서, 춤추듯이 머더 피에로의 방해를 헤집고 공격해 나간다.

몰아붙이고 있다……. 하지만, 그것도 언제까지 계속될는지.

크……. 약화 마법의 중압이 눈에 보일 정도로 강해졌다.

그에 따라 라프타리아와 필로의 움직임이 둔해진 상태다.

"록."

필로와 마찬가지로 결박당해 있었던 사디나가, 변신해서 결박을 풀고 내 곁으로 다가왔다.

한창 신나게 타오르는 실에 휘감겨 있던 내 몸에 손을 댄다.

"뭐지?"

"얘기하는 걸 깜박했는데, 이 상황에서 마법을 쓸 수 있는 방법이 있어."

"뭐라고? 어떻게 하면 되지?"

"마법 공부 안 했어?"

그 말을 듣고, 행상을 하면서 배웠던 걸 떠올린다.

방해는 한 명의 개인에게만 통한다. 하지만 여러 명이 동시에 방해를 할 수는 있다.

다시 말해, 여럿이서 영창할 경우에는?

그렇군. 여럿이서 합창마법을 사용하면 마법을 사용할 수 있을지도 모른다.

필로가 몇 번 쓴 적이 있었던 것을 떠올린다.

사디나는 내 귓가에 입을 가져다 대고 설명했다.

"그러니까, 록이랑 내가 협력해서 합창마법을 사용하는 거야."

"하지만, 영창했다가는 저 녀석이 알아채고 방해할 텐데."

"그 점은 이 누나만 믿어. 실패할 일은 없을 거야."

사디나는 내게 윙크를 보내고 마법 영창에 의식을 집중한다.

"록도 집중해. 이 누나가 도와줄 테니까. 지금부터 영창하는 건 지원마법이야."

할 수 없지. 나도 의식을 집중한다.

사디나로부터 내 쪽으로 뭔가 마력의 흐름이 느껴졌다……. 이건 뭐지?

오스트와 함께 마법을 영창했을 때 같은 힘의 흐름……. 하지만 뭔가가 다르다.

눈을 감은 내 시야에…… 네모난 블록 같은 것이 보인다.

그 옆에는, 일정한 형태를 띤 조각상? 아니다. 퍼즐 조각이다.

뭐지, 이건?

"합창마법은 처음이니? 일단, 마력을 가다듬어서 정해진 모습으로 만드는 거야."

젠장……. 성가신 작업을 요구하는군.

『두 개의 힘, 저자를 지탱하기 위해 힘을 담아, 패배로 향하는 힘을 뒤엎어 승리의 미래를 자아내는 힘을…….』

사디나가 척척 퍼즐 조각을 맞추어 형태를 만들어내서는 마법언어로 변환해 가는 걸 느낄 수 있었다.

"자, 록 쪽도 이리 줘 보렴. 이 누나가 도와줄게."

그렇게 말하면서, 내가 변형시키던 블록을 성형해 나간다. 하지만, 본래는 내가 해야 하는 부분이었기에 작업 효율이 떨어진다.

그나저나…… 이건 대체 뭘까.

사디나 녀석, 오스트가 하던 것에 가까운 작업을 하고 있는 것 같은데…….

아우라를 의식하자, 오스트가 보여주었던 퍼즐 조각이 순간적으로 어렴풋이 떠올랐다.

"잡념은 버리렴. 서두르지 않으면 라프타리아가 힘들지 않겠니?"

라프타리아와 필로는 그럭저럭 선전을 벌이고 있지만, 그것도 시간문제일 것이다.

머더 피에로가 관중석에서 던져 준 무기를 실로 긁어모아서 휘두르려는 걸 알 수 있었다.

지금은 마법에 집중하고, 그런 후에 막무가내로라도 돌파하는 방법을 모색하는 수밖에 없다.

『용맥(龍脈)이여. 우리의 바람을 들으라. 힘의 근원인 내가 기원한다. 다시금 진리를 깨우쳐, 내 앞에 도사릴 장해를 넘을 수 있는 힘을!』

사디나가 합창마법을 완성시켜서 오른손을 치켜들자, 상공에 먹구름이 모여든다.

우르릉 쾅쾅 천둥소리가 울려 퍼졌다.

"어머나, 이런 마법이 완성되는 거구나. 『뇌신강림(雷神降臨)』!"

내 입에서 저절로 마법명이 튀어나오고, 타깃 아이콘이 시야에 나타난다.

"록. 누구한테 마법을 걸어야 할지는 말 안 해도 알겠지?"

"……그래."

나는 주저 없이 라프타리아를 지명했다.

사디나도 마찬가지였던 듯, 라프타리아를 향해 손가락을 뻗는다.

뇌운이 라프타리아 상공으로 이동해서, 내려간다.

"꺄!"

그렇게 소리치며 놀라는 라프타리아.

"……지금."

머더 피에로는 그 틈을 찌르려고 실을 내뿜는다.

하지만, 머더 피에로가 내뿜은 실은 라프타리아에게 휘감기지 못하고 튕겨나간다.

게다가 그게 전부가 아니었다.

"우?!"

머더 피에로가 빠직하고 감전돼서 약간 뒷걸음질 쳤다.

"이, 이건……."

당사자인 라프타리아는 어안이 벙벙한 표정이다.

그리고 그건 나 역시 마찬가지다.

라프타리아의 온몸에 전기가 휘몰아치고 있으니까.

"능력이 큰 폭으로 뛰어오른 것 같아요……!"

"라…… 시가라키! 이 언니랑 록의 강력한 합창 지원마법이니까 소중히 써야 해-!"

"아, 네!"

"지지 않아."

머더 피에로는 지지 않겠다는 듯 실 달린 바늘을 투척하지만…… 라프타리아는 그것들을 모조리 쳐내고, 조금 전까지의 속도와는 전혀 다른 스피드로 접근해서 파고든다.

"막아내 주지!"

머더 피에로는 실몽당이로부터 거미집을 뿜어내고 거리를 벌리려 했다.

"소용없어요! 강도(剛刀) · 하십자(霞十字)."

라프타리아는 두 자루 검을 쥐고 머더 피에로를 향해 스킬을 내쏜다.

십자 궤적이 머더 피에로의 거미집으로 다가가자, 실은

찢어발겨지고, 라프타리아의 칼부림이 머더 피에로를 후려 친다.

"아아아아아—!"

추가타를 날리듯 번개가 날아가서 머더 피에로를 날려 버린다.

그래도 머더 피에로는 지지 않겠다는 듯 낙법을 취했다.

"필로도 안 질 거야~!"

그때 필로가 한껏 숨을 들이쉬고, 에어 블록 보이스를 적중시킨다.

"으으으……."

위력 자체는 그다지 강하지 않은 것 같았지만, 상대에게 대미지를 가하는 충격파를 만들어내기에는 충분하겠군.

"이제 끝이에요! 합성기 · 뇌대도(雷帶刀)!"

라프타리아가 도 한 자루를 크게 휘둘러 내린다.

그러자 파르스름한 번개가 라프타리아의 도에 깃들어서, 빛을 뿜는다.

그리고 벼락이 머더 피에로를 향해 쏟아졌다.

"커헉—!"

동시에 쿵 하는 격렬한 충격이 투기장을 뒤흔들고, 바닥에 크레이터가 생겨났다.

마치 의식마법 『징벌』이 쏟아졌을 때의 모습처럼.

그 크레이터의 중심에 서 있는 건 라프타리아뿐이다.

이긴…… 건가?

하지만, 머더 피에로는 분명 쓰러졌는데도, 실은 아직도 강력하게 우리를 옭아매고 있다.

라프타리아는 도를 휘둘러서 도에 묻은 피를 털어내고, 머더 피에로가 전투 불능 상태가 됐는지를 확인한다.

"…………?"

라프타리아는 스스로의 도를 응시하다가, 쓰러진 머더 피에로를 도의 칼집으로 뒤집는다.

"이건……."

라프타리아는 머더 피에로의 몸통을 도의 칼집으로 가볍게 쿡쿡 찌른다.

찌를 때 나는 소리가 마치 통나무를 찌르는 것 같잖아……?

데구르르…… 머더 피에로가 갖고 있었던 실몽당이가 굴러간다.

그렇다. 몇 개씩 실에 휘휘 감긴 채로 투기장 구석에 나뒹굴고 있는 무기 더미 쪽으로.

엄청나게 불길한 예감이 드는데…….

"스케이프 돌."

거기 쌓여 있던 무기를 묶고 있던 실로 된 고치를 가위로 자르고 뭔가가 튀어나온다.

"내 짐작에 따르면 강화는——?"

거기에는 또 한 명의 머더 피에로가 있었다.

라프타리아가 도를 겨누고 경계한다.

"……그 정도로는 ――다. 기본적인 힘이 부족하다."

"뭐?"

목소리가 너무 작아서 알아듣지를 못하겠다고!

"좀 더, 누구도 당해내지 못할 만큼의 ――가 없으면, 다른 ――에게 죽는다. 고작 나 정도에게 고전하는 수준이라면."

아까부터 대체 무슨 소리를 하려는 거야?

"……요금만큼은 싸웠다. 원래는 싸울 ―――다. 또―― 치칙……."

……노이즈 같은 소리가 들리는 것 같은데, 내 착각인가?

아까부터 이 녀석이 얘기할 때마다 잡음이 들려온다.

"살해당하지 않도록, 잘해 봐."

똑똑히 들렸다. 그리고, 머더 피에로는 내게 손을 흔들더니, 펑 하고 연기를 피워 올리며 홀연히 모습을 감추었다.

무슨 닌자라도 되냐? 그렇게 순식간에 사라지다니.

동시에 투기장 내에 둘러쳐져 있던 실이 자취를 감추고, 필로가 상대하고 있던 인형도 모습을 감추었다.

"도, 도대체 뭐야, 저 녀석은?"

정체를 알 수 없다는 점은 그렇다 치고, 마치 우리를 시험하는 것 같은 말투, 그리고 이 자리에서 별안간 사라져 버리다니.

"머더 피에로 선수 소실! 승자! 록밸리 일행&나디아아아아아아아아아아아아아!"

짝짝하고 드문드문 박수가 일기 시작하더니, 이윽고 와아아아아아아아 하는 박수갈채가 쏟아진다.

네놈들은 누가 이기든 상관없는 거냐.

"이겼네, 록."

"해냈어요!"

"필로가 이겼다~."

"넌 허밍이잖아!"

내가 주의를 줬더니, 필로 녀석은 흥 하고 코웃음을 쳤다.

나 참…… 한 번 가르쳐주면 금방 까먹지 좀 말란 말이다!

"그나저나…… 도대체 뭐지, 머더 피에로라는 녀석은……? 애초에 도대체 언제 다른 몸으로 바꿔 들어가 있었던 거야?"

"그 고치가 만들어졌을 때였겠지. 나도 뭔가 좀 이상하다고 생각했어."

"그치만 숨기는 솜씨가 엄청났어! 마법 아닐까~?"

사디나와 필로의 분석은 틀리지 않은 것 같은 느낌이 든다.

분명 더 싸울 여유가 있었던 것 같았건만, 목적을 달성했다는 이유로 사라져 버린 것 같았다.

그리고 우리의 힘이 아직 부족하다는 듯이…….

적인지 아군인지……. 아니, 아군은 절대 아니다.

막연하게 느껴지는 그 섬뜩함은, 글래스를 처음 만났을

때 느껴지던 감각을 연상케 한다.

그 부기가 무엇인지, 다음에 만나거든 다그쳐 봐야겠다.

하지만, 지금은 라프타리아의 동향 녀석들을 우선시해야 할 때다.

우리는 승리를 선언하듯이 손을 흔들면서, 종종걸음으로 선수 대기실을 향해 이동했다.

19화 어둠의 권력

대전료 수납은 노예상의 부하에게 맡기고, 우리는 사디나를 선두로 해서 제르토블 상점가를 걸어간다.

아무래도, 사디나가 악덕 상인과 합의했던 것과 다른 짓을 저지른 상황이니까.

그 상인 입장에서 생각해 보면, 그가 어떤 식으로 나올지 손쉽게 상상할 수 있다.

손해를 보상받기 위해, 값이 폭등하는 진짜 르롤로나 마을 출신 노예를 빼앗으려 하겠지.

뭐, 애초부터 그게 진짜 목적이었는지도 모르지만.

그런 짓을 당하면 보통 짜증 나는 일이 아니다. 그래서 이렇게 서둘러 달려가는 것이다.

"약화 마법이 상당히 심하게 걸려 있었나 보네요."

"그러게."

투기장에서 나오니 어찌나 몸이 가벼운지……. 몸이 너무 가벼워서 처음에는 자빠질 뻔하기까지 했다.

"록, 이쪽이야."

사디나가 가리키는 방향으로 향한다.

우리는 제르토블 시내, 뭔가 살벌해 보이는 녀석들이 보초를 서고 있는 주거 구역 건물에 도착했다.

상인이 마련해 준 석조 건물인데 제법 정취가 있군. 키즈나의 집과 비슷한 분위기를 가진 집이다.

그 집 앞에 수송용 마차 몇 대가 늘어서 있다.

보아하니 내 짐작이 들어맞은 모양이군.

집 안을 뒤지는 소리 같은 게 안쪽에서 어렴풋이 들려온다.

"지금, 이 건물에서는 채무 징수 작업을 하고 있다. 관계없는 녀석들은 썩 꺼져!"

그리고 집의 문 앞에는 용병으로 보이는 자들이 호위하듯 서 있다.

"미안하지만 관계없는 사람이 아니라서 말이야."

사디나가 마법 영창에 들어가자, 용병들은 우리가 누구인지를 알아챘다.

"보아하니 올 거라던 녀석들이 온 모양이군!"

"안됐지만, 네놈들을 들여보내 줄 수는 없어. 얌전히 붙잡히시지! 그분을 거역한 벌을 줘야 하니까!"

그와 동시에, 어디서 튀어나왔는지, 대량의 용병들과 잡다한 녀석들…… 40명 정도가 줄줄이 주위에서 쏟아져 나와서 덮쳐 왔다.

꼼꼼하게 마법사까지 대기시켜 둔 모양이다.

우리를 머릿수로 제압하려고 들다니 안이한 발상이군.

너희, 상대가 누군지 생각은 하면서 행동하는 거냐?

아무리 우리에게 약화 마법을 걸려고 해 봤자, 여기는 투기장이 아니다.

이렇다 할 장치 같은 것도 심어 두지 않은 곳에서, 게다가 잡다한 무리들을 상대로 라프타리아나 필로가 패할 리 없지 않은가.

"간다~! 짤랑짤랑~."

"우, 우와아아아아아아아아아아아!"

필로리알 형태로 변신한 필로가 모닝스타를 발에 매단 채 휘젓고 다니면서 용병들을 쓸어버린다.

"비키세요!"

"크헉!"

그리고 라프타리아가 도를 휘둘러 제압한다.

"다들 안 됐는걸! 드라이파 체인라이트닝!"

사디나가 연쇄되는 번개 마법으로 용병들을 감전시켰다.

마법으로 우리를 저지하기에는 머릿수가 모자랐나 보군.

사디나는 끝장을 내겠다는 듯 작살로 있는 힘껏 용병 하나를 찌르더니, 나머지 용병들 쪽으로 볼링하듯 던져 버렸다.

그것만으로도 건물 밖에 있던 자들은 잠재울 수 있었다.

"흥. 이런 비좁은 곳에서는 머릿수가 아무리 많아 봤자 소용없지."

다시 멀리서 궁병 같은 녀석들이 저격해 오지만, 화살은 내가 전개한 유성방패에 막혀서 떨어지고 만다.

"사디나, 마을 녀석들은 노예문을 통해서 상인에게 얽매여 있는 거 아냐?"

"괜찮아. 이 누나가 돈을 내서 노예문을 해제해 줬고, 무슨 일이 생기면 도망치자고 얘기해 뒀으니까."

"그럼, 녀석들은 벌써 여기서 도망친 거 아냐?"

내 질문에, 사디나는 건물 쪽으로 눈길을 돌린다.

"으~응?"

필로가 고개를 갸우뚱거리고 있잖아.

"있잖아~, 이 언니가 뭔가 소리를 냈어."

"어머나? 용케 알아들었구나. 건물 안에 몇 명이 있는지, 잠깐 세어 본 거야."

초음파?

그러고 보니 생각난다. 고래나 돌고래, 범고래 등은 바닷속에서 초음파를 이용해 물체를 파악한다 하지 않았던가.

수인이다 보니 그런 능력도 갖고 있는 건가? 편리하겠는데.

"……괜찮아. 도망칠 틈도 없이 포위돼서 어쩔 수 없이 농성하고 있었나 봐."

"그게 뭐가 괜찮다는 거냐……. 하지만 어쨌거나 구해내는 수밖에 없지! 라프타리아!"

"네!"

도망치지 못하도록 밖에서 문을 잠가 둔 상태였기에, 라프타리아가 문을 베어 버리고 안으로 들어간다.

나도 그 뒤를 따라서, 마을 녀석들을 붙잡으려던 녀석들을 섬멸한다.

"크헉!"

그 뒤쪽에는, 아까 투기장에서 시범경기를 선언했던 상인이 있었다.

일부러 여기까지 와 있었을 줄이야……. 마침 잘됐군.

"큭……. 나디아! 감히 계약을 어기다니!"

"그건 어쩔 수 없잖아. 상대가 워낙 강했는걸. 이 누나는 최선을 다했다구. 그리고 이건 록이 결정한 일인걸."

"그러니까 지금부터는 내가 얘기하지. 아까는 신세 많이 졌어. 콜로세움 일에 대해서는, 어차피 설문조사를 통해서 결정한 일이었고, 애초에 무슨 일이 일어나도 이상할 게 없는 어둠의 콜로세움이었으니까, 나도 불평할 생각은 없어. 다만, 이건 그거랑은 다른 얘기야."

"헛소리 지껄이지 마라! 네놈들이 나오는 바람에 우리 수입이 개판이 됐어! 그러니까, 계약을 위반한 거기 그…… 노예문으로 찍어 눌러도 태연한 얼굴로 버티는 여자가 애지중지하는, 돈 되는 녀석들을 몰수하겠다는 거다!"

자기가 불리한 상황이라는 걸 이해한 모양이다.

악덕상인은 짜증 가득한 눈길로 사디나를 노려보면서, 왜 일이 이렇게 됐는지 설명을 늘어놓는다.

가만, 노예문으로 찍어 누르는데도 태연하다고?

"이 누나의 가슴~."

"닥쳐! 잔말 말고 보여주기나 해!"

사디나가 가슴에 두르고 있는 하얀 천을 벗겨내니, 거기에는 한창 발동 중인 듯 형형하게 빛나는 노예문이 새겨져 있었다.

"좀생이처럼 돈 아끼느라 싸구려 노예문을 쓰니까 이렇게 되는 거야. 이 정도쯤은 끄떡도 없다구."

……필로도 예전에 마물문을 무력화시킨 적이 있었지.

마법 실력이 있으면 어떻게든 대처할 수 있는 건가?

"한 발 한 발 움직일 때마다 고통이 휘몰아칠 텐데! 어떻게 그렇게 태연한 얼굴로 버틸 수 있는 거냐!"

"그야 물론, 못 참을 정도는 아니니까 그렇지."

응? 완전히 무효화한 건 아니라는 건가?

아아, 그러고 보니까 필로의 경우는 마물문이 작동하지

않았었지.

하지만, 이건 작동 중.

노예문을 얕잡아 보고는 있지만, 고통이 없는 건 아니다……. 생각해 보면 대단한 일이다.

"네놈들! 감히 이런 짓을 저지르다니! 그러고도 살아남을 수 있을 것 같으냐?! 아니, 절대 살려 두지 않을 거다! 만약에 여기서 살아남는다고 해도, 제르토블의 암흑 길드가 세상 끝까지라도 네놈들을 쫓아갈 줄 알아라!"

"이봐, 무기 상인……. 그럴 수는 없을 게야."

그때…… 내 뒤쪽에서 목소리가 울려 퍼졌다.

고개를 돌려 보니, 거기에는 액세서리 상인과 노예상이 서 있었다.

더불어 리시아도, 약간 겁에 질린 얼굴로 같이 서 있었다. 라프짱도 보이는군.

"관전하면서 조마조마했어요오."

"라프~."

"그랬겠지. 솔직히 전투 면에서 성가신 걸로 치면 쿄보다 더 심했을지도 몰라."

사디나는 마법 무효화며 스킬 회피 같은 것도 할 줄 알고, 전투 센스는 완전히 괴물이다.

다음에 싸운 머더 피에로라는 녀석에게도 이것저것 캐묻고 싶은 게 있지만…… 그건 일단 넘어가자.

"네, 네놈은…… 액세서리 상인."

"필요하실 것 같아서 왔습니다. 네."

악덕상인은 진심으로 놀란 듯 눈을 부릅뜨고 입을 뻐끔거리면서, 액세서리 상인에게 삿대질하고 있다.

"네가 왜 여기 있는 거냐?! 하지만, 그건 상관없어! 제르토블 어둠의 상인조합이 이 녀석들을 용서할 리가 없어!"

"아니, 미안하지만 상인조합이 손을 댈 수 있는 분이 아냐. 아까 콜로세움에서 싸우는 걸 봤다면, 무기 상인…… 너도 충분히 이해했을 텐데……."

직접 현장을 확인하지 않고, 불의의 사태가 일어나니까 즉흥적인 계략을 써서 시간을 벌고, 자기는 노예를 몰수하러 온 것 같으니까 말이지.

"우리 일족의 뜻을 모아, 이번 어둠의 콜로세움에서 벌어진 문제는 대수롭지 않은 일이고, 록밸리 일행의 처형에 대해서는 반대 의견을 표명하겠습니다. 네."

"더불어, 내가 관리하는 액세서리 조합도 반대를 표명하지."

"어, 어째서냐?!"

"당신이 뒤에서 누군가를 우승시키려고 암약했던 것처럼, 우리도 비밀리에 암약하고 있었던 것이지요. 네."

"뭐가 어째?!"

"어차피 이번 대회에서는, 돈은 돈대로 벌고, 나디아가 보호하고 있던 녀석들은 가격이 최고점을 찍었을 때 강제로 경매를 통해 팔아치울 꿍꿍이였겠지? 모종의 수단으로 나디아를 죽여 버리고 말이야."

"그랬겠지~. 그래서 이 누나도 무지하게 조심했었는걸. 뒷세계 연줄을 이용해서 그 애들의 노예문도 해제해 줬었다구~."

알 게 뭐야. 이 여자의 생각은 도무지 파악하기가 힘들다.

알고 있었으면 더 필사적으로 대처했어야 할 거 아냐!

"그럼 이쯤에서 거래를 해 볼까? 으음, 무기 상인이라고 부르면 되나? 우리는 내일 시합에서 우승할 거야. 거기서 버는 돈은, 나디아의 빚과 거의 비슷한 금액이지. 나는 그 돈을 환급받아서 나디아의 신병을 사 줄게. 그러니까 너와 나디아가 데리고 있는 르롤로나 마을 출신 노예들을 내게 넘겨."

"헛소리 마라! 누가 황금알을 낳는 거위를 넘겨줄 줄 알고? 그 노예들이 지금 얼마나 많은 돈으로 거래되고 있는지 알기나 하는 거냐?!"

뭐, 받아들이기 힘든 얘기라는 건 나도 뻔히 잘 알고 있다.

"그보다 액세서리 상인과 노예 상인을 어떻게 구슬린 거냐?!"

아아……. 그러고 보니 아직 자기소개를 안 하고 있었군.

노예상의 인맥과 액세서리 상인의 장난질 때문에, 내 경력을 추적하기는 힘들었을 테니까.

"이제 콜로세움 내부에서는 록밸리 일행이 누구인지 다들 알고 있는 것 같던데 말이지. 진짜인지 어쩐지는 차치하고서라도."

"뭐, 어차피 얘기해 줘도 가짜라고 생각하고 코웃음만 칠지도 모르니까 가르쳐주지."

나는 악덕상인을 내려다보며, 엄지로 나 자신을 가리키며 선언한다.

"나는 사성용사 중 하나인 방패 용사로서 소환된 이와타니 나오후미다. 몸값이 폭등 중인 르롤로나 마을 출신 노예들을 되찾기 위해서, 네가 운영하는 콜로세움에 참가했지."

"실은 경력에 흠이 생길 것 같으니 말리고 싶었지만 말이에요."

라프타리아가 그렇게 뇌까리고 있다.

"경력? 알 게 뭐야. 수단 방법을 가리고 있을 여유가 없었어. 날로 값이 뛰는 르롤로나 마을 출신 노예를 되찾으려면 말이지."

"그, 그건 말도 안 돼!"

악덕상인은 도무지 믿기지가 않는다는 듯 절규한다.

뭐야? 자기소개를 했는데도 알아듣지를 못하다니, 성가신 놈이군.

"거짓말인 것 같다면 증명해 줄까? 자, 보라고. 덤으로

에어스트 실드, 세컨드 실드, 체인지 실드, 실드 프리즌."

방패를 연신 변화시키고, 동시에 스킬을 과시하듯 선보인다.

"마법으로 재현하려면 영창을 해야 할 텐데, 영창도 없이 쓰다니 참 신기하지?"

"그럼 믿으실 수 있도록 비장의 카드를 투입하도록 하지요. 네."

그러면서, 노예상이 나에게 루코르 열매 한 송이를 건넨다.

이걸 먹으면 되는 건가?

악덕상인의 코끝에 루코르 열매 한 알을 슬쩍 들이대서 진짜라는 걸 확인시킨 후, 입에 한가득 머금었다.

"어머나……."

어째선지 사디나가 황홀해하는 표정으로 뺨에 손을 대고 있다.

"이제 좀 믿을 수 있겠어?"

"그럴 수가――. 큭……."

악덕상인은 고개를 푹 숙이고 그 자리에 털썩 주저앉았다.

아마도 방패 용사는 루코르 열매를 먹고도 멀쩡하다는 게 확실한 신분증명서 구실을 하게 된 모양이다.

뭐, 메르로마르크 인근과 일부 상인들 사이에서나 퍼져 있는 얘기인 것 같지만.

모르는 녀석은 모르겠지만, 이 상인도 소문 정도는 알고 있으리라.

"이 정도면 되겠지. 포기해 줄 거지? 또 하나, 억지로 시범경기를 하게 만든 건 아직 잊지 않고 있다는 걸 기억해 두는 게 좋을 거야."

"워, 원하는 게 뭐냐?!"

"글쎄……. 마을의 생존자가 더 있을지도 모르니까, 진짜를 발견하는 즉시 보고해. 할부든 뭐든 좋아. 돈은 확실히 지불해 주지. 하지만, 빨리 이 거품을 꺼트려서 가격을 안정시키라고."

십중팔구 이 녀석이 사디나의 소망을 악용해서 마을 노예들의 몸값을 끌어올린 것이리라.

그러니 주범만 찍어 누르면 이 가격 폭등도 수그러들 것이다.

그냥 가격이 제멋대로 뛰고 있는 건지도 모르지만, 여기에 어둠의 상인들이 모여 있지 않은가. 어떻게든 해결되겠지.

"예를 들어 이번 사건이 불씨가 돼서, 르롤로나 마을의 노예를 소지하고 있으면 방패 용사가 보낸 자객이 온다고 떠벌리는 식으로 말이지."

목격자도 제법 많은 상황이다. 소문을 부풀리기에 충분한 인원이군.

"걱정 마. 저기 있는 두 녀석과 같이 내 밑으로 들어오면 나쁘게 대접하진 않을 테니까. 어떻게 할 거야?"

"아, 알았다……."

이렇게 해서, 어둠의 콜로세움에서 벌어진 사건은 막을 내리게 되었다.

물론, 다음 날 시합은 거의 형식적인 것이어서, 속전속결로 승패를 판가름 지었지만.

에필로그 어필

사디나가 보호하고 있던 노예들은 열다섯 명이나 되었다. 콜로세움에서 번 상금으로 이 녀석들을 전부 다 사들일 수 있을지 의문이다.

참고로 라프타리아가 노예 경매에서 발견한 진짜 르롤로나 출신 노예도 여기에 있었다 한다.

얘기에 의하면, 르롤로나 출신 노예 하나가, 사디나의 부탁을 받은 상인과 함께 경매장에서 사들였다나 뭐라나.

뭐, 진짜라는 확신이 없이는 불가능한 일이긴 하지만.

사디나도 노예 계약이 파기되어 드디어 자유의 몸이 되었다.

"그럼 라프타리아, 얘기는 다 마무리됐어?"

"네. 모두 제 얘기를 믿어 줬어요. 그리고 나오후미 님의 영지인 그 마을을 재건하는 작업을 하는 중이라고 설명했어요."

"그거 다행이네. 이제 남은 문제는 내 노예가 되느냐 마느냐 하는 것 정도겠군."

"그 얘기는…… 마을로 돌아간 후에 해 주시면 안 될까요?"

흐음……. 모델케이스 삼아서 키르 등을 보여주면, 자기들도 강해지고 싶다는 생각에 스스로 노예가 되려 할 거란 얘기군.

라프타리아도 뭘 좀 아는데 그래.

"알았어. 그럼 일단 파티에 들어오라고 부탁해 줘. 시시때때로 포털을 이용해서 마을로 데려가도록 하지."

사디나와 라프타리아의 선도에 따라, 열다섯 명의 노예들은 화기애애하게 포털을 타고 마을로 귀환해 갔다. 처음으로 포털을 경험했을 때에는 상당히 놀란 기색이었다고 한다.

"우리도 일단 돌아가지. 솔직히 피곤하니까."

"네."

포털을 타고 마을로 돌아가니, 사디나를 포함한 원래 마을 주민들은 서로 옛정을 되새기고 있었다.

필로는 메르티에게 이번에 겪은 무용담을 얘기하러 이웃 도시에 갔다.

괜히 쓸데없는 얘기를 떠벌리지나 않으면 좋으련만…….

"록의 본명은 나오후미였었구나."

"그렇게 어린애 부르듯 하는 말투는 여전하군."

사디나는 나를 어린애처럼 대하면서, 여전히 친근하게 말을 걸곤 한다.

"그건 그렇고 나오후미. 라프타리아랑은 어디까지 갔어?"

"간다고?"

"사디나 언니!"

이런 경우에 '간다' 라는 건 뭘 가리키는 말이지?

라프타리아는 야한 농담이라면 질색을 하고, 사디나도 원래 라프타리아와 친한 사이였으니 그 점은 알고 있으리라.

그렇다면 '간다' 라는 게 무슨 뜻인지는 뻔하군. 어디까지 외출해 봤느냐 하는 거겠지.

"파도 너머에 있는 세계까지 갔던 적이 있었어. 라프타리아가 갖고 있는 도는 그 세계의…… 아마, 이 세계로 따지자면 칠성무기에 해당하는 무기일 거야."

"어머나~."

사디나는 라프타리아를 뚫어지게 쳐다본다.

"뭐, 뭔데 그래요?"

"그런 거야? 나오후미랑은 그게 전부였니?"

"그, 그래요."

"형, 무슨 얘기 하는 거야?"

동향 친구들과의 재회를 기뻐하던 키르가 내게 말을 건다.

"아무것도 아냐. 키르 군."

"그래?"

"라프타리아의 무용담을 얘기하던 거야. 맞지?"

“나오후미 님은 그렇게 생각하셔도 돼요.”

뭐야? 그 애매모호한 표현은. 그러니까 꼭 처음에 떠오른 생각 쪽이 맞는 것처럼 느껴지잖아.

“어머나, 그렇다면……. 그럼 나오후미는 내가 가질게~.”

“지금 무슨 말씀 하시는 거예요!”

“어이, 무슨 소리 하는 거야!”

“에……. 난 진짜로 나오후미를 노리고 있다구.”

사디나는 교태 부리듯 몸을 배배 꼬면서 느릿하게 대답하고, 내 팔에 자기 팔을 얽는다.

하지 마. 재수 없어.

뿌리쳐 보지만, 그래 봤자 소용없다는 듯 잇달아 팔짱을 끼려고 든다.

젠장, 이 자식 왜 이렇게 끈질겨?!

“이 누나가 조신하게 내조해 줄까?”

“사디나 언니…… 제정신이세요?”

“물론이지~.”

사디나가 당연하다는 듯 내뱉는다.

“뭐야? 형을 좋아한다는 얘기야? 그렇게 따지자면 이 마을 사람들은 누구나 형을 좋아한다고!”

“나는 폭군에 수전노야! 너희와 어울릴 생각 따위 없고, 맘씨 좋은 형이 될 생각도 없어!”

“그렇게 설득력 없는 말 처음 들어 봐!”

키르 이 자식, 무슨 소릴 하는 거냐! 역시 멍청한 녀석이군.

사디나는 내가 싫어하는 걸 뻔히 알면서, 왜 노골적으로 성적인 어필을 해 대는 거냐!

이건 보아하니 틀림없이 장난질이겠군.

자기 가슴을 만지게 하고 '이 누나 가슴 어때?' 라느니 하는 소리를 하는 녀석이다.

진지하게 상대해 줘 봤자 피곤하기만 할 뿐이다.

하지만, 라프타리아는 고지식한 아이니까. 이런 얘기는 특히 더 싫어하는 경향이 있다.

"맞아~. 그럼 키르, 이 누나랑 같이 나오후미를 함락시켜 버리자. 이 누나는 나오후미를 남편으로 삼을 거라구~."

"누가 네놈 남편 따위 될 줄 알고?!"

라프타리아의 표정이 눈에 띄게 파랗게 질려 간다. 그리고 얼굴을 내 쪽으로 향한다.

"나오후미 님……. 설마 사디나 언니랑 술 대결 같은 거…… 하지 않으셨어요?"

"술 대결? 처음에 만났을 때 벌컥벌컥 마셔대는 데 동석한 적은 있어. 다음에 만났을 때도 마셨었지만, 사디나가 취할 때까지는 안 마셨어."

"꺄아~, 그렇게 얘기하면 나오후미가 이 누나한테 이겼다는 것처럼 들리잖아."

데에-엥 하고 충격을 받은 듯, 라프타리아가 머리에 손을 짚고 몸을 젖혔다.

왜 이러지?

“나오후미 님……. 사디나 언니는 옛날부터, 마을 사람들에게 입버릇처럼 항상 얘기하곤 했어요.”

“하아…….”

키르도 동의하듯이 힘주어 고개를 끄덕이고 있다.

뭐야, 무슨 얘긴데?

“사디나 언니는 ‘내 생애의 반려자가 될 사람은 나보다 술이 센 사람! 그런 사람이랑 만나면 절대로 안 놓칠 테니까 다들 각오하라구!’ 라고요.”

“사디나 누나는 마을 최고의 술꾼이었으니까. 소문으로 듣기로는, 영지 내 술 마시기 대회에서 우승하고, 그것도 모자라서 더 마셔댔다는 얘기까지 들었는걸.”

“호오…….”

“그러니까 마을 사람들은, 사디나 누나가 장래의 남편감으로 형을 지명한 걸 보면, 형이 술 대결에서 이긴 게 분명하다고 생각하고 있어.”

“엉?”

그러고 보니, 사디나는 나에게 루코르 열매가 든 술을 먹였었다.

그 뒤로 유독 더 친근하게 굴기 시작했었던 것 같은 느낌도 든다.

응? 사디나가 나를 남편감으로 점찍은 이유가 고작 그거였어?

그냥 장난질일 거라고 생각했는데…….

그런 생각을 하며 사디나 쪽을 쳐다보니, 사디나 녀석은 인간형 모습으로 수줍은 척 뺨에 손을 대고, 내 팔을 간질이듯 손끝으로 연신 동그라미를 그려 대고 있다.

뭐지. 빗치에게 속기 전의 나였더라면, 공략 완료, 드디어 내 전성기가 찾아왔구나 하고 좋아했을 것 같다.

"형, 무슨 수로 사디나 누나를 이긴 거야?"

"이긴 건지 어떤지는 모르지만, 루코르 열매를 먹고 나니까 살갑게 구는 것 같긴 하군."

"""그야 뭐……."""

키르와 이 마을 출신 노예들이 이구동성으로 중얼거린다.

사디나는 이 마을에서는 좋은 누나 역할을 하던 모양이니, 그래서 다들 잘 아는 건가?

"행상 일을 하다 보면 가끔씩 마을 사람들이 주는 경우가 있었잖아."

"응? 그거 루코르 열매였어? 환영의 증표인 줄 알았는데."

자기가 방패 용사라 자처하는 가짜를 판별하는 방법으로서 서서히 유명해지고 있는, 루코르 열매를 먹어 보는 수법이다.

역시 루코르 열매를 먹고 무사한 녀석은 나 말고는 없는 모양이다.

일종의 환영인 동시에 가짜를 혼내주기 위한 도구라고 생각했었는데.

"그러니까 내 마음은 진심이라구~! 고마워, 나오후미!"

"우왓!"

사디나가 내 입술을 향해 입술을 내밀고, 재빨리 돌진해 왔다.

재빨리 얼굴을 돌린다.

그랬는데도 내 뺨에 사디나의 입술이 닿아서, 쪽 하는 소리가 울려 퍼진다.

"어머, 아까워라. 그럼 이번에야말로 입술을 빼앗아야지."

"헛소리 마!"

큰일 날 뻔했네! 자칫하면 첫 키스를 빼앗길 뻔했다고!

미안하지만 나는 이 세계에서 살림을 차릴 생각 따위는 없다고!

세계가 평화를 되찾으면 냉큼 일본으로 돌아가 버릴 테니까.

어째 주변 공기가 좀 따끔따끔하게 느껴지는 것 같은데……?

라프타리아가 뭔가 엄청나게 언짢은 얼굴로 나와 사디나를 노려보고 있다.

그것 보라고. 라프타리아는 워낙 고지식한 녀석이라 이런 짓을 하면 불쾌해한다니까.

“라, 라프…….”

“후에에에…….”

“사디나 언니!”

“어머어머, 이거 무지하게 즐거워지는걸. 이 누나, 앞으로 찾아올 날들에 대한 기대를 부풀려도 되려나?”

“될 수 있으면 좀 얌전히 지내 줘…….”

“아, 맞다! 형! 우리 밥 좀 만들어 줘!”

“밥 줘!”

“밥 줘!”

“밥 줘~!”

“시끄러워!”

어쨌거나, 이만하면 라프타리아의 고향 동료들을 사 모으는 작업은 어느 정도 궤도에 오른 것 같다.

이 녀석들을 전력의 일원으로서 포함시킬지 어쩔지는 아직 결정하지 않았지만, 부릴 수 있는 일손이 늘었다.

하지만, 산 넘어 산이라는 속담이 뇌리를 스쳐 지나간 건…… 그냥 기분 탓일까?

아인에서 수인 형태로 변신해서 나를 억지로 끌어안으려 드는 사디나와, 성적 장난에 과민하게 반응해서 언짢아하는 라프타리아를 다독이는 건 그야말로 등골이 휘는 일일 거라는 생각이 들었다.

캐릭터 디자인안

사디나(나디아)

캐릭터 디자인안

키르

방패 용사 성공담 10

2015년 09월 16일 제1판 인쇄
2018년 05월 09일 3쇄 발행

지음 아네코 유사기 | **일러스트** 미나미 세이라 | **옮김** 박용국

펴낸이 임광순 | **제작 디자인팀장** 오태철
편집부 황건수 · 신채윤 · 이병건 · 이홍재 · 김호민
디자인팀 박진아 · 박창조 · 한혜빈
국제팀 노석진 · 엄태진

펴낸곳 영상출판미디어(주)
등록번호 제 2002-000003호
주소 21311 인천광역시 부평구 평천로 132 (청천동)
전화 032-505-2973(代) | **FAX** 032-505-2982

ISBN 979-11-319-3538-5
ISBN 979-11-319-0033-8 (세트)

귀재 카를로 젠이 선사하는 충격적 가상전기, 개막!

유녀전기[幼女戰記]
-Deus lo vult-
1

세계를 상대로 싸우는 제국의 전쟁 영웅은 열 살 소녀!?
일본 웹소설 연재 사이트 Arcadia를 뜨겁게 달군 화제작!

전쟁의 영웅, 그녀는…… 나이 어린 소녀의 탈을 뒤집어쓴 괴물. 전장의 최전선에 있는 어린 소녀. 금발, 벽안, 그리고 투영하리만치 새하얀 피부를 지닌 소녀가 하늘을 날며 사정없이 적을 격추한다. 소녀답게 혀 짧은 말로 군을 지휘하는 그녀의 이름은 타냐 데그레챠프. 하지만 그 안에 든 것은 신의 폭주 탓에 여자로 다시 태어난 엘리트 샐러리맨. 일의 효율과 자신의 출세를 무엇보다 중시하는 데그레챠프는 제국군 마도사 중에서도 가장 위험한 존재가 되어가고, 시대는 바야흐로 '세계대전'에 돌입하는데──.

카를로 젠 지음/시노츠키 시노부 일러스트/한신남 옮김

영상출판
미디어(주)

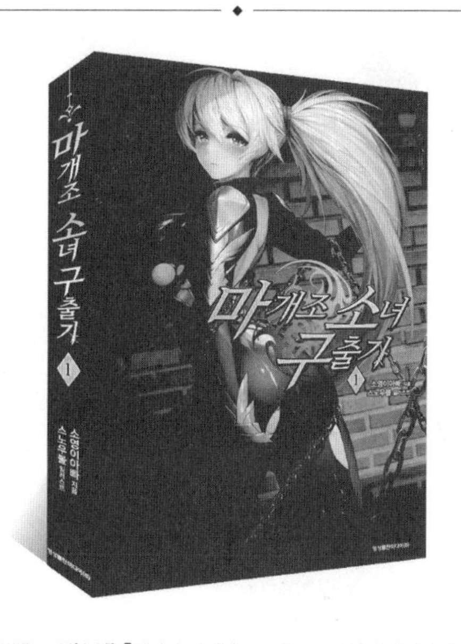
마개조 소녀 구출기
1
소영이아빠 지음
스노우볼 일러스트
마개조 소녀 구출기
1